Sugar Blues

蜜糖藍調

슈가 블루스

4

Author
少年季節

Illustrator Bindo
Translator 鮭魚粉

Presented by Boyseason and Bindo

Sugar Blues
Contents

11

Sugar Profit (2)

SUGAR BLUES

「在想什麼，那麼入神？」

坐在更衣室裡的白尚熙被姜室長用某種物體敲了下肩膀。他猛然回過神，接下了對方遞過來的東西——是《按照神的旨意》第二十五、二十六集的劇本。姜室長剛從辦公室替他拿了修改過後的劇本回來。

白尚熙此刻正在為了畫報拍攝進行梳化準備。他一直在分神想著別的事，都沒注意到進度，等他意識到時，不知不覺已經完成了整體造型。

平常，白尚熙拿到修改過的劇本都會先翻閱一遍。畢竟他的時間不多，畫報拍攝一結束就得趕往片場。然而他今天卻只是默默地擺弄著手機，問他是否在等誰電話也沒反應，一門心思完全不在這裡，甚至連姜室長問話他都沒聽見。

白尚熙自從從徐家宅邸離開，至今還沒見到徐翰烈。那天工作結束之後，他依約打了電話過去，徐翰烈卻沒有接，他一有空就傳訊息，徐翰烈也都沒有回。白尚熙想要親自去找他，卻遲遲抽不出時間，隨著電視劇來到尾聲，拍攝行程變得十分的緊湊。

在觀眾的熱烈支持下，白尚熙所飾演的「修皓」突然戲份大增。後半段的劇情發展最終進行了全面性的修改。事前拍攝的部分失去了意義，現場進入二十四小時拍攝不停歇的狀態。他還得同時消化這段期間推遲累積的廣告和畫報拍攝，每天持續著往返於拍攝現場和攝影棚的生活。唯有需要盥洗時才會稍微回家一趟，其他時間大部分都是在車上小睡一下而已。

兩天前，白尚熙曾利用短暫的休息時間去了辦公室一趟，怕徐翰烈是故意在躲他，所以沒有提前聯繫。然而徐翰烈不在位子上。常駐秘書只是很普通地答覆說他出外勤了。

假如徐翰烈的人身安全出了什麼大問題，不管如何肯定會有消息傳出來。也許只是因為兩個人都很忙碌，正好錯過了見面的時機而已——白尚熙盡可能樂觀地安慰完自己，旋即又搖了搖頭。這無法成為徐翰烈始終不肯和自己聯絡的理由。

他回想著他們最後一次見面時的情況，這段時間以來已經不知道回顧了有多少遍。在他對徐翰烈的保健食品提出質疑前，一切還都滿正常的，問題果然是出在那個藥丸上？假如那真的只是保健食品，徐翰烈又何必如此慌張。

「他們說要修改結局。」

白尚熙正在臆測著，姜室長忽然提了這麼一句。

「看來是要更換主角了。」

白尚熙漠不關心地點了下頭，手上仍舊在翻看著手機的通訊紀錄。儘管還有一大堆未讀訊息，當下也沒有新訊息進來，他卻一再反覆確認。見他心不在焉到根本毫無反應，「你不驚訝嗎？」姜室長直接問他。

「我該感到驚訝嗎？」

「難道你不知道更換主角意謂著什麼？代表建梧你終於擠下尹羅元，晉升第一男主角的位置了！」

姜室長沉浸在深深的欣喜之中。播放中的電視劇更換主角的情況雖不多見，卻也時有所聞。通常是配角出乎意料地獲得更熱烈的支持，或者主角演員引發某種爭議，無法堅持拍到最後，逼不得已才會發生這種情況。有一些則是在時間過於緊迫的情況下，造成了角色之間戲份比重分配失敗的局面。

《按照神的旨意》屬於第一種情況。雖然整部戲側重於描述「祈源」此一人物的發展，觀眾們也很好奇究竟是誰在覬覦他的性命，但對他的興趣不過僅止於此。他們反而從偶爾出場、說話總是直言快語一針見血的「修皓」身上感受到了魅力，希望能看到更多他的戲份。由於白尚熙對角色的塑造與詮釋成功地大放異彩，編劇原本是打算輕描淡寫地帶過他和「溫婷」的感情戲，如今卻著墨得比當初預想的更為深刻。原以為觀眾會被雙向救贖的關係所吸引，他們反而瘋狂愛上「修皓」說話不帶任何溫度，卻能適時安慰到「溫婷」的那份體貼，以及在木訥冷血的外表下，那一抹專屬於他的柔情魅力。

難怪金PD最近和編劇們的聯繫變得越來越頻繁，原來是終於決定要撤換「溫婷」的對象了。姜室長一整個眉開眼笑的。

「尹羅元那小子最近老是那副凶巴巴難伺候的樣子，等他收到這次的劇本大概會氣瘋吧，你說是不是？」

敷衍性地回應一句也好，白尚熙卻只是嘩啦啦地快速翻了一遍劇本，甚至沒有仔細閱讀修改後的內容。「你這無趣的傢伙。」得不到回應的姜室長直接罵了他一句，正要轉身，白尚熙突然莫名其妙地丟出一個問題來。

「姜室長最近有見到徐代表嗎？」

「徐代表？」

「想說你回公司辦公室的時候有沒有見到他？」

姜室長露出不知情的模樣：

「劇本是從經營組那裡收到的，我快去快回，也沒溜到別的地方去，哪見得到他啊。你以為代表整天沒事在那裡進進出出的喔？」

「也沒有聽到什麼消息嗎？」

「怎樣的消息？」

「徐代表是不是身體有哪裡不適，或是家裡出了什麼事之類的。」

「沒聽說耶」，姜室長歪了頭。此時有工作人員前來確認梳化進度。

「不好意思，請問池建梧先生準備好了嗎？」

「好了。」

「那請馬上前往攝影棚。」

白尚熙闔上劇本，從位子上起身，跟在工作人員身後走沒幾步，他卻陡然停下腳步。

「忘記拿東西了嗎？」姜室長不疑有他地詢問著。

「你說今天是公司全員聚餐的日子？」

「嗯。」

「他有說會出席嗎？」

「誰？」

「徐代表。」

「那個我怎麼會知道啊。」

姜室長攏起了眉頭抗議道。打從《引力》殺青之後，徐翰烈就不再像之前每天打電話給他了。姜室長甚至想不起來上一次單獨與他聯絡是什麼時候。無論是私底下還是公事方面，反而是白尚熙還比較常和徐翰烈見到面，姜室長不懂他幹嘛老是跟自己打聽徐代表的事。還以為兩人關係有比較融洽了，難道是又吵架了嗎？

白尚熙似乎無意向他說明解釋。最近一直表現得很可疑的他丟下一句「你不知道就算了」，隨即走向攝影棚。姜室長不禁搖著頭，一邊替白尚熙整理他的座位。

「辛苦了！」

結束了拍攝，在場所有的工作人員一邊鼓掌，臉上皆露出疲倦的神色。拍攝工作雖然進行得很順利，但轉眼又已經過了午夜。下一場拍攝安排在清晨六點開始，就算回到家也是過沒多久又得出門。姜室長打了一個大大的呵欠，詢問著白尚熙的想法。

「怎麼辦？畢竟還是家裡的床睡起來舒服，要回去休息一下再出來嗎？為了待機拍戲，你已經好幾天沒有好好睡一覺了吧？」

白尚熙沒有回答姜室長的問題，他冷不防地伸出手。

「跟室長借一下手機。」

姜室長嘴上嫌棄著「又來了」，卻還是順從地交出了手機。白尚熙在手機主人面前正大光明地按下密碼，卻跳出密碼輸入錯誤的提示，怪不得姜室長一副自信滿滿的表情。只見他不慌不忙地嘗試其他數字，才試了兩次就解開了手機的螢幕鎖定。姜室長在旁邊看得目瞪口呆。白尚熙按著螢幕上的數字鍵，往某處撥了通電話，等待著對方接聽的臉龐顯得相當焦躁不安。撥號音持續響了許久，最後傳出了對方無法接聽的語音。白尚熙嘆了口氣，把手機交還給姜室長。

「公司的聚餐，辦在哪裡？」

「怎麼，你該不會是想過去吧？」

「打算過去稍微露個臉。」

「你覺得他們有可能放過你嗎？你要是去了一定會被逮住，沒喝個一兩杯是走不了的。」

「姜室長要是累了的話我自己去就好。」

姜室長拿他沒轍，一邊碎念著「體力也太好了吧」，一邊帶頭走在前方。白尚熙並不確定徐翰烈是否會出席今天的聚餐。年底和年初的兩次聚餐徐翰烈都沒有出席參加。即便如此，他還是只能去碰碰運氣，沒有別的辦法。要是今天沒能見到徐翰烈，下一次不知道要等到什麼時候他才會有時間。

聚餐場所距離拍攝現場不遠。公司包下一整家高級韓牛專門餐廳來舉辦這次的聚餐。晚餐一開始就邊吃邊配酒，大家都早早就有了醉意。有些人已離席，還留在位子上的人頭數不到一半，就連剩下的這些人也都是醉醺醺的飄忽狀態。

正如那悲觀的預測，徐翰烈並不在這些人之中。

公司職員們發出歡呼聲，熱情地招呼著白尚熙。大家都卸下了平時緊繃的狀態，無法與工作時嚴肅正經的樣子聯想在一起。

「這裡啊，來這裡坐！」

身旁的每個人都笑迷迷地在邀他入座，只見印雅羅忽然舉起手招他過去。她開心的面孔看起來還很清醒。雖然拍攝《引力》的期間也一起喝了幾次酒，但白尚熙不清楚印雅羅的酒量，她似乎是不太容易醉。一直在陪印雅羅喝酒的經紀人搖搖晃晃地讓出了位子，姜室長扶住他，把他帶去全是經紀人的那一桌。印雅羅沒等白尚熙坐下，就已經先遞出了酒杯。

「拍攝完直接過來的嗎？」

「是的。」

「好忙啊。」

白尚熙默默地接下她倒的那杯酒，眼睛卻仍在打量著四周。印雅羅下意識追逐著他的視線。

「什麼，在找誰嗎？」

「好像沒有看到徐代表。」

「喔，徐代表？他這次也沒來啊。」

白尚熙不出所料地得到了令人失望的答覆。不知是否他的沮喪表現得太過明顯，印雅羅忽然狡黠一笑。

「怎麼了嗎？」白尚熙邊問邊幫她倒酒。印雅羅沒出聲，只是拿起了酒杯，臉上依然掛著那個不懷好意的笑容。白尚熙一臉的困惑，但還是配合地舉杯與她相碰。兩個人都一口氣乾了杯裡帶著苦味的酒。印雅羅把瞬間清空的酒杯再次擺在白尚熙的面前，看著他用酒盛滿那個杯子，印雅羅忽地問道：

「你和徐代表是什麼關係啊？」

白尚熙揚起眉毛注視著印雅羅，想釐清她的這個問題是哪一種意思。印雅羅一副她已經看穿一切的模樣，很故意地解釋道：

「聽說你們倆交情匪淺啊？說你每次到公司都很勤快地去代表的辦公室報到。兩個人看起來年紀也差不多，是講好要當朋友了嗎？」

「……嗯，差不多是這樣。」

「哦？徐代表私底下是什麼樣子啊？會像在公司時這麼冷漠沉悶嗎？」

「他很可愛。」

「嗯？」

印雅羅彷彿懷疑自己一時之間聽錯了什麼，下意識地反問。然而白尚熙的臉上波瀾不驚，沒有任何變化。姜室長不知何時也在注意著白尚熙的反應，猶如不小心聽見他說的話似的，詭異地皺著眉頭。

「我說他很可愛。」

「不是，我問的不是外表耶。」

「對啊，我說的不是外表。」

白尚熙再次坦然自若地回道。他把酒杯舉至嘴邊時還歪了下頭。

「他的長相應該不算可愛型的吧。」

印雅羅緩慢地眨了眨眼，當著他的面拍手大笑了起來。不只隔壁桌的幾位經紀人，就連其他同事們也詫異地轉頭看了過來。姜室長的表情則更是精彩。印雅羅擦著眼角笑出來的淚水，仍是無法止住她的笑意。

「那位可愛的徐代表為什麼不來呢？」

「我也不曉得。」

「你們不是朋友嗎？私底下應該有在聯絡吧？現在就叫他過來呀。」

「那個人不是我叫得動的。」

「至少也比其他人跟他說有用吧？」

印雅羅小聲嘀咕了一句白尚熙聽不太懂的話，然後拿出她的手機開始迅速地打字。

「每次聚餐公司代表都缺席，這樣公司怎麼能團結得起來呢？是不是？」

她一邊問著，同時把她打好的訊息秀給白尚熙看。內容寫著由於這裡出了一點問題，必須請對方過來一趟。訊息的收件人不是別人，正是徐翰烈。白尚熙都還來不及回話，印雅羅就已經按下了傳送鍵。不知過了多久，印雅羅的手機響了起來。她看了下來電者，竊笑了一聲便接起電話。

「徐代表好。」

手機那端隱約傳出了徐翰烈的聲音。白尚熙停下了一切動作，豎起耳朵傾聽。

「沒有啦，其實是建梧剛才結束拍攝過來參加聚餐，不曉得是不是有發生什麼事，壓力太大，他突然哭了起來。問他什麼事他也不說，現場又有這麼多同事在看，我想說這樣也不是辦法。」

白尚熙一聽，啼笑皆非地露出了苦笑。印雅羅神情戲謔地繼續裝蒜著。要是別人的話，這個謊言早就露餡了，畢竟白尚熙哭了的這個設定太不符合現實情況。但是和徐翰烈通電話的人可是印雅羅——演技無人能敵、全韓國最厲害的演員。儘管如此，徐翰烈似乎仍存有一絲懷疑，持續向她追問著什麼。

「姜室長？他好像已經完全醉倒了，怎麼搖都搖不醒。這下該怎麼辦啊？」

印雅羅的語氣聽起來是真的十分為難，與其相反，她的表情卻像個惡作劇的孩子那般興奮。只是這樣的興奮並沒有維持多久，徐翰烈無預警地掛了她電話。

「……咦？怎麼這樣？」

印雅羅使勁搖了搖忽然沒了聲音的手機。白尚熙彷彿早就知道會是如此，忍不住發笑。

「您應該編個更合理的藉口啊，就算前輩的演技再好，那麼荒唐的事情誰會相信啦。」

「現在是取笑我的時候嗎？原來徐代表對你的愛惜之情不過如此啊。」

印雅羅一臉洩氣地舉起空杯，白尚熙於是默默地替她斟酒。在這樣的一來一往之下，兩人喝光了一整瓶的酒。空瓶一個個增加，徐翰烈那邊卻仍是無消無息。

想抽根菸的白尚熙暫時走出了餐廳，時間已經來到凌晨的三點多。路上別說是行人，連行經的車輛也寥寥無幾。他不經意地環視著周遭，掏出一根香菸來叼在嘴裡，驀地，他發現了什麼似的瞇起了雙眼。

從大馬路彎至餐廳停車場的那條巷子裡，有東西吸引了他的視線。如果只是一般的進口車也就算了，即便是在江南的市中心，跑車還是相當地顯眼。白尚熙拔掉了嘴裡的菸，向那台跑車走近。他俯身敲了敲駕駛座的窗戶，車內模糊的人影震了一下，朝他轉過頭來。白尚熙盯著那人看了會，便直起上身繞過車體朝副駕駛座走去。

他打開車門鑽進車內就座，一連串動作一氣呵成，不帶絲毫遲疑。

坐在駕駛座上的徐翰烈面朝著正前方，可能是睡到一半匆忙趕來，整個人毫無裝扮。他藏在連帽衫帽子底下的頭髮蓬鬆凌亂，身上沒有平時的那種香水味，只散發著淡淡的衣物柔軟劑和乳液的味道。和印雅羅通了電話，他是否有那麼一點點擔心？

「來了怎麼不進去？」

「……」

「因為我沒在哭，讓你感到失望了？」

不知是不是被擺了一道的關係，徐翰烈一臉的憤慨。

「竟然亂開這種玩笑……」

「誰叫你無緣無故老是躲著我。」

「我哪有躲你。」

「電話和訊息一概不回，還說沒躲我？除非你說把手機弄丟了那還比較合理，結果你卻和前輩好端端地通著電話。」

徐翰烈的眉頭皺了起來，倏地抓緊了手中的方向盤。

「你聯絡我我就一定要回嗎？你以為你是誰啊？」

他又開始鬧情緒、拒人於千里之外了。眼前的真的是那個一邊叫著哥，纏著要自己抱他的那個人嗎？

白尚熙如今對徐翰烈的忽熱忽冷也已然免疫，他知道徐翰烈每次都藉由發脾氣或劃清界線來掩飾自己的真心。對方拚了命砌築起來的那面牆其實岌岌可危，輕輕一碰就會坍塌。

白尚熙深深地看著徐翰烈，隨後輕扣住他下巴，卻被他神經質地甩開了手。

「不要碰我。」

「你生病了？」

隨之而來的問題讓徐翰烈閉上了嘴，甚至安靜地屏住方才急促的呼吸。

白尚熙再度伸手抓住徐翰烈的手肘，微微地將他把自己的方向拉。徐翰烈曲起那隻手臂試圖掙脫，然而他今天的動作與往常不同，軟趴趴的，一點力氣都沒有。白尚熙把徐翰烈還在抵抗的身體硬是抱入了懷中。他的手掌包覆著徐翰烈的後腦杓往自己肩上壓，另一隻手臂則圈住徐翰烈的腰，把他牢牢地箍在懷裡。沒多久，懷中掙扎的身軀自己累得不再反抗，垂下了手臂。

徐翰烈的呼吸變得更加劇烈，發出了喘鳴聲。每一次吐氣時，背部和肩膀都跟著不停聳動。

「你是不是並非故意不回我，而是沒有辦法跟我聯絡？」

「關你什麼事啦，你少在那邊自以為是，放開我！」

「……之前是不關我的事沒錯。」

低聲囁嚅著的白尚熙用盡全力抱住徐翰烈，力道大得像是要將他骨頭捏碎一般。徐翰烈的肺部被他壓迫得差點喘不過氣來。

「但是現在想要開始與我有關了。」

「……」

徐翰烈無措地蹙起了眉心，為了讓對方對自己產生義務感，他不惜與對方成為兄弟，但一當那個人對自己做出類似告白的行為後，他的表情與反應卻完全不如預期。白尚熙終於放開徐翰烈被勒得發疼的身體，近距離地與他面對著面。徐翰烈的瞳孔茫然地晃動著。

白尚熙眼睛眨也不眨地盯著他的雙眸，將唇瓣印在他的前額上。他輕柔撫摸著對方汗毛直豎、連細小的靜電都能清楚感知到的臉頰，在頰面落下親吻，接著把頭深深埋進對方消瘦的肩窩。

他深吸了一口氣，在徐翰烈皮膚上聞到了想念多日的味道。徐翰烈不禁僵直了脊背，正欲脫身，卻被白尚熙死死地摟在懷中。「好累喔。」疲憊的低喃聲和迷離的氣息噴灑在徐翰烈的後頸。

「只說了暫時出來一下的……要不乾脆直接溜了？」

白尚熙盡情深嗅著徐翰烈的體味一邊問道。帶著微啞的嗓音無可奈何地令人感到揪心。他像是極其思念，害怕再次錯過而著急地束縛住徐翰烈的全身，一刻也不肯放手的舉動顯得如此哀怨。

痛苦地皺著眉頭的徐翰烈終於投降似的閉上了眼，挺直抵抗的身體也一下子洩了氣。他的手悄然揪住白尚熙衣領，動作輕得白尚熙甚至感覺不到，彷彿劃破空氣一般短暫而迫切。

白尚熙無聲地掀開眼皮，時間還早，窗外的天色依然晦暗。他摸了把臉，拂去僅存的睡意。感覺到手臂上的重量，他忽地轉頭往旁邊看去，徐翰烈正枕著他的右臂在睡覺。他的臉部肌肉完全放鬆，呼吸勻長而平穩。

昨晚他們一起回到公寓，時間雖然不太充裕，但比起做愛，白尚熙更想藉機和徐翰烈說說話。然而對方似乎沒有這種想法，一進電梯便捧著白尚熙的臉，急切地與他唇舌交纏。徐翰烈沒多久便親得上氣不接下氣，肩膀和背部上下起伏，仍是流連忘返地吻著白尚熙的唇瓣，遲遲捨不得放手。激動的吻一路持續到了屋內也沒有停止。

白尚熙摟著徐翰烈的腰，任由他對自己予取予求。直到被推進了浴室裡才終於回過神來。沒過多久，徐翰烈自己也親累了，抓著白尚熙的衣領吁吁地喘著氣。

白尚熙吻著徐翰烈的前額和鼻樑，一件一件褪去他的衣物，仔細打量著他的身體，頓時發現徐翰烈的手肘內側和手背上有著明顯的淤痕。他撫摸著那些地方，嗓音低沉地質問：

『這裡怎麼會這樣？』

『抽血的關係。我去做健康檢查，順便打了維他命針。』

徐翰烈乖乖地坦白道。白尚熙直視著他的雙眼，繼續向他確認：

『你吃的那個是什麼藥？不是保健食品吧？』

『……那個只是血壓藥而已啦，我不是說過了嘛，我們家老頭快要不行了。因為是遺傳性疾病，大家怕我也會變得跟他一樣，緊張得半死，也不想想那明明是老人病。』

徐翰烈抽出被抓著的雙臂，從他的手機裡找出了某個畫面拿給白尚熙看。那是他正在服用的其中一顆藥丸，是乙型阻斷劑的一種，說明欄寫著是用來治療高血壓的。徐翰烈用眼神表示著「這樣總可以了吧」，然後隨手將手機丟在洗手台上。

『有多嚴重？』

『你看吧，只要說要吃藥控制大家就以為是什麼重大疾病，急著拿我當成病人對待。現在這個時代，每個人身上多少都有一兩個小毛病，只是沒有特別提起，所以別人都不知道而已。』

徐翰烈一邊解著白尚熙襯衫的釦子一邊嘀咕著，突然抬起眼來和白尚熙對視，眼神中莫名藏有一絲挑釁的意味。

『我先警告你喔，不准你隨便同情我，要是之後被我逮到的話，你就死定了！』

面對他莫名其妙的威脅，白尚熙露出了苦笑。徐翰烈一副他不是在開玩笑的樣子，正經地告誡道：

『我家人每次都為了一點芝麻大的小事就大驚小怪的，我都快受不了了，你最好是不要像他們那個樣子。』

在徐翰烈粗魯的動作之下，最後一顆釦子蹦了開來。他接著湊上前舔拭白尚熙的喉結，伸手握住了白尚熙的中心部位。

『放心吧，不過是和你上個床，不會有什麼問題的。』

徐翰烈刻意壓低了嗓音挑逗著白尚熙。白尚熙卻抓住他的手腕和肩膀，把他從自己身上推開。徐翰烈露出了詫異的表情。

『就算是這樣，你還是沒有解釋清楚這段時間為什麼都不跟我聯絡？』

望著白尚熙的徐翰烈默默撇開了臉，側面看起來臉頰微鼓。他暗中握緊了被白尚熙扣住的拳頭。

『因為事後回想起來覺得太羞恥了，而且，每次都是我自己一頭熱的樣子也很難看。』

聞言，白尚熙發出了無奈的乾笑。只聽見笑聲的徐翰烈不爽地蹙起了眉頭。白尚熙捏住他的下巴將他轉向自己，直接俯下頭輕輕地吻住他。直到相連的唇瓣分離之際，徐翰烈還微皺著臉。白尚熙愛撫著他緊繃的面頰，糾正他的誤解。

『到底是怎麼看的？會覺得是你自己一頭熱？我那天不是說得很清楚了嗎？如今的我也有了自己的追求。』

『……』

『我不是說了我想要的只有你才能給嘛？』

徐翰烈的身體頓時鬆懈了下來。他低下頭，暗咒一聲混蛋，聲音裡充滿了疲憊。白尚熙將他摟抱得更緊，在他纖瘦的背部上安撫著，連連親吻他的耳根。「對不起。」他在徐翰烈耳邊悄聲道歉。徐翰烈這時才用全身抱住了白尚熙。

「……」

白尚熙回想著昨晚的事，俯首看向徐翰烈的睡顏，然後捲起了右手臂，枕在胳膊上的徐翰烈於是順勢往內側靠攏。白尚熙的唇一邊親吻他額角，同時伸手探向他的臀縫。先前一直被折磨的穴口周圍都是已經乾涸的潤滑劑和他們的體液，那股征服的滿足感讓他的唇邊勾起了淺淺弧線。連白尚熙自己都無法理解自己詭異的執著，覺得對方只允許自己打開進入的身體實在太惹人疼愛了。他一再地對著徐翰烈的前額和眉毛周圍吻個不停。

白尚熙不曉得現在是幾點，既然沒有聽見任何鈴聲和鬧鐘提醒，看來手機是放在別的地方沒有帶回來。好像是和印雅羅喝酒的時候放在餐桌上了吧。他連一聲要先走的話都沒說，想必姜室長一定是急得跳腳。明知道現在應該趕緊跟姜室長聯絡，白尚熙卻一點都不想起身，磨磨蹭蹭地對著懷裡的徐翰烈拱來拱去。

他在床上多賴了好一會才終於爬起來，簡單沖了個澡，拿了一條乾淨的毛巾，用熱水沾濕。徐翰烈睡得正熟，若是能在不吵醒他的情況下替他清理乾淨是最好。他先從帶著淚痕的眼尾開始擦拭，細密的睫毛被濡濕過後微弱地掀動著。他拿毛巾揩過俐落的眉毛和嘴唇周邊，然後按摩似的擦揉著耳廓。令人感到酥軟的騷擾使得徐翰烈恍恍惚惚地抬起眼皮來。

「……我不行了。」

他完全沉浸在睡意當中，迷迷糊糊地囈語著。

「沒事，你繼續睡。」

白尚熙輕笑，揉了揉他暖呼呼的耳垂。徐翰烈勉強又睜了幾次眼之後，再次發出酣睡聲，沉沉睡去。白尚熙直到確認他完全睡著了，才繼續替他清理。

他從腰部到屁股、大腿等處逐一擦拭，中途時毛巾涼掉了，他便換了一條新的，把關節處也都擦了一遍。當他用手指頭扳開臀縫，徐翰烈發出低低的嗚咽，身子也顫了一下。

看來現在這個狀態是無法清理到內部了，白尚熙只好先將周圍黏糊糊的東西拭去，小心仔細地擦著皺摺之間的間隙。

就在白尚熙收拾完，拿著用過的毛巾正要起身時，感覺浴袍似乎勾到了什麼。他低頭一看，原來是還在睡夢中的徐翰烈抓住了他的浴袍。徐翰烈的力道不大，只要稍微一扯就能擺脫掉他，大不了拿自己的枕頭替換讓他抱著也不是不行。

但白尚熙卻是毫不猶豫地鑽回被窩，環抱住徐翰烈的身體，把臉埋進他的肩頸深處。每一次深呼吸，徐翰烈身上的氣味便會灌進他的鼻腔。他將額頭貼在徐翰烈溫熱的脖頸上蹭了又蹭，手掌抓住了那富有彈性的臀肉，使壞地不停揉捏著。雖然昨晚實際上幾乎沒怎麼睡，他卻不覺得疲累，身心都感覺十分舒暢。

白尚熙宛如彈奏鋼琴一般，手指頭在徐翰烈光滑細緻的背部向上摸索，抵達後頸處的手掌張開了十指，伸進他的髮間按摩梳理著。從頭皮傳來的那股溫熱舒爽的感受讓徐翰烈呼出了甜美的嘆息，總是緊繃著的身軀也完全放鬆開來。白尚熙的心頭頓時暖洋洋的，真想就這樣在床上打滾一整天。

再一下下，再多躺一下子就好。就在白尚熙發著懶，還賴在床上不願起來的時候，外頭像是有誰來了，走廊傳來一陣腳步聲，玄關大門的門鎖自動解了開來。

「臭小子手機沒帶走又不跟人聯絡，到底是在哪裡鬼混啊？」

姜室長的碎唸聲緊接著傳來。白尚熙根本來不及阻止，姜室長就已經大步走進屋裡。原本正要起身的白尚熙俯視著在自己懷裡睡覺的徐翰烈。要是現在爬起來，一定會吵醒他的。

「啊、這小子在家嘛。欸，建梧啊！今天早上的行程……」

姜室長在客廳發現到了白尚熙的蹤跡，於是毫不顧忌地闖進臥室裡。直到意識到床上除了白尚熙之外，還有另一個人在時，他才倏地停頓腳步。姜室長一臉驚詫地轉過身，支支吾吾的他耳朵和脖子瞬間紅了起來。

「呃、那個、我、抱歉。我不是故意要打擾你們的。差不多到了去片場的時間了所以……臭小子你為什麼把手機丟在那邊，然後也不跟我聯絡啊！哎唷……初次見面，真不好意思，我其實原本不是這麼冒失莽撞的人啦。」

姜室長面對著牆壁，先是指責白尚熙的不是，又忙著向白尚熙的那位對象道歉，一時之間顯得手足無措。於此期間，白尚熙小心翼翼地挪開了徐翰烈，並且把滑落的被子拉至他的頸部，替他蓋好被子。白尚熙戀戀不捨地摸了摸徐翰烈的額頭，才終於收手。

姜室長還在那邊緊張得直冒汗，白尚熙走過去拍了他一下，把他嚇得肩膀一震。他轉頭看向白尚熙的眼神充滿慌張，額頭上已經滲出了汗珠。與他相反，白尚熙卻是一臉的鎮定自如。姜室長不滿地皺著眉頭，小聲地質問：

「你這傢伙，昨天那樣突然消失就是在忙這個？」

「不知不覺就變成這樣了。」

「不知不覺？這個人是誰？你是在哪裡遇到的？」

「不用擔心，我沒有亂帶人回來睡，是姜室長也認識的人。」

姜室長正要責備他那副始終若無其事的態度，一聽見是「認識的人」，猛然抬起頭來。他越過白尚熙肩頭朝床上偷覷，卻只看見那個人的後腦杓。是個短頭髮的。以女生來說，看起來個子相當高挑，膚色也白到幾近透明。是誰咧？姜室長把腦海裡記憶中的那些面孔拿出來比對了一番，卻找不出相符的人物來。不過，要是不侷限單一性別的話，他倒是想起了某個人選。

就在姜室長極力忽視著心中那份直覺的時候，躺在床上的人忽然翻了一個身，那端整的額頭和極具辨識度的眉眼一下子露了出來。

「徐代……！」

「噓！」

白尚熙立刻摀住姜室長差點驚呼出聲的嘴，把他帶到了客廳，也輕聲關上臥室的門。臉上寫滿震驚的姜室長一時之間說不出話來。白尚熙拿了一瓶水給他，他於是站在原地乾了那一整瓶的礦泉水，隨後焦急地望向白尚熙。

「建、建、建梧啊。」

「我會解釋給你聽的。」

姜室長閉上嘴，一連點了好幾下頭，只見他兩眼發直，被嚇得還回不了神。白尚熙拖著他走向玄關的方向。

「總之你先到樓下等我，我準備好馬上下去。」

說完這句話，白尚熙便在姜室長面前關上了門。被直接隔絕在門外的姜室長呆愣了好一陣子都沒有動作。

「是我會錯意了對不對？那是誤會吧？是吧？」

白尚熙一上保母車，姜室長就如連珠炮般地追問著。看來他在等待白尚熙下樓的期間自己有先整理了一下思緒。

「對啦，我知道，都是男人，袒裎相見也是很普通的事。你家本來就只有一張床，徐代表睡在那裡也沒什麼好奇怪的。但你是睡在哪裡啊？沙發？臥室的地板？唔不對，男的跟男的同睡一張床又不會怎麼樣，反正你房間的床鋪很大吧？不是king size而已，是super king size的耶。是說你是在哪裡遇到徐代表的？他昨天不是沒有來聚餐嗎？你還把手機放在餐廳就直接溜了。唉，算了，那些事怎樣都無所謂啦，你們就是偶然間遇到了嘛。但是你還是應該先跟我說一聲才對啊，一聲不吭地忽然消失，然後又被我撞見這樣的場面，反而更讓人感到可疑嘛。明明這又不是什麼大不了的事。」

姜室長硬是哈哈地大笑了幾聲，試圖用他的說詞來合理化眼前這個情況。白尚熙只是沉默地注視著後照鏡，上面映照出的姜室長正無言地用眼神催促著他快點附和說對，就是這樣沒錯。

「我知道姜室長在想什麼……」

「對吧？不是那樣的吧？都是因為我酒還沒醒，才會做了這種奇怪的想像對不對？」

「就是你想的那樣子沒錯。」

「什麼？」

姜室長雙眼瞪大，一下子轉過身來看著白尚熙。「不會吧？」他的目光還懷著一絲微弱的可能性，白尚熙卻一舉斬斷了他萌生的希望。

「就形式上來說，跟孫代表是一樣的。」

「那、那麼徐代表變成了你的贊助商？不是，你是說你和徐代表……！」

同是身為男人，雖然沒有血緣關係，卻因父母的姻緣形同兄弟，而且兩人還從十年前就結下了樑子。白尚熙彷彿已經預料到姜室長說不出口的那些話，直接點頭承認。

「嗯，即使如此，我們還是變成了這樣的關係。」

「等等！等一下，那用簽約金替你還債，還有和你簽訂專屬合約，都是以那個為前提的嗎？」

白尚熙沒有回答，同時也沒有否認。姜室長張了張嘴，索性又閉了起來。

他慢慢地轉了回去，面朝著正前方，抓住了方向盤然後一頭撞在方向盤上。

那股長期以來不對勁的感覺總算是真相大白。兩人在公司裡碰面時總是瀰漫著一股微妙的氛圍，還有白尚熙休假時卻偏要跑去徐翰烈的別墅，常常要去日迅旗下飯店接他的事情也是。沒有人會這麼好心地不計前嫌甚至以德報怨，徐翰烈更不像是這種人。他會主動出手幫助白尚熙都是有原因的。

「唉，我竟然連你被男人那個了都不知道，還自顧自地高興……」

「你到底是想到哪裡去了？」

感到荒唐的白尚熙禁不住笑了出來。姜室長訝異地回過頭，剛才撞了許多下的額頭已經發紅。

「形式上雖然一樣，但實際上卻不是那樣的，所以我才說你不用擔心。」

「有什麼不一樣的？他包養你，可是你不用跟他睡的意思？」

「不是，當然要跟他睡。」

姜室長被他無情地再次爆擊，兩手捂著臉發出了悲嘆。白尚熙似乎還聽見他用微弱的聲音叫著媽呀。

「雖然一樣簽了合約書，該收的我也收了，而且確實是以發生關係作為交換條件，但是實質其實完全不同。徐代表他想要的，不只是單純和我上床而已。」

「這話到底是什麼意思？建梧啊，我聽不懂，你說得清楚明白一點。」

「他喜歡我，喜歡很久了。我還以為他十年前就放棄了，原來並沒有。他說他這些年來還是時不時會想起我，就如你所說的，他想要找我報仇。結果，你知道他簽的合約書是長怎樣的嗎？這個人明明是甲方，卻連一項對他有利的條款都沒有。」

白尚熙稍微陷進自己的思緒之中，喃喃地說道。恍若沉醉在某種境界裡，飄忽的語氣沒有什麼真實感。

徐翰烈喜歡白尚熙，就這麼一個命題，便可解開至今為止大部分的疑問。不僅是三年前暴力事件當時給予了莫大的幫助，提供退伍之後走投無路的白尚熙如此優渥的待遇，還有那些僅限於白尚熙的關心照顧，這下子全部都說得通了。

「難道徐代表突然開了這家娛樂經紀公司，也是為了你？」

「這個我就不知道了。」

姜室長帶著錯綜複雜的眼神抓了抓頭。應該是誤打誤撞時間點剛好吻合的。不可能只為了把白尚熙留在身邊兩年，花費了數倍的時間心血去創立一個事業。姜室長一方面努力試著推翻這個想法，另一方面則是感到茫然無措。

「那建梧你的想法是怎樣？你以前從來沒跟男人交往過的不是嗎？」

「嗯，但是我沒有任何排斥感，反而像是在等待著一個名正言順的契機。其實我內心深處一直盼望著這樣的發展，所以一下子就陷進去了。不久前還覺得他自己生悶氣耍性子的模樣很有趣的說，現在則是不管他做什麼都覺得可愛到不行。比如他連句好聽的話都不會說、表面裝作若無其事，其實心臟跳得飛快、平常體溫雖然偏高，但手腳卻很容易冰冷，要不斷搓揉按摩才會暖和起來。還有只要有一點不如意的事就氣呼呼的，但是稍微哄一下又很快就消氣的這一點也很可愛，真是讓人受不了。我最近就是處於這種魂不守舍的狀態。」

姜室長的下巴整個掉了下來。他被巨大的衝擊所籠罩，一時半會吐不出半個字。原來白尚熙聚餐那時說徐翰烈可愛不是在開玩笑。這還是他第一次看到白尚熙如此著迷於某個人的樣子，沒想到會聽見向來面無表情冷淡的他吐露出這麼肉麻又柔情的告白。過去這一年，白尚熙在面對工作時的態度或情緒無意之中發生的那些轉變，也是受此影響嗎？這件事對白尚熙來說是好事，理應祝福他才對，然而姜室長卻無法發自內心地給予他祝福。

他一邊嘆氣一邊搓著額頭：

「建梧啊，世界上有這麼多的人，你為什麼偏偏要選徐代表呢？你要交往，好歹也找一個即使爆出緋聞也能應付得來的對象吧。」

姜室長唉聲嘆氣地勸說著，白尚熙卻露出一種執迷不悔的神情。

「自從和他發生關係後，我就再也沒有和別的人在一起了。明明也沒有刻意忍耐，沒想到很快的就變成了一種習慣。」

「……呵、呵呵。」

姜室長神情呆滯，一下子嘆氣，一下子又突然笑了起來。浪子白尚熙居然定下來了，實在是不可思議。見他換過那麼多的對象，從來不曾聽他為誰神魂顛倒過，更別說是像這樣興奮地表達著心中對於對方的想法。

「之前有一次我們做完之後他人不舒服，在床上病了一整天，其實我不應該抱有這樣的心態……」

白尚熙依然沉浸在情緒之中，一邊撫著自己的後頸，不知想到了什麼，說著說著便沒了聲音。令人不敢相信的是，他的耳朵竟然微微地泛紅。

「我一想到他因為我而病成那樣，說不定還流了眼淚，我就覺得好揪心，好欣慰，好心疼，甚至有種渾身起雞皮疙瘩的顫慄感。」

「……我看你是瘋了，精神不正常了，去拍攝現場前要不要先去醫院看一下？」

儘管被罵了，白尚熙也逕自傻笑個不停。姜室長咂著舌，急忙發動了車子。說是要解釋給自己聽，結果傾訴的內容卻如此驚人。姜室長覺得自己實在是不能再繼續聽下去了。他嘴裡忍不住嘮嘮叨叨地抱怨，「還說不用我擔心咧」，「說要成為頂尖演員，根本只有惹事能力是最頂尖的啦。」

白尚熙噗地一笑，望向了窗外。和平時沒兩樣的風景，今天卻感覺格外地醒目。被晨露浸濕的路面和車輛、交通號誌，甚至積累在兩旁滿滿一整排的花瓣，一切的一切都是如此美麗。親口承認自己的情感之後，這份心意便無法控制地膨脹了起來。

「他這輩子不會有機會輸給任何人，應該就只敗給我一個了？」

「……我沒問你，你不用告訴我這些，池建梧。」

姜室長氣得牙癢癢，拚命閃躲著白尚熙從後照鏡投來的視線。他神情複雜難辨，白尚熙盯著他那五味雜陳的臉龐，叫了一聲「姜室長」。儘管聽見了，姜室長卻沒有搭腔。

「你說我要上哪去找一個這麼喜歡我的人。」

「吼唷，真的是！我聽不下去了啦！別再說了，臭小子，這有什麼好炫耀的。」

「對啊，到底有什麼好值得炫耀的。」

咧嘴莞爾的白尚熙再次把頭轉向窗外。

「但真想昭告天下呢。」

隨之而來的沉吟聲小到就連姜室長也聽不真切。

姜室長喟然長嘆，常說天底下沒有一個孩子能完全按照父母的期望，那麼應該也沒有一個藝人能完全按照經紀人的期望吧。

徐翰烈淋浴完之後來到客廳，楊秘書馬上從位子上起身，向他點頭。是白尚熙通知楊秘書的，短短時間，他已經去徐翰烈家裡替徐翰烈帶了衣服過來。確實是個無須多言的好秘書，只可惜他沒有遇到一個好上司。楊秘書沒有多嘴詢問本應該在家的人怎麼會出現在這裡，徐翰烈對於他這一點也感到很滿意。他難得乖乖接下楊秘書遞過來的藥吞了下去。最近他都有按時服藥，不過卻沒什麼顯著的效果。

有一陣子他以外勤為藉口，延後了上午進公司的時間。那陣子心悸和暈眩的症狀頻繁發作，他每天早上起床時都很痛苦。某天他身體無緣無故地癱軟乏力，只好去抽血檢查，也吊了點滴。雖然醫生建議他試著減輕壓力，但哪有說得這麼簡單容易。徐翰烈每一天都能感覺到自己身體越發虛弱，看來他剩下的時間大概不多了。

這段期間，白尚熙一直試圖和他聯絡。徐翰烈的狀態其實並沒有差到顧不上聯繫他的程度，然而徐翰烈卻只是出神地盯著不斷累加的未接來電紀錄，一概不予回覆。白尚熙已經在懷疑自己的藥了，徐翰烈不想再被他看見自己倒臥病榻的樣子。唯獨在他面前，徐翰烈不想表現得像個病懨懨的患者。

『我那天不是說得很清楚了嗎？如今的我也有了自己的追求。』

楊秘書叫了一聲代表，試圖喚回他的注意。徐翰烈這時才霍然回神，立刻迎上他充滿擔憂的眼神。

「您還好嗎？」

頓覺頸背怎麼忽然間發燙，原來是自己臉又紅了。徐翰烈故作鎮定地反問楊秘書「我又沒怎樣」，隨後趕緊拿起了衣服。

「先去備車吧，我很快就下去。」

「好的，不過……」

楊秘書未完的話讓徐翰烈暫時停下了腳步。

「之前您吩咐調查的那名目擊者，已經找到人了。正如預料，他手上握有那份錄音原檔，要求匿名保證和一些現金。」

「那就好，至少不是什麼棘手的類型。」

說完「就答應他的要求吧」，徐翰烈便轉身離去。

✳

「今天我們邀請到了《按照神的旨意》的兩位主角，池建梧先生和韓再伊小姐來跟大家聊聊天。」

習慣性開著的電視，此刻正在播出娛樂新聞節目。小鎮餐館裡的客人顯然不多，沒有人在留心觀看節目。他們三三兩兩地圍著老舊餐桌而坐，忙著抱怨國家政府，發著尋常的牢騷，對話內容毫無進展地只在原地打轉。

「其實一直看到後半段，大家還是不曉得溫婷最終情歸何處。網路上太多劇透了，聽說觀眾們也都為此提心吊膽的。兩位合作的默契絕佳，私底下也有很多人滿心期待著，說兩位是不是真的愛上對方了呢。」

「……鬼扯。」

背對著電視的一名男子忽然開口諷罵。他帽子壓得極低，還戴著口罩，令人看不清他的長相。他自己一個人面對著牆壁已經喝了好幾個小時的酒。每當餐館老闆從他身旁經過時都會斜睨他一眼。店裡的常客們也忍不住用眼神偷偷向老闆詢問那個人是誰，老闆也只能搖搖頭表示他不知道。

「想請問一下池建梧先生，你透過《引力》和《按照神的旨意》這兩部作品，展現了令人印象深刻的演技，而且兩部作品接連獲得成功，可以說是兩全其美，電影和戲劇兼顧喔。我稍微打聽了一下，據說廣告代言和電影方面的邀約正不斷湧入，甚至在海外的反應都已經很熱烈了，是否有感受到自己如此高的人氣呢？」

「去他媽的，真是……」

男人一邊罵著髒話，微微發出冷笑。持續的異常舉止讓店內的人們開始對他議論紛紛。然而他彷彿聽不見似的，只是一杯接著一杯，最後乾脆整瓶酒拿起來灌。一張白皙的臉孔因此短暫地露了面，這名特別顯眼的年輕男子不是別人，正是尹羅元。

他在《按照神的旨意》離完結僅剩四集的時候突然領便當下場。表面上是說身體健康出了問題，但那純粹只是個藉口。電視劇拍攝進行到後半部之後，現場的氣氛就開始出現異常，金PD動不動就跟編劇作家聯絡，接著大幅度修改劇本，添加一些原本沒有的橋段，白尚熙的戲份比例因此增加。由於劇情發展變得完全以白尚熙為主，先前好不容易拍好的部分必須捨棄，有時劇本甚至一改再改。對尹羅元始終冷漠以對的韓再伊卻經常和白尚熙聊天。尹羅元料想著白尚熙大概以為這一切都要歸功於自己，厚顏無恥地搶走了他的功勞。由於製作團隊明目張膽地改捧白尚熙，觀眾們看了製作後的影片自然會被他所迷惑。尹羅元深信這些全都是因為白尚熙有徐翰烈作靠山的緣故，他必須這樣想才能繼續堅持下去。

在尹羅元退出這部戲之前，金PD和編劇們曾多次致歉，向他尋求諒解。這些人為了順應國內觀眾的反應將他從主演剔除，卻還想著要利用他海外的知名度來販售海外版權。他實在無法接受這種局面，奪走自己位置的不是別人，偏偏是白尚熙……這件事他是絕對不會承認的。至於自己中途下車所造成劇情發展上的漏洞，這種事尹羅元則是壓根不放在心上。

結果《按照神的旨意》的最後一集創下了高達十八%的收視率。電視劇當中的OST橫掃了各大音源排行榜，「修皓」在劇中用筆進行肢體間接接觸的哏也被模仿惡搞了不少。近期有報導證實，電視劇版權已成功售至亞洲地區的十一個國家。

每當白尚熙頻頻出現在螢光幕前，總會有人傳一些安慰的訊息給尹羅元，讓他的自尊心大受打擊。倒不如直接被取笑還比較好。他也無法在平常的生活圈裡出沒，畢竟一個病到無法完成電視劇拍攝的人，要是被目擊到正常地在外面行動，等於是證明了自己的失敗。

就在尹羅元再次把酒瓶舉至嘴邊的剎那，正好走進店裡來的一個男人不小心撞到他手臂，他手裡的酒瓶於是掉落在地，摔成了碎片。四濺的燒酒一下子打濕了他的褲子。

「哎呀，對不起，你沒事吧？」

「……現在是阿貓阿狗都要來惹我就是了。」

「有沒有受傷啊？洗衣費和酒錢我會賠給你的。」

男人手足無措地查看著尹羅元的狀態。尹羅元不聲不響地從位子上站了起來，不管三七二十一就揪住了男人的衣領。

「欸！你也瞧不起我嗎？」

「沒有啊，先生，我剛剛不是在跟你道歉嗎？」

「他媽的，算了吧你，闖了禍道歉完就沒事了嗎？」

在一旁的餐館老闆和客人們連忙將兩人拉開。儘管有旁人攙扶，尹羅元仍是腳下不穩。被年輕一輩的尹羅元抓住領子的男人奮力克制著激動的情緒，然而尹羅元卻不願停下，繼續充滿憤恨地叫囂。

「都這麼老了，年紀一大把了就乖乖待在家裡，幹什麼身上都是臭味還這樣出來趴趴走啊？」

「你這傢伙，你說什麼？」

男人終於忍不住爆發，他甩開其他人勸阻的手，朝尹羅元撲了過去。男人動作強勁有力地摘去尹羅元的帽子，正要打他巴掌的瞬間咦了一聲，暫停了動作。

「這小子，好像有在哪裡看過？」

聽見男人的自言自語，其他人也靠過來圍觀尹羅元的長相。尹羅元急忙拉上口罩，可惜已經被其中一名客人認了出來。「他不是演員嗎？」一句話讓眾人再度聚焦在他身上。

「該死。」

尹羅元一把揮開男人的手，丟了兩張五萬元的鈔票在櫃台後便逃了出來。他走路搖搖晃晃，隨時會栽跟頭似的，總算是走到自己的車子坐進了駕駛座。餐館老闆追出來要找他零錢時，他的車子已從店門口呼嘯而過。

「操、操他媽的……！」

尹羅元連連搥打著方向盤發洩怒氣，他的車速逐漸加快，在狹窄的鄉下小巷裡飆速行駛。車子開在不平整的碎石子路上上上下下地彈跳著。在行經混凝土的堤防車道時，周圍暗到他無法辨識車道和水田的界線。儘管如此，他仍是氣急敗壞地繼續踩著油門。整個車內只有引擎的噪音和他的怒罵聲在迴盪著。

情況在一瞬間發生了劇變。一路狂奔的車輛被什麼撞了一下發生晃動。砰地一記悶聲，頓時眼前視線顛簸不停。尹羅元反射性地踩了煞車，上身因緊急煞車向前傾斜，頭直接撞上了車頂。霎那間的腦震盪使得他一陣暈眩。好不容易煞住的車子引擎蓋上微微冒著白煙。

尹羅元抱著方向盤一動也不動，過了許久，他才意識到這一切不是在作夢，而是現實。他楞楞地抬起頭，額頭好像撞破了，熱燙的液體從側邊流了下來。他下巴不停顫抖地看向了後照鏡。由於一片的漆黑，他實在看不太清楚，但依稀可見有什麼東西倒在了路中央。好像是人，又有點像是野豬。

這裡是四面環山的鄉村，深夜本來就常有野生動物出沒——他試圖如此安慰自己，眼睛卻遲遲無法從後照鏡上移開。感覺一秒鐘緩慢如一分鐘般地煎熬。就在這時，倒在地上的生物蠕動著身體爬了起來，乍看像是四隻腳著地，然而朝著車燈伸出來的卻是人類的手。

「呃啊啊啊啊啊！」

尹羅元一邊慘叫，腳掌從煞車移至油門踏板。他就這樣丟下了尋求幫助的人，迅速地離開了現場。車子拐了個彎消失之後，人跡罕至的鄉村小路再度回到了伸手不見五指的一片黑暗。

✳

「姜室長？」

聽見徐翰烈的呼喚，姜室長遲了幾秒才答了是。徐翰烈不滿地皺起眉頭，一直在恍神的姜室長卻察覺不到他的質疑。

「您為什麼這樣看著我？」

「有嗎？……我沒有啊……」

「您從進來到現在一直在盯著我看，是我臉上有什麼東西嗎？」

被他一針見血地道破，姜室長這才清醒了過來，還死不承認地搖頭擺手。

「沒有，沒這回事，我怎麼敢呢。」

他那動作就像個老舊生鏽的機器一樣，非常不自然，還不時偷覷著默默站在一旁的白尚熙。白尚熙則是如往常那般地忽略姜室長那道充滿埋怨的眼神。看樣子，兩人之間好像發生了什麼事，由於並非公事領域，徐翰烈也不好直接詢問。

徐翰烈用皮鞋尖頂了下白尚熙的，白尚熙隨即向他看來。徐翰烈用眼神詢問姜室長為何表現如此詭異，白尚熙只是聳了下肩，表示他也不知情。

姜室長接下來仍不斷偷瞥著徐翰烈，不小心對上眼時便露出一個尷尬的笑。徐翰烈根本就猜想不到他耳朵為何會紅成那樣。

徐翰烈找他們來是為了討論下一部作品。憑藉著《按照神的旨意》的爆炸性人氣，短短幾個月，白尚熙的地位有了翻天覆地的改變。假如說《引力》讓他迅速攀升為一名值得讓人關注的演員，現在人們則是更為期待他的下一部作品。粉絲數也呈現幾何級數成長，長年徘徊在五百至一千人左右的粉絲俱樂部在這段期間突破了五萬名的會員數。以「應援」為名義的禮物和信件也如潮水般大量湧進經紀公司。

企業界對他的關注也是非同小可，從戶外品牌、休閒服飾、西裝品牌，甚至到點心零食，邀請他廣告代言的公司幾乎橫跨所有領域。無論是電影還是電視劇，下一部作品已經列出了長長的候補清單。畫報拍攝和媒體採訪邀約亦是紛至沓來，除了先前就已經安排好的行程外，其他的工作根本來不及消化完畢。

企畫組的會議原本是每週一次，如今卻必須以一天為單位來進行安排。加上印雅羅的工作也多了起來，職員們簡直忙到就算是三頭六臂也不夠用。他們為白尚熙接下來的作品精心挑選出了兩個候補。

第一部據說是有羅曼史之王美稱的明星編劇家的新作。作家本身的名號就足以保障作品的話題性和劇本水準甚至收視率。在他的電視劇中，不論是新人菜鳥還是資深前輩都能受到重用，而且不管是誰，到最後都能躋身頂級明星的行列。劇中選出來的每個人物確實都有獨特的個性和魅力，能順利營造出演員就是角色本人的幻覺。

第二部作品是個末日題材的電影，由商業電影首屈一指的導演所執導。與韓國社會密切相關的背景與人物，新鮮的敘事性以及一系列反轉的劇情本身就充滿了趣味。和大多數創作作品一樣，雖然上映前無法保證票房是否賣座，但製作方那邊已經規劃出三部曲的巨幅藍圖來。

公司的內部評價是覺得，熟悉這類型題材的年輕族群是票房基本盤，除此之外，若能把中壯年族群也一起吸引至電影院，要動員千萬觀眾應該不算太難。

「你自己看一下劇本，慢慢挑沒關係，反正還有時間。」

徐翰烈將準備好的劇本資料交給白尚熙。白尚熙先從電視劇那一部作品開始慢條斯理地瀏覽。

「選哪個都沒關係嗎？」

「什麼意思？」

「朴作家的戲是每拍必傳緋聞的，我怕代表您不太清楚。」

心不在焉地掃視著劇本的視線忽然朝徐翰烈看了過來，姜室長同樣悄悄地投來了目光。

正如白尚熙所說的，朴作家的作品雖因暢銷而倍受注目，但更加出名的是劇中一起拍戲的演員往往都會因戲生情，發展成實質的情侶關係。通常是演員們過於沉浸在角色當中而產生了混淆，無法區分對對方的這份感情是戲裡抑或戲外。迄今為止，參與過他作品的演員們，配對成功率高達百分之八十，剩下的百分之二十都是已經有家室，或是雖然當事人極力否認，私下約會的情況卻是屢見不鮮，直到人們都快遺忘之際才又爆出熱戀消息。

於是，每當朴作家有新作品開拍，大家的關注焦點都會擺在這次會是由誰擔任主角。作為一對未來的準情侶，戲都還沒開拍，就有不少人在為演員們配對。

「……你自己看著辦。」

徐翰烈給了白尚熙一個毫不在乎的反應，還冷冷地回他「這種事幹嘛問我」。

白尚熙聽了笑了笑，繼續翻閱著劇本。期間，姜室長則是不斷地斜眼偷瞟著徐翰烈。

不是說只要有一點事不順他的意就會發脾氣？真是如此嗎？手臂交叉在胸前俯視著白尚熙雙手的臉龐看起來有些不悅。和先前的表情比較起來，姜室長其實看不出什麼差別，不過應該任誰都感覺得出來徐翰烈現在很是不爽。

姜室長的眼睛略為下移，他那臉蛋、脖子、手背都白得沒有一絲血色。定睛一瞧，才發現他只有指尖末梢特別泛紅，乍看會誤以為他是體質燥熱的類型，沒想到他居然會手腳冰冷。

『現在則是不管他做什麼都覺得可愛到不行。比如他連句好聽的話都不會說、表面裝作若無其事，其實心臟跳得飛快、平常體溫雖然偏高，但手腳卻很容易冰冷，要不斷搓揉按摩才會暖和起來……』

「呃啊啊啊！」

姜室長突如其來地怪叫出聲，屁股從位子上彈了起來。看著劇本的白尚熙和坐在對面的徐翰烈都驚訝地望向他。姜室長後知後覺地發現自己幹了蠢事，企圖用笑容掩飾難堪，但就連他這硬擠的笑都尷尬到不行。

「哎呀，時間這麼晚了。我下去洗個車，先發動一下車子，你慢慢看完再過來。」

明明距離下一個行程還有大約一個小時的時間，姜室長卻匆匆忙忙地離開了代表辦公室。

徐翰烈莫名其妙地看著耳朵紅得像是要爆炸的姜室長火速消失的背影，而後將目光轉移到白尚熙身上。

「他是怎麼了？」

「不曉得。」

白尚熙忍不住噗哧噴笑，仍是繼續裝傻，表示不用在意他沒關係地轉移了話題。

「這一部的女主角是誰？」

「安秀玄。」

徐翰烈不以為然地答道。白尚熙加深了笑意，就算不看徐翰烈，也能感覺到他那道灼熱的視線，所以更令他忍俊不禁。

安秀玄是近年來最紅的演員之一。網路上給她取了外貌終結者這樣的稱號，自然清純的外表是她最大的特色。她出道僅三年，若要期待她有什麼紮實的演技實力可能言之過早，但作為浪漫喜劇的女主角，她可以算是最佳人選。

「跟她演對手戲的人很有福氣呢，是不是？」

「可不是嘛。」

語氣酸溜溜的徐翰烈從座位上起身要走，白尚熙伸出手臂抓住了他的手腕。

「拍嗎？」

徐翰烈一時之間不明白他是在問什麼。白尚熙用下巴指了下他手中的劇本，再次確認道：

「你真的能接受我拍這部戲？」

「我不是說你自己看著辦了嘛。」

徐翰烈沒好氣地回嘴，同時扭動著被抓住的手腕試圖拔出手來。白尚熙先是溫順地放開了他手腕，而後立刻扣住他手肘，一把將他朝自己拽了過來。陡然失去平衡的徐翰烈整個人跌坐在白尚熙身上。白尚熙環抱住坐在自己大腿上的他，不讓他有機會逃脫。

「要是接下這部戲，我可不會隨便拍拍敷衍了事。」

他事先交待清楚。徐翰烈一聲不吭地皺眉瞪著他。白尚熙毫不退縮地與他尖銳的目光對視，「真的要我拍這部？」

徐翰烈氣得咬住了下唇，用不了多久便默默別過頭去避開他的視線。

「……不要。」

徐翰烈逼不得已壓低了嗓音，整個耳朵開始發燙了起來。講出這句話彷彿要了他的命似的，拳頭狠狠地捏緊。

白尚熙終於露出滿意的笑容，把徐翰烈的臉轉向自己，唇瓣隨即溫柔地覆了上去。他默默含吻著徐翰烈的下唇，無比小心地啃咬著唇肉的模樣，宛如在對待他最寶貝的東西，溫柔到不行。徐翰烈逐漸握住了白尚熙的肩膀，細密的睫毛也簌簌地抖動著。

「怎麼抖成這樣？」白尚熙溫聲呢喃，撫撫著他臉頰的動作十足的輕柔。

徐翰烈很害怕。他原本覺得死亡沒什麼大不了，是非常理所當然的事情。但不知從何時起，他開始感到茫然無措，心生畏懼。而且就連要承認這一點他都覺得既困難又可怕。茫然的焦慮一天天在增長，這波闇黑的情緒總有一天會將他完全吞噬。他想逃離。可他越是躲避，就越被白尚熙拖進更深的泥沼之中。徐翰烈頓時有種想哭的衝動。

✳

深夜，突然的一聲巨響，紅酒沿著裂開的電視螢幕傾瀉而下。玻璃碎片和紅色的液體散落在電視下方。聽見聲音出來察看的孫慶惠扶著額角，面對著客廳滿室的狼藉。尹羅元正怒瞪著破裂的電視畫面喘著粗氣，不用想也知道他發飆的原因是因為看到了白尚熙的廣告。

將近兩個月無法安穩入睡的他眼窩深陷，雙眼佈滿了血絲，皮膚更是肉眼可見的浮腫。整天就窩在那裡蒙著被子不起來，骯髒程度自是不用多說。自從出了那場事故，他就一直是這副模樣。

退出電視劇後，尹羅元便終日酗酒。而且還不是在住家附近，都跑到偏遠的地方去喝到醉醺醺的才回來。孫慶惠叫他找代駕，他也當耳邊風，毫無根據地強辯說代駕的司機會認出他是誰。

這般危險的行徑，終究是在兩個月前闖出了大禍。孫慶惠當時一邊搖晃著失魂落魄的尹羅元，質問他到底撞到的是人還是什麼別的東西。尹羅元只告訴她說他不知道，他什麼都不知道。

孫慶惠調出了他的 GPS 導航紀錄，追溯他去過的地方，再派人去那附近打聽。據說當天晚上是有一名老人受了傷。老人從被發現的那時起就一直處於昏迷狀態，由於年事已高，連手術都做不了。當時趕到現場的警察無法確定是發生車禍還是野生動物襲擊。那一帶人煙稀少，附近甚至都沒有設置監視器。

老人在加護病房裡待了幾天，期間都沒有家人前來照顧。他唯一的家屬是他妻子，因關節手術而行動不便。即使收到警察的通知，膝下的五名子女也沒有人回來探望。醫院方面正在苦惱，不知道該從何收取老人的醫藥費。

事情比想像中還來得容易解決。孫慶惠先到醫院去支付了老人的醫藥費，儘管主治醫生表示老人應該是無法康復甦醒，她還是請醫院繼續維持老人的生命，醫藥費不管多少她都願意承擔。孫慶惠也聯繫了老人的子女，主動表達了和解的意向，他們欣然答應了孫慶惠的提議。其中也有人加碼似的暗中要求增加一兩千萬的賠償。孫慶惠不惜一切代價，終究是得到了對方未來不會再提出任何異議的承諾。

她也費心思去拉攏當地的警察局，先是透過人脈去認識了局長，一旁負責此案的刑警態度相當誠懇。他們表示，既然家屬不再有異議，在偵辦人員人力不足的情況下，很快就會以單純意外事故來結案。還補充說，媒體對於鄉下發生的交通事故不會有興趣，請她大可放心。

尹羅元的車子則是像二手交易一樣變更了名義，之後找了認識的公司進行報廢處置。所有的事情都低調、迅速，並且非常順利地處理完畢。

幾天前他們接到了消息，老人最後還是離世了。醫院所診斷的死因為敗血症。家屬們也基於年老的理由沒有再要求進一步的調查。通知他們一切事情都完全解決的人，正是負責此案件的刑警。

遮遮掩掩地處理了這麼多事，孫慶惠的耐性也所剩無幾。對她來說，尹羅元這傢伙根本不是兒子，而是一個會行走的不定時炸彈。她煩躁地催促尹羅元：

「你還不睡覺在幹嘛？」

「……妳為什麼要和那傢伙搞在一起？」

「什麼？」

「為什麼偏偏是那傢伙啊，為什麼！」

尹羅元像瘋了似的鬼吼鬼叫，瘦到快變皮包骨的脖頸上爆起了粗大的青筋。孫慶惠對他的放肆發洩不予理會。

「你是做對了什麼事情敢這樣對著我大呼小叫？」

「都是媽害的，就是因為妳愛在外面跟別人亂搞，才害我的人生變得一團糟。

妳當初要是沒有和那臭小子糾纏在一起，我今天也不會落得這麼可悲的下場！」

尹羅元氣急敗壞地把錯全怪在他母親頭上。他整天做著殘害自己的事，老是在確認網路或電視上有沒有出現自己的消息，是否有出現相關的新聞報導。即便必須面對已成為大勢潮流的白尚熙，尹羅元也無法停止對自己的精神折磨。他一遍又一地搜索自己的名字，每分每秒都要刷新一次。

孫慶惠也被尹羅元逼到神經衰弱的境地。雖然目前成功隱瞞了他的肇事逃逸，媒體一旦發現到一點蛛絲馬跡就完蛋了。《The Catch》的文成植已經來聯絡她，詢問尹羅元是不是真的在酒館裡和人發生爭執。

韓國社會風氣尚未擺脫連坐制度的影響，假如肇事逃逸的消息真的傳了出去，孫慶惠自己勢必也洗刷不掉這樣的污名。如此一來，她的企業肯定會受到牽連。花費了畢生心血建立起來的公司，她不能因為這麼一個敗家子而失去這一切。

要擺平這場危機的方法只有一個——用更大的事件來掩蓋尹羅元的這場事故。為此，她需要找到良好的題材。那種瑣碎的演藝圈八卦都不夠勁爆大條。

正煩惱地咬著指甲，孫慶惠突然聽到一道熟悉的嗓音。她轉頭看向電視，上面正在播放著白尚熙代言的廣告。尹羅元再度飆罵髒話，拿起靠枕砸向了電視機。孫慶惠在此時做出某項決定，毫不猶豫地掏出了手機。

「是我，抱歉這麼晚打給你。我得見一下某個人，你盡快去幫我安排。」

和秘書通話的她再次轉向後方，白尚熙的廣告早已結束，現在在播的是別的廣告。尹羅元忍無可忍地衝去拔掉插頭，直接關掉整台電視。變黑的螢幕上倒映著的人影想到了一個絕妙的解決方法。

「我要見日迅建設的徐宗烈代表。」

12

No Sugar In The Pot

「回去睡一會吧，我八點會來接你。」

姜室長倦容滿面地叮嚀道。白尚熙只是點了點頭，沒有應聲。結束了在香港的行程，回到韓國已經是凌晨五點半左右。早上還有一個畫報拍攝的工作必須坐車移動，他僅剩兩個小時時間。別說是睡覺了，光是要盥洗整理可能都來不及。這樣緊湊的生活他已經持續了將近兩個月。

白尚熙靠在了電梯的牆上，忍不住嘆了口氣。他踩著極其緩慢的步伐經過走廊來到大門口，進入屋內後先是低頭確認玄關的地板。除了自己的鞋子外，別無他物。儘管是自己一個人住，但每次回家他都習慣這樣確認。和徐翰烈在一起之後，莫名養成了一些以前沒有的習慣。

像其中一項就是手機不離身。他抱著一絲可能性確認了一下手機，然而對方並沒有傳來任何訊息。這個時間要聯絡他又還太早，白尚熙把手機扔在沙發上，環顧著空蕩蕩的屋子。雖然已是初夏，或許是空了好幾天的緣故，家裡顯得冷清不已。他最近偶爾覺得這房子自己一個人住實在過於寬敞了。

白尚熙走到浴室，一件一件地脫下衣服。為了緩解疲勞，他刻意用熱水沖澡。溫熱的水從頭頂往下淋，他閉著雙眼，彷彿可以站著直接睡著。

好不容易洗完澡，已經沒有多餘的力氣對抗睡魔的侵襲。他頭髮也沒吹，倒在沙發上就這麼陷入了睡眠狀態。

意識朦朧間，忽然聽見玄關大門的門鎖發出開啟聲。門一打開，感覺外面的空氣似乎灌了進來。他本來就處於恍惚的狀態，還以為是自己在做夢。慢吞吞走進來的腳步停在了不遠處。那個人在原地駐足了一會，馬上朝睡著的白尚熙靠近。白尚熙沒有睜開眼，卻能感受那一道靜謐的目光。對方身上還不斷散發著那股熟悉的香氣，非視覺性所感知到的，那獨特的體型、氣場還有他的呼吸，白尚熙都瞭若指掌。

他在睡夢中伸出了手，沒多久，指尖就捕捉到了某個人的衣物。他的手向上摸索，扣住了大腿根部。對方稍微抵抗了一下，隨即破除防禦，被白尚熙摟了過來。大大的座墊噗哧一聲沉了下去，白尚熙的身體甚至都已習慣了這份重量。儘管還沒睡醒，他仍是毫不猶豫地抱住了對方的腰，把頭靠在那平坦的腰背上靜靜地磨蹭著。

「我在作夢嗎？」

白尚熙嘀咕的聲音沙啞不已。對方沒有回應。這副身軀雖然沒有要逃跑，卻維持著挺直的姿態。是不是夢都沒有關係，此刻的白尚熙只覺得怎樣都無所謂了。他繼續摟著懷裡的人，終於讓對方和自己一起躺在了沙發上，為了不讓對方脫逃還死命地抱住了人家。原本空虛的懷抱如今被充實得心滿意足。

「再一下下。」

白尚熙語氣中充滿倦意地央求，鼻子在對方的皮膚上搓揉不停。想念的體味安定了他的心神。對方始終緊繃的身體也一點一點地放鬆了下來。就在白尚熙的意識勉強懸掛在現實和夢境的交界之際，臉上傳來一種癢癢的觸感。對方的手撩開他臉上的濕髮，試著在眉毛上描摹，也揉了揉他的耳朵。他感覺到一個柔軟的東西接二連三地落在自己的額頭、眼皮和臉頰上。

哪怕是自己撒嬌般纏上去的四肢，對方也沒有推開，而是溫柔地給予愛撫。這應該真的是自己做的一場美夢了。白尚熙在失去意識的當下仍一邊傻笑，接著便昏沉沉地睡了過去。

「……」

閉上的眼皮倏地睜開來，白尚熙模模糊糊的視野清晰起來，恢復了意識。熟悉的天花板率先佔據了視線。他在臉上撫了一把，感覺到後方似乎有什麼動靜，倏然回頭。坐在吧台桌前那個熟悉的背影很快地進入了他的視野。毫無疑問，那個人是徐翰烈。他不知道何時來的，正喝著紅酒一邊看著什麼。

白尚熙撐起了身體，時間只過了半個多小時。可能是睡得很熟的關係，他不過是短暫閉了個眼，卻覺得昏沉的腦袋都舒暢了起來。他馬上裹著凌亂的浴袍走到徐翰烈的身邊。

明知他靠了過來，徐翰烈卻沒有表現出任何反應，只是繼續滑動著正在瀏覽的網頁。白尚熙張開兩隻手臂撐在吧台桌上，把徐翰烈困在他圍起來的空間裡，然後在他後頸上親了一口。

「什麼時候來的？」

「剛剛。」

「我也是剛剛才睡著的。」

徐翰烈滑動螢幕的手停頓了一下，隨即又裝出一副若無其事的態度。

「你睡得不醒人事。」

「是嘛？」

白尚熙直盯著徐翰烈側臉的眼神好似看穿了什麼，又像是帶著一絲揶揄。徐翰烈並沒有因此退怯，他轉過臉來，兩隻眼睛直視著白尚熙。

「你那語氣是什麼意思？」

「我剛剛做了一個夢，夢到一個看不到臉的美人，任由我盡情地對他撒嬌耍賴。」

「又沒看到臉，你怎麼知道是個美人？」

「那種事靠本能就能感覺得到。他很溫柔地撫摸著我，還親吻我，哄著我直到入睡。我一邊作夢還一邊想著，這個人這麼溫柔，應該不可能會是你……」

白尚熙滔滔不絕地訴說著，同時把下巴靠上了徐翰烈的肩膀。他伸出手掌覆在徐翰烈的右手上扣住他。徐翰烈無聲無息地被他抱住。他將徐翰烈的右手翻面，掌心朝上，徐翰烈疑惑地看著他的動作。只見徐翰烈的指腹微皺，不似原先那般平滑。白尚熙發出淺淺笑聲。

「看來不是夢呢。」

徐翰烈這時才反應過來，氣得抽手。還在納悶白尚熙怎麼會這麼聽話地放開他，沒想到下一秒，徐翰烈的身體就已經被翻轉過來，坐在了吧台桌上。他兩隻腳瞬間被分開，白尚熙擠進他的雙腿之間，彼此的下腹部頃刻貼在了一起。白尚熙擺弄著徐翰烈被自己弄濕的襯衫領子。他一邊用手撫平那濕掉的衣領，同時用拇指輕輕摩挲著徐翰烈濕濡的脖頸。

「徐代表不可能不知道我的行程就直接跑來，就那麼想見我嗎？哪怕是一下子也好？」

徐翰烈沉默不語地揮開白尚熙的手。「嗯？」白尚熙重新捧住徐翰烈的臉，輕柔地銜住他的嘴唇。來不及逃走的舌頭上有著酸甜微澀的紅酒味。白尚熙滋滋地吸吮著徐翰烈軟軟的舌尖，再連著他的上唇一起含進嘴裡拉扯。徐翰烈扶著他的手臂，束手無策地承接著他的吻，到後來也慢慢閉上了眼睛，開始認真地回應。

溫熱的鼻息在人中處擴散開來。白尚熙固執地吮吸著徐翰烈的唇珠，徐翰烈輕咬了他一口，舌頭溜進他反射性張開的嘴裡，彷彿在吃糖果似的吮舔著銳利的犬齒。白尚熙用舌尖刮撩般地刺激徐翰烈的舌，玩起捉迷藏的兩條舌頭不停在彼此口中推放，急切地相互勾弄拉扯，仔細地互相摩擦。很快地，全身都燥熱了起來。

白尚熙把徐翰烈抓著他的手臂拉到自己頸部後方，然後托著他的背，慢慢讓他向後躺在桌子上。緊緊相吸的嘴巴跟著分離開來，繼而落下一連串搔癢的輕啄。激吻後喘個不停的徐翰烈低頭看向自己逐漸敞開的上衣。他的臉頰也好，下顎也好，全都受到白尚熙的唇瓣侵襲，襯衫的鈕扣也一顆接著一顆被解開。

「你幹嘛？」

「在餐桌上還能幹嘛，肚子這麼餓，得吃點東西才行。」

「誰教你一大早就亂發情的。」

「這傢伙又不會乖乖聽我命令。」

白尚熙用他脹大的傢伙磨蹭著徐翰烈的跨中央，一把掀去解開了釦子的襯衫。徐翰烈不自覺地縮了下肩膀。白尚熙吻著他聳起的雙肩，跟著解開了褲頭。拉下拉鍊的聲音讓徐翰烈的腰身驟然僵硬。白尚熙的唇一寸寸地下移，不確定是期待感還是不祥的預感，徐翰烈的上身緊張地漸漸彎起。白尚熙裝作渾然未覺，速度緩慢地繼續親吻，時不時張口含住徐翰烈的乳頭。敏感的部位被滑嫩的黏膜給緊密包裹，徐翰烈的腰桿不禁向上一彈。

趁著這時，白尚熙連同內褲唰地拉下他的褲子，緊扣住他蠕動的肩膀和手臂，繼續用舌尖讓柔軟的肉團挺立，碾壓著它，復又將它吸進嘴裡。徐翰烈被他壓在身下的身體一抖一抖地抽搐著，和他交纏在一起。

白尚熙抓著他使力繃緊的手慢慢來到自己的胯間。

「餵我一口就好，我快餓死了。」

他用調皮的口吻附在徐翰烈耳邊嘶啞低語。發硬的性器抵在徐翰烈白皙的手掌上，不停摩擦著激動的柱身。徐翰烈鼻息粗重地瞪著他，隨後一把攬住白尚熙的脖子。吸取了水份而皺起的手指頭一隻隻插進髮間，觸碰著因興奮而變得敏感的頭皮。

徐翰烈究竟摸自己摸了多久，手指才會皺成這個樣子。實在是太可愛了，可愛得令人無法忍受。

✳

這次的畫報是在郊區一棟廢棄的建築物裡進行拍攝。深綠的爬藤植物沿著破損的磚牆自然地垂落。到處都是鬱鬱蔥蔥的樹叢，空氣中也瀰漫著苔蘚的味道。溫煦潮濕的風和草蟲的鳴叫聲讓人實實在在地感受到時序已邁入初夏。若非這種時候，根本沒有機會注意到季節的更迭和日子的逝去。還好白尚熙只要結束今天的行程，明天就可以獲得一天休假。明天不是週末，但白尚熙還是提醒了徐翰烈，要他配合自己空下時間。尚未清醒的徐翰烈一臉昏沉，好不容易才點頭答應。一想到對方，白尚熙的眼尾就不由自主地瞇起，頓時一點都不覺得疲倦。

姜室長在白尚熙身旁連聲發出長嘆，視線一直固定在自己的手機螢幕上。他用困擾的神情看了下螢幕上顯示的電話號碼，然後把手機從震動切換為靜音模式。這不單單只是今天才有的情況。

「又不能把手機直接關機……」

正在怨歎的姜室長忽然感覺到注視的目光，他抬起頭來，立刻迎上白尚熙的視線。對方眼神示意了一下手機，想知道是怎麼一回事。

「……沒有啦，都已經跟他們說要透過公司來聯繫了，總是有一些人想要私下和我接觸。」

姜室長雖然說得比較委婉，但白尚熙一下子就明白了他的意思。隨著電影和電視劇的接連成功，找上白尚熙的工作也越來越多。已經有四個以上的廣告正在投放，還有些品牌是已經簽約但尚未拍攝。不僅如此，即便確定了下一部作品，後續作品的試鏡邀約仍是接續不斷。到了這時候，也陸續開始收到綜藝或談話性節目的邀請。考慮到最近電視圈比起嘉賓更重視固定班底的這種趨勢，要說白尚熙成為了大勢也不為過。

就連姜室長以前認識的演藝圈相關人士也三天兩頭地打電話給他。白尚熙與SSIN娛樂的專屬合約只簽兩年的這件事似乎不知從哪裡傳了出去。雖然還有九個月才到期，其他公司卻爭相在暗地裡先下手為強。假如白尚熙最近確定參與的電影也能順利取得成功，要晉升頂級明星的行列不過是時間早晚的問題。人們有時會認為潛力型的商品比已經大賣的商品更具價值。市場原則本就是如此。

加上還有那些明明公司都已經拒絕了提案，卻動用人情關係來交涉拜託的傢伙。這些人在白尚熙遇到困難時連通電話都沒打過。雖然明白攸關工作飯碗的事情本來就很現實，不免還是令人感到有些唏噓。

懷著各式各樣煩惱的姜室長再度嘆了口氣。看著他愁眉苦臉的模樣，「拒絕就好啦。」白尚熙繼續說道：

「你是在苦惱什麼，難道你打算背叛徐代表？」

「你啦！我想背叛的人是你！」

姜室長被他氣得牙癢癢的。白尚熙聽了只回他一句：「那可不行。」姜室長生氣地瞪著他，忍不住在嘴裡抱怨：

「還說什麼背叛咧，當初你的合約本來就只簽兩年。」

「所以啊，為了爭取延長要好好表現。」

「好哇你。」姜室長不由得發出一聲感嘆。白尚熙得意地笑了笑，繼續用著手機。不曉得他打從剛剛這麼認真是在看什麼，原來是在查深夜兜風路線。姜室長不用問也知道他大半夜的是打算和誰去那種地方。看他那眼神，完全就是個一頭栽進戀愛中的人。過去的他對什麼事都一副興致缺缺的態度，如今卻變成這幅陌生的模樣。姜室長知道，他真的是和以前不同了。

即使忙碌，白尚熙和徐翰烈還是總會找機會見面。只要工作結束，姜室長就經常聯絡不到他。等到按照下一個行程的時間去接他時，他總是清爽乾淨地出現，有時都過了約定時間他才拖拖拉拉地下樓。每當這種時候，白尚熙都會拿出最佳狀態完成當時的工作任務，讓姜室長沒有理由好囉唆。現場那些不知內情的工作人員總是因此給予他相當好的評價。

在最近某次的畫報拍攝，還聽到有人問說「池建梧先生是不是談戀愛了啊？」雖然對方應該只是在稱讚白尚熙的表情變得較為豐富細膩，姜室長還是莫名捏了一把冷汗。尤其白尚熙當下竟然既不承認也不予以否認。

不管如何，徐翰烈畢竟是財閥家族的一員，就算不是現在，將來總有一天也會結締一個如同契約般的婚姻。兩人關係的結局走向是顯而易見的。姜室長既無法支持他們，也不能多管閒事地從中阻撓，就處在這麼一個左右兩難的複雜心境之中。

最重要的是，現在正在上升期的白尚熙更應該注意形象管理。藝人在剛開始受到大眾關注的階段，需要特別小心謹慎，即便是小小的言行舉止也會被放大檢視，成為眾人的話柄。不僅是過去的事蹟，就連私生活也可能被逐一挖出來檢討或引發爭議。就這方面來說，白尚熙其實非常危險。他至今能夠平安無事，是因為以前根本沒人會去注意他。他有太多不能被外界得知的黑歷史，只是目前陶醉在成功的喜悅當中，暫時忘記了而已。看著白尚熙春風滿面的樣子，姜室長連聲嘆息。

造型組的工作人員這時朝兩人走來：

「池建梧先生，差不多要開始準備化妝了，請您先換上浴袍。」

白尚熙答了是，便跟著工作人員走去。說是更衣室，其實只是搭了一個臨時的帷幕，而且造型組組長也在裡面看著他換衣服，確保他身上沒有什麼明顯的疤痕或其他問題。白尚熙抓住T恤下擺，當著對方的面一口氣脫去上衣，露出無可挑剔的結實上身。雖然胸板較為厚壯，但配上修長端正的雙臂，看起來一點也不臃腫笨重。加上他流暢的腰線，反而形成一個完美的倒三角體格。「身材真好啊。」造型組組長剛稱讚完，忽然發出一聲低呼：

「咦？這個是什麼？」

他注意到的地方有個發紅泛青的痕跡。乍看之下像是瘀青，又像起疹子或是皮膚炎，還有一些不知被什麼抓過的痕跡。坦白說，看起來就像性愛後留下的曖昧抓痕。白尚熙大剌剌地在皮膚上抓了幾下，造型組組長也力持鎮定。

「會不會感到刺痛或發癢？」

「不會。」

「這個粉底不知道蓋不蓋得起來耶。請稍等喔，我去跟他們討論一下。」

造型組組長匆匆離去。察覺到了不對勁的姜室長這時才進來查看情況。

「怎麼回事？」剛問完，姜室長便露出尷尬的神情。只見白尚熙整個肩膀、脖子到上半背部的肌膚上斑點遍布，一看就知道是吻痕，上面那整齊的牙印就是證據。

「什麼啊，是什麼時候變成這樣的？」

姜室長抓著白尚熙的肩膀，對著那些清晰的印記胡亂搓揉。沒有辦法消掉。白尚熙不甚在意地回答「不知道是不是今天早上」，在這個稍一不注意就會爆出戀愛傳聞的圈子裡，他卻如此的老神在在。

由於時間緊促，白尚熙本來打算只做一次，結果一做下去卻煞不了車，直到姜室長打電話來催了才停止。在白尚熙第三回合插入的當下，徐翰烈終於怒不可抑地咒罵出聲，氣惱地啃咬抓撓著白尚熙的脖頸和背部。儘管知道白尚熙待會的行程是畫報拍攝，而且根據拍攝主題可能有裸露上身的需要，徐翰烈仍是無法停下動作。

沒過多久，攝影師、美術設計、編輯紛紛前來。三個人仔細地檢查了白尚熙身上留下的那些曖昧痕跡，接著針對拍攝的服裝和主題進行各種確認，持續了好一陣子的專業性談話。白尚熙在一旁不慌不忙地繫著浴袍的腰帶。結果，眾人討論出的結論完全超出意料之外。

✳

徐翰烈正坐在會議室裡聽取企畫組的簡報。與往常不太一樣，他今天的坐姿看起來有些彆扭，也換了和早上不同的一套衣服。早上那件衣服已經變得皺巴巴，還濺滿了體液，根本就沒辦法穿。

白尚熙原本就是個不知分寸的傢伙，自己竟然傻到會相信他只做一次的鬼話。乳頭經過了一番撕咬和吸吮，一碰到衣服，徐翰烈就忍不住蹙起眉頭來。擔心胸前薄襯衫會透膚，他不敢把外套脫下，因此調低了會議室的空調溫度。企畫組的組員們於是不停搓著冷到起了雞皮疙瘩的手臂。

「以上，報告完畢。」

結束了簡報的講者望向徐翰烈，感覺會被一堆問題攻擊的他默默嚥了下口水。徐翰烈剛要開口，安靜的會議室裡就響起了敲門聲。他輕輕點了點頭，坐在角落的組員便開了門，宣傳組組長走了進來。

「有什麼事？」

「我收到了池建梧先生畫報拍攝現場的緊急聯絡。」

徐翰烈立刻皺起了眉頭。

「怎麼了嗎？」

「他的皮膚出了一點問題，他們沒有替他遮擋就直接進行了拍攝。現在想跟我們確認是否能同意採用這組照片。」

宣傳組組長將自己的平板電腦遞給徐翰烈。螢幕上有一張剛拍攝好的照片。半裸的白尚熙正慵懶地躺在一個充滿水的浴缸裡。濕漉漉的臉孔和即使浸在水中也一覽無遺的精實身材，以及他後仰著頭向下冷睇著鏡頭的眼神，無一不是散發著性感銷魂的氛圍。徐翰烈一時說不出話來，當下竟看不出問題是出在哪裡。

「這個怎麼了嗎？」

「……那個、您仔細看的話，池建梧先生的脖子和肩膀附近的肌膚長了一些東西，他們說那些並不是化妝效果。」

宣傳組長語氣尷尬地補充說明。企畫組長這時也傾身過來看著平板上那張照片。見到組員們也帶著好奇的眼神開始騷動，徐翰烈大方地把手中的平板交給他們，同時附上的一句評語讓大家懷疑起自己的耳朵是不是出了問題。

「拍得很好看嘛。」

「咦？」

「色氣十足的不是很棒嗎？很適合他啊。」

徐翰烈發表了無所顧忌的想法。宣傳組長積極地站出來反對。

「如果拍攝的幕後花絮被揭露，或是他們沒管好工作人員的嘴巴，隨時都有可能傳出戀愛傳聞的。」

「何必這麼畏首畏尾，看的人怎麼會知道那是真的還是化妝的效果。怕拍攝花絮出問題的話，就先跟他們協議好不要提及這部分，至於其他服裝的照片，看是用遮暇還是修圖處理。擔心現場工作人員傳出去？現在講這個也已經來不及了。只要實際情形沒有被公開，就不會傳出什麼戀愛傳聞吧，是不是？」

徐翰烈信心十足，堅信與白尚熙發生關係的對象絕對不會被爆出來。職員們無法反駁，只能轉動著眼珠子看來看去。

接近下班時間，徐翰烈的工作也進入收尾的階段。原本安靜的手機突然響了起來。白尚熙說好工作結束會跟他聯絡，徐翰烈猜想應該是白尚熙打來的。毫不懷疑地低頭看向手機螢幕，他霎時變了臉。來電者竟然是徐宗烈。沒有什麼特別的事，平常兩人是不會聯繫的。就當作對方是不小心按錯吧，這樣比較自然合理。徐翰烈忽視對方的來電，關了電腦，整理起桌上的正在處理的文件。

他剛把最後一份文件夾歸檔，手機又再響起。這次依舊是徐宗烈打來的，徐翰烈並沒有接聽。對方沒有再繼續來電，只是伴隨著短促厚重的震動聲傳來了一封訊息而已。訊息傳送者仍是徐宗烈。

『最近成為大勢的演員Ａ，被起底的過去成為了話題。據說最高學歷是高中輟學的Ａ，在學期間頻頻遭到留級和停學。他換了好幾個不像樣的工作，輾轉來到被稱為高級男公關的會員制牛郎酒店上班。在酒店客人推波助瀾的幫助之下，讓他得以在演藝圈出道發展。也許是憑藉著出眾的外貌，他很快就擔綱了要角，看似一路平步青雲，卻又因為暴力問題，一度面臨退出演藝圈的危機。後來他與某新興經紀公司簽訂專屬合約，接連出演了幾部代表作，人氣水漲船高。在這樣的背景下，坊間開始謠傳該經紀公司的代表其實是他新的贊助商。』

徐翰烈還沒看完全部的內容，就又收到另一個訊息。

『禮物。』

他哈地發出無言的冷笑，馬上按下了通話鍵。這次是徐宗烈不肯接他的電話。

他重新撥打了一次，結果還是一樣。

『接電話。』

徐翰烈傳了訊息之後再次按下通話鍵，對方依然沒有接聽，但回覆了他一則訊息。裡面寫著要他到指定的場所來，並附上一個簡短的地址。徐翰烈固執地嘗試直接通話，沒一會卻傳來對方手機未開機的語音提示。他氣得把自己無辜的手機用力摔了出去。

徐翰烈感覺渾身血液迅速凝結。對於約會的期待感不翼而飛，面色冷峻了下來。

徐宗烈傳來的訊息是一種在網路上散佈的小道消息。這雖然是出處不明未經證實的謠言，但不只是演藝圈，情報機關或企業也都時常確認上面撰寫的內容，畢竟多少都懷著無風不起浪的心理。徐宗烈的吸毒事件時也是這種八卦小道率先傳開了消息。最近一旦生成一則新傳聞，用不著一天的時間就能在一般社會大眾之間廣為流傳。主要是因為社群網路具有威力強大的連鎖效應。

但是楊秘書今天上午的簡報並沒有提到類似的消息。徐翰烈的情報能力不會比徐宗烈差。要是那則小道已經開始流傳散播的話，他這邊除了透過宣傳組或記者，多得是其他管道可以取得。然而既然沒聽到半點風聲，意謂著這則消息還未外洩。看徐宗烈的態度，比較像是在威脅自己，若是不按照他的指示，他就要把這消息發佈出去的感覺。

不知道他是從哪裡得知這個消息的，可以肯定的是，徐宗烈已經察覺到自己和白尚熙的關係。這不太妙。對於虎視眈眈想要打擊自己的徐宗烈來說，這則情報無疑是最佳利器。還不知道他手中是否握有確切證據，看來必須親自和他見面確認才行。

徐翰烈隨即站了起來，離開座位。徐宗烈給的地址是他自己在江南的一間頂樓豪華公寓，主要用於公開的派對或私人聚會。徐翰烈按下門鈴，徐宗烈的秘書出來迎接。「您來了啊。」徐翰烈越過他的肩頭觀察了下裡面的氣氛。在爵士樂的旋律當中，陸續傳來交談的人聲，聽起來人數還不少。

「秘書先生是改行當皮條客了啊？」

徐翰烈毫不掩飾自己內心的不悅，把徐宗烈的秘書推開後走了進去。聚集在附近的人群一齊朝他集中視線，其中不乏有幾個徐翰烈認識的面孔。徐翰烈大步地掠過那些主動跟他打招呼說好久不見的人們。

徐宗烈正癱坐在一大片窗戶前的沙發上，和他打情罵俏的那些人一個個轉頭看了過來。徐宗烈假裝現在才注意到他的出現，裝模作樣地招呼道：

「喔、來啦？」

他身旁的人群也跟著笑迷迷地向徐翰烈挑眉打招呼。秀湖建設的安鎮浩、AO電子的金明宰、偉漢鋼鐵的李源中，都是一些認識的人。去年轟動全國的毒品醜聞主角們齊聚一堂，只有蘇奈人不在這裡。代替她的是一名年紀差不多的女性，正佔據了徐宗烈身旁的位子。她是最近相當活躍的某女團成員。

「我們好歹也是親戚，怎麼想見個面這麼困難啊。我還以為你正式在演藝圈出道了呢？」

聽到徐宗烈的嘲諷，在場的所有人都發出了淺淺的嬉笑聲。徐翰烈冷冷地朝他們掃了一圈，隨之起舞的這群人於是尷尬地收起了笑意。儘管如此，徐翰烈仍舊用犀利的視線瞪著他們，直到氣氛有些凝固了才再次對上徐宗烈的目光。

「你是在搞什麼？」

「我搞什麼？你也太冷漠無情了吧。做哥哥的關心一下弟弟都不行嗎？聽說你為了那小不拉嘰的公司，忙到連家都不回了。我們會長大人可是擔心到不行呢。啊，其實你不是在忙工作，是忙著和那位特殊情人交往是嗎？」

徐宗烈意味深長地撇嘴嘲諷道。周圍的人們跟著發出討人厭的起鬨聲來。徐宗烈一邊輕輕轉動杯子裡的冰塊，對著徐翰烈從頭到腳逐一打量，眼神宛如毒蛇吐信舔拭那般噁心。「他呢？」開口說話的嘴唇邪佞地朝一邊歪斜。

「很忙是嗎？傳言都說你去到哪都帶著他，我還以為你今天也會把他帶過來呢。」

語畢，周圍的人們爭相提問：「他真的有交往對象了嗎？」「是誰啊？」「是藝人嗎？」

徐宗烈沒有答話，只是一邊喝著威士忌一邊悠哉地望著徐翰烈的反應。混濁的雙眼彎了起來，似乎沉浸在嘲弄徐翰烈的樂趣之中。

「很可疑喔？有好事的話要一起分享啊。」

「……沒有啦，我們翰烈最近養了一條狗，把牠當情人一樣費盡了心思在對待。」

期待著答案的眾人聽完紛紛露出失望的表情。「什麼嘛。」有人直接發出奚落聲。徐宗烈咯咯笑著，伸出了他的空酒杯，坐在一旁的女團成員立即幫他添酒。

「誰知道那狗崽子究竟倒貼到什麼程度。」

這一句微妙的補充令眾人再次露出疑惑的表情，徐宗烈又繼續說道：

「就連我身邊的一堆男男女女都表示想和那傢伙睡一次看看呢，聽說他交媾能力是出了名的厲害？還有傳聞說自從你把那問題很多的狗崽子帶回去之後，新人魚躍龍門的大門居然就關了起來，這也太讓人好奇了，你們倆這關係不一般吧？」

聽了這番弦外之音，眾人又是一陣面面相覷，互使眼色，猜測他是在暗指池建梧還是印雅羅。最終仍是找不出答案的人們於是興致勃勃地看著徐翰烈和徐宗烈兩人針鋒相對的畫面。

徐翰烈的眼睛連眨都不眨一下。

「我在問你幹嘛要把我叫過來。」

「我不是說了嗎，我是擔心你呀。堂弟這麼乖巧善良，怕唯一的堂哥誤入歧途，還親自站出來規勸，我怎麼可以對你漠不關心呢。你去年送給我那麼大一個禮物，所以我也在思考著要回送什麼給你啊。」

徐宗烈看起來十分興奮。

若是不知道自己和白尚熙的關係，是無法游走在尺度邊緣一邊透漏出這麼多訊息的。難道他派人跟蹤了嗎？不，徐宗烈並非心思如此縝密之人。自己也沒有鬆懈到會被他逮到把柄的地步。這麼說來，消息來源應該另有其人。到底是誰？知道內幕的人明明少得屈指可數。

「我們談談吧。」

徐翰烈停下他的反覆推斷，稍微減弱了氣勢，下巴朝向裡面的房間抬了一下。那些在圍觀的人們眼睛跟著亮了起來。見他一反常態的態度，看來是真的有什麼隱情。「好啊。」徐宗烈沒有反對地說道：

「就在這裡談。」

「……」

「我畢竟是主人嘛，邀請客人過來自己卻消失不見，這樣不太禮貌吧？」

徐翰烈終於皺起了眉頭。然而他越是顯露不悅，徐宗烈就越是沉浸在勝利者的喜悅當中。

「你說說看啊，不是想跟我談一談嗎？」

徐宗烈催促著他，背部懶懶地向後靠去。徐翰烈只是捏住了拳頭，不爽地瞪著他。局勢似乎不同以往地發生了逆轉，觀眾們的臉上浮現出濃厚的興趣，另一方面也急著想知道答案。

「徐宗烈。」

正和身旁人們輕浮地嬉笑著的徐宗烈驟然停下了動作，看向徐翰烈的臉上沒有半點笑意。

「叫我哥。」

徐宗烈語氣僵硬地糾正了稱呼，然後放下了一直拿在手中的酒杯。

「翰烈啊，有這麼多人在看著，考慮到我們徐家的顏面，還是別做出丟臉的事吧？又不是幼稚園的小朋友，這樣子有失格調。」

徐宗烈從座位上站起，嗓音壓低了安撫道。徐翰烈盯著他慢慢和自己縮短距離，對方那張暗沉鬆垮的臉在逼近，忽地微微一笑。「別那樣瞪著我」徐宗烈對著他悄聲耳語。

「人都來了，笑得開心一點嘛。你不懂現在是什麼情況嗎？」

徐翰烈冷冷地瞪著態度輕佻的他。徐宗烈臉上帶著噁心的笑，毫不退縮地回視著徐翰烈，無論徐翰烈是如何有備而來，彷彿他都有信心能戰勝似的。

就在這時，緊繃的氣氛突然開始凌亂，駐立在門口附近的人們都轉頭向玄關處張望。似乎是有誰來了的樣子。佔據了沙發區的這群人也將注意力擺在那個默默走來的人身上，只有徐翰烈還在惡狠狠地瞪著他眼前的徐宗烈。徐宗烈的視線也暫時挪到徐翰烈後方，「喔。」他故作驚訝地感嘆：

「你來得正是時候呢。歡迎啊，池建梧先生。」

語調輕快的問候聲讓徐翰烈的眼睛變大，他隨即扭頭，穿越了人群走來的人確實是白尚熙沒錯。旁人的竊竊私語的音量逐漸大聲了起來，但徐翰烈的耳中卻什麼也沒聽見。不知不覺已來到他身旁的白尚熙默不吭聲地打量著他發愣的臉龐。

「怎麼，在這邊見到他感覺很新鮮？是我把他叫來的。既然翰烈你是今天的主角，我想說有一個你比較熟悉的朋友在場會比較好。朱媛本來就忙得沒空，而且她那脾氣，來了也只會破壞派對氣氛而已，不是嗎？」

徐宗烈遞上盛滿紅酒的玻璃杯。

「來，大家給今天派對的主角一點掌聲！」

在他的要求下，在場的所有人高聲歡呼。徐宗烈重新把酒杯舉到徐翰烈的面前，意外地，徐翰烈順從地伸出手來。

但是就在下一刻，酒杯莫名其妙地飛了出去。伴隨著清脆的破裂聲，玻璃碎片向四面八方飛濺。受到驚嚇的人群發出了尖叫聲，暗紅色的葡萄酒把鋪在地板上的毛皮地毯濕濡了一大片。徐宗烈甩著自己被打到的手，哈的冷笑了一聲，咂了咂嘴。

「所以說不能隨便把外面的野東西帶進來家裡啊。」

徐翰烈看著他，自言自語似的碎念道。他陰陽怪氣的嘲諷並不大聲，卻因為周圍相當安靜的緣故，清楚地傳進了所有人的耳裡。

「……什麼？」

提出反問的徐宗烈臉上掛著一個輕蔑的冷笑，徐翰烈並沒有就此打住。

「我們家老頭就是心腸太軟了，連你們這種一夜情之下的產物也要收留。你祖母明明還滿有廉恥心的，但你和你那父親臉皮怎麼會這麼厚呢？」

徐宗烈無話可說地一連發出幾個混濁的乾笑聲，卻仍是無法壓抑不爽的情緒，神情扭曲了起來。

「外面滾來的石頭想把本來的石頭給擠走……你以為原本卡在裡面的也只是塊石頭啊？怎麼沒有想過它露在外面的其實只是岩石的一小部分呢？石頭用盡全力猛烈地滾過來和岩石的末端相撞，你覺得是岩石會被撞開來，還是石頭自己彈飛出去？嗯？政植啊。」

徐翰烈甚至提到徐宗烈以前的舊名字。

他是進了徐家之後才改名為徐宗烈的。這並不是徐家的要求，是徐宗烈的父母自己想要這麼做。當時的徐宗烈已經是個高中生，他清楚知道自己必須改名的原因。徐宗烈所感受到的那些不合理和自卑感從那個時期開始便如影隨形地跟著他。他就像個哭哭啼啼的孩子那樣抱怨爺爺為什麼不願疼愛自己。他和徐朱媛的處境乍看之下好像差不多，但兩人克服的方式卻是天壤之別。

或許是因為被傷到了自尊，徐宗烈的臉龐完全呈現僵硬的狀態。他激動喘氣，眼角不時抽動著。

「……臭小鬼，平常對你太好，目中無人了是吧？」

徐宗烈猛然揪住徐翰烈的左胸衣襟，直接的接觸讓空氣頓時掀起一陣波動。

「要不要我把你的祕密全抖出來？讓你當場嚐嚐一無所有的滋味？」

「放手。」

「時日不多的傢伙，還在這裡大小聲什麼。」

照理說，徐翰烈這時候拳頭應該要飛過去，或是往對方的脛骨上狠踢一腳。然而他卻只是抓著徐宗烈的手腕怒瞪著他，沒能做出什麼適切的反應。臉色陰沉的徐宗烈再次斜斜地揚起了嘴角。

他沉醉在讓對方吃癟的勝利感之中，然而他的得意並沒有持續太久，隨著啊的一聲慘叫，徐宗烈的臉痛苦地皺成了一團。白尚熙一把狠狠攫住他揪著徐翰烈的手，企圖抵抗的手臂敗給了劇烈的痛意，顫抖地鬆開來。

「放開我！放手，你這臭小子！」

憤怒地漲紅了臉的徐宗烈掄拳就要往白尚熙揍下去，白尚熙牢牢扣住他的胳膊猛力甩開。徐宗烈痛得唉唉叫，甚至不敢去碰被對方抓過的部位。直到疼痛感稍微減輕了，他才橫眉怒目地朝白尚熙撲了過來。

「你這做鴨的王八蛋！」

啪的一聲，白尚熙的臉跟著偏向了一側。嘈雜的氣氛再次凍結。周圍的觀眾們安靜地轉動著眼球，大氣不敢出一聲地注意著眼前精彩的戲碼，誰也不知道接下來會是怎樣的發展。

白尚熙的臉頰明顯地腫了起來，他用舌頭緩慢地舔了舔臉頰內側的黏膜，直視著徐宗烈的那雙眼卻顯得麻木而淡漠，不像一個剛遭受到暴力之人會有的眼神。

「……走了。」

徐翰烈拉了拉白尚熙的手臂，但白尚熙卻無動於衷地站在原地。他無聲的目光始終鎖定在徐宗烈的身上。徐翰烈不耐煩地皺眉，再度扯了下白尚熙的臂膀。

「好了啦，我們走吧。」

明明是命令的語氣，卻恍若請求。白尚熙低頭看向徐翰烈拖拽著自己的手，從隱約抓著衣袖的指尖上能感覺出他的緊張焦躁。白尚熙重新抬起視線看著徐翰烈的臉，捕捉到他難得露出的黯然神情。雖然不知道為什麼，直覺告訴他似乎不能再讓徐翰烈繼續留在這裡。

白尚熙又撇了徐宗烈一眼才轉過身，徐宗烈這時抓住了徐翰烈的手臂。

「去哪，我的話還沒說完呢！」

白尚熙的拳頭倏地從空中劃過。事情發生在瞬息之間，只見徐宗烈嗚地一聲摔了出去。坐在沙發上的人群站起來閃避他倒下的身軀。徐宗烈仰面摔了一個四腳朝天，鼻血霍然噴出。

「……他媽的那個瘋子！」

徐宗烈發狠地瞪著雙眼，不斷抹著流淌的鼻血。他的四肢因屈辱感而顫抖著，起不了什麼太大的威脅性。旁邊的觀眾們偷偷轉過頭憋著笑，直到發生了流血事件，中途沒有半個人試圖出面阻止。

徐宗烈踉蹌地爬了起來，先前那名女團成員要去扶他，被他歇斯底里地揮開了手。平時暗沉的臉色如今一陣青一陣白的，一副隨時要爆炸的樣子。

「混帳東西你竟然敢打我？最近有點紅了就自大起來了哈？不過是個賣笑又賣身的傢伙，你以為我連你一個都對付不了？趁這個機會讓你真的進監獄吃牢飯怎麼樣啊？」

「隨你的便。」

白尚熙神態自若地回嘴。他不但沒有屈服於恐嚇威脅，還一副怎樣都無所謂的態度，反而讓徐宗烈有些無措。白尚熙緩緩地走向他，「你幹嘛？」徐宗烈身體畏縮地後退。「別這樣。」徐翰烈出手攔住白尚熙的手臂阻止他。白尚熙輕輕甩開他，繼續朝徐宗烈走去，毫不遲疑地拽起對方衣領舉起拳頭，彷彿周圍一切他都看不見似的。

「金秘書！金秘書在哪裡！金秘書！」

徐宗烈膽怯地鬼吼鬼叫著，徐翰烈再次過去抓住白尚熙的手臂。

「夠了，住手吧。」

「跟他道歉。」

白尚熙的視線仍是鎖定在徐宗烈身上。徐宗烈悄悄張開了閉緊的雙眼，看見瞄準著他的拳頭依舊是懸在半空中的狀態。儘管徐翰烈正攔著那隻胳膊，還是無法令人放心，白尚熙的拳頭看起來隨時可能朝徐宗烈的臉龐揮揍下去。

「我叫你道歉。」

白尚熙催促著徐宗烈，下巴往徐翰烈的方向示意了一下。徐宗烈荒謬地笑了出來。

「兩個瘋子……花招還挺多的啊？」

突然在這時候。

「社長！」

徐宗烈找了半天的秘書衝進來後才慢半拍地發現了眼前情況的危急性，慌忙將徐宗烈與白尚熙兩個人給分了開來。等待已久的救兵終於出現，徐宗烈拍了拍身上凌亂的衣服，氣勢洶洶地下著指令。

「金室長，我要告那個小子對我施暴，你去跟律師聯絡。」

情況變得很不妙。雖然先動手打白尚熙耳光的人是徐宗烈，但是沒有造成什麼明顯的外傷。徐宗烈的鼻子還在流著鼻血，而打傷他的罪魁禍首在三年前也曾捲入暴力事件——白尚熙怎麼看都是較為不利的那一方。更何況在場的目擊者都是徐宗烈的客人，絕不可能替白尚熙做出什麼有利的證詞。

而且徐宗烈和尹羅元不一樣。尹羅元是只要給他一點甜頭就能安撫，但是徐宗烈的胃口比他要大得多了。就算拋開累犯要加重刑罰的部分，也很難防止白尚熙的形象受到損害。

然而，不知何故，金秘書並沒有按照指示立刻行動。他一臉為難地猶豫了半晌，才在徐宗烈耳邊說了幾句悄悄話。原本對著白尚熙和徐翰烈怒氣沖沖的徐宗烈頓時面色鐵青，骨碌碌轉動的眼球看起來驚慌不已。

徐翰烈的手機隨後便響了起來，是楊秘書打來的。

「喂？」

徐翰烈如常地接了電話，與此同時，徐宗烈一言不發地離開了派對的現場。他的秘書也忙著跟了上去，沒有多作停留。

其餘在現場的人們注意力自然轉移到了徐翰烈身上，徐翰烈靜靜地聽著楊秘書在電話當中轉達的事情。通話很快地結束。他和徐宗烈一樣急忙地離開了頂樓公寓，電梯按鈕按了好幾次都沒按到。不知何時跟上來的白尚熙替他按了下樓按鈕。徐翰烈回頭看向他，表情是一臉的怔忡。

「發生什麼事了？」

「……總之你先回去吧。」

他們的眼神在這短暫的對話當中完全沒有交會。電梯在轉眼間抵達。白尚熙再次抓住了急欲離去的徐翰烈，大概是剛才揍了徐宗烈那一拳的關係，他突出的指節顯得紅腫。徐翰烈的目光忍不住在那裡徘徊了一下，才和白尚熙對視。

「我會跟你聯絡。」

為了安撫擔心的白尚熙，徐翰烈的手掌覆在他手上按了一下才鬆開。電梯門關上了，載著徐翰烈的電梯快速地下降。白尚熙卻站在電梯門前，久久都沒有移動。

那一天，白尚熙馬上就得知了徐宗烈和徐翰烈匆匆消失的理由——媒體鋪天蓋地地報導著徐會長又再一次倒下的新聞。

✳

徐會長持續昏迷了好幾天，病因是腦中風。他一發病就立刻被送到了醫院，做了所有能做的醫療處置。但是如同人類無法阻止時間的流逝，身體的老化也無法逆轉。就連號稱國內最高權威的神經外科醫生也不敢保證他能否甦醒。醫院為徐會長準備了VIP病房和專屬的醫療團隊，由三名專科醫師隨時待命觀察他的狀況。VIP病房的樓層不僅安排了醫院的保全，還請了私人警衛看守，除了親屬和律師之外皆禁止出入。

徐家人頻頻來探望徐會長，幾乎要踏破病房的門檻。他不知道何時才能醒來，也有可能再也無法恢復意識。不管是哪一方都繃緊了神經，嚴陣以待。擁有一整片江山的徐會長，身邊當然總是不乏覬覦之輩。

公司內的繼承事務也開始加速進行。大多數的人都認為，即使徐會長能甦醒過來，也很難重返經營第一線。醫生在一年前就已經提過，假如徐會長又再昏倒的話會很危險，就算能活下來，身體機能應該也無法恢復至完好的狀態。

最近公司暗中流傳著徐會長大幅修改了遺囑的謠言，並稱遺囑內容相當出人意料。在這之前，公司就已經開始了一場無聲的戰爭：徐朱媛、徐翰烈，還有徐宗烈，在尚無法得知誰是最終繼承人的情況下，這三個人的一舉一動皆倍受關注。三位候補人選別無選擇的只能把一天當成兩天來用，除了和理事會的理事們見面，也忙著和政經界人士會面，甚至不惜親自拜訪因公務而滯留在國外的議員。

相關的新聞消息源源不絕地報了出來，就連與日迅不相干的一般民眾也不由得跟著隨風起舞。徐翰烈和徐宗烈有私德問題，而徐朱媛又是女性，在普遍認知由男性主導的企業文化之下，許多人提出是否該儘早將她排除在繼承人選之外。也有人認為可以讓徐會長的外孫們在親家的幫助之下掌握經營大權。

不過一個人的生死問題，竟掀起如此大的波瀾與騷動。

徐翰烈因此有好一段時間都待在總公司處理事宜。在群龍無首的野外叢林裡，所有人都有可能是敵人，你不知道誰會在什麼時候從後方突襲你。徐翰烈儘管無意參與王位之爭，也不想乖乖地成為一個犧牲品。不管是徐宗烈還是徐朱媛，或是其他親戚，任何試圖踩在他頭頂往上爬的人，徐翰烈都打算提前斬草除根。

「……」

他暫時閉上眼睛復又睜開。最近幾天完全無暇休息，就連短短的閉目養神都是奢侈。感覺亂成一團的腦袋獲得了短暫的休息，稍微平靜了下來。

徐翰烈默默盯著躺在床上的徐會長。徐會長正靠著呼吸器和接連不斷的各種藥物維持著生命。在年幼時的徐翰烈眼裡，他是個儀表堂堂，說話中氣十足的大人，然而此刻眼前的他不過是個風燭殘年的老人。活著時那麼重要的金錢和權力，對於一個行將就木的人來說，不過是無謂的留戀和空虛罷了。

默默在病榻旁坐了許久，徐翰烈立時起身。他經過了站著一排警衛的走廊，下樓至停車場，楊秘書趕緊替他打開了後座車門。楊秘書才剛進了駕駛座，徐翰烈便立刻向他確認交辦的工作事項。

「那件事查得怎麼樣了？」

「據了解，徐宗烈代表不久前和 Laf and Dear 的孫慶惠代表曾有過密切接觸。場所是在徐代表常去的高爾夫球場，球僮說他們是在打球時偶然相遇的，兩人只是簡單打了聲招呼。但是兩個人身邊除了私人秘書以外，都沒有其他人同行。而這也是孫代表第一次前往那家高爾夫球俱樂部。」

孫慶惠啊。徐翰烈感到有點意外。確實，要揭發白尚熙的過去，她是再適合不過的人選。但那些過去孫慶惠本人明明也牽涉其中，徐翰烈對於她的肆無忌憚感到有些訝異。孫慶惠肯定知道徐宗烈會在何時，以及怎麼利用這項情報。徐宗烈不會就此善罷甘休的，孫慶惠曾是白尚熙的客人，並且包養他的這件事也有可能因此遭到公開。

《The Catch》的文成植已經知道了這件事情。一旦發現時機到了，伺機已久的他鐵定會毫不猶豫地行動。孫慶惠明知此舉極有可能會損害到她成功女性企業家的地位，她為何要冒這樣的風險？

難道她對白尚熙還無法忘懷？之前見面時確實有點這種感覺。畢竟，對過去對象念念不忘、分開後才感到後悔的大有人在，也有可能是對於一去不回頭的白尚熙懷恨在心。然而，孫慶惠又不是那種對金錢和權力的力量一無所知的天真無邪之人。

只要徐翰烈還活著，就算白尚熙被迫結束了演藝生涯也不會因此變得潦倒落魄。倘若她對白尚熙真的有執著到甘願同歸於盡的地步，照理說她應該不會在白尚熙與尹羅元發生暴力糾紛時那樣棄他於不顧。

這麼說來，此舉果然還是與公司利益有關？假如孫慶惠處於事業剛起步的階段，這樣的猜測或許還算合理。但她的事業早在很久之前就已經成功步上了軌道，更何況，身處建設業的徐宗烈能給予時尚產業的她什麼好處，這一點也很令人費解。也可能她賭的是徐宗烈未來會成為集團的繼承人。然而兩人之間的交情應該沒有深厚到會去談論企業願景的地步，而且洩漏的這個時機點也讓徐翰烈感到有些莫名其妙。

剩下的最後一個關鍵點就是孫慶惠的兒子尹羅元了。孫慶惠她一定料到了徐翰烈當年曾出手介入白尚熙的暴力事件。尹羅元過去壓下來的那些戀愛傳聞在擔任日迅廣告代言人的期間忽然間被爆了出來，日迅以此為藉口單方面解除了合約的這件事肯定也讓她起了疑心。要說有什麼不太合理，那就是孫慶惠真的是一個願意為了兒子犧牲自己的母親嗎？假如真是如此，她還會一直跟兒子恨之入骨的傢伙繼續交往？在暴力事件發生之前，尹羅元應該就已經知道那兩人不尋常的關係了。

「A stitch in time saves nine……（及時補一針，可以省之後的九針）」

徐翰烈忽然間自言自語道。楊秘書從後照鏡觀察著徐翰烈的意向。沒多久，兩人便在後照鏡中對上了彼此的視線。

「再多調查一些，看看孫代表最近有沒有發生什麼事，還有尹羅元現在到底人在哪裡、是在幹什麼。只要有發現一點點異於平常的可疑之處，全部都要報告給我知道。」

「明白了。」

「楊秘書。」

正準備開車的楊秘書再次看向後照鏡。

「你知道現在是最重要的時期吧？」

「我知道。」

「就靠你了。」

對於徐翰烈的託付，楊秘書並沒有再說什麼，只是直視著徐翰烈的眼睛，堅定地點了下頭。車子很快地駛離了停車場。

✳

流言可謂五花八門，層出不窮。有的說徐會長已經過世，或說他勉強還剩一口氣。集團對外發表了聲明，表示徐會長只是因病住院，目前病情穩定。但是根本沒有人相信這番話，股價連日大幅波動。在預期會掀起繼承之戰的心理作用下，各家子公司的股價彷彿在比賽似的，相互衝擊影響。在繼任者名單之中的徐朱媛、徐宗烈和徐翰烈的所有動態都成了投資人關注的焦點。醫院門前總是擠滿了記者，然而在嚴密的保護對策之下，媒體沒能繼續進行後續的報導。

有幾名記者也跑來守在SSIN娛樂公司門口，不過徐翰烈一次都沒有出現過。公司轉換成了緊急應變體制，過去必須一一獲得他批准的提案如今交由各組長自行解決。若是較為重大的事項則經過蒐集累積再一併轉交。由於楊秘書也跟著一起回到了總公司，公司裡現在沒有地方可以讓白尚熙打聽到徐翰烈的近況。

自從上次從頂樓公寓回來之後，白尚熙每天都握著手機等待著徐翰烈的電話。說好會再聯絡的徐翰烈卻是杳無音訊。白尚熙曾主動打給他，也傳了訊息，他仍是沒有回覆，經常都過了一整天也沒點開來讀取。就算後來看到了白尚熙傳的訊息，徐翰烈也不會回他。

新聞報導是白尚熙唯一可以見到徐翰烈的機會，而大部分的畫面都是從很遠的地方拍攝或是偷拍性質的低畫質影像。硬要說的話，徐翰烈失聯也不過才一兩週的時間，何況他家裡又發生了大事。不管徐翰烈接不接電話，白尚熙依舊有緊湊的工作行程在等著他消化，每次等他忙完所有的工作，天也已經黑了。他開始過得渾渾噩噩，每一天的分界變得模糊不清。他只知道過去的幾天讓他感覺前所未有的漫長。

「在幹嘛？」

白尚熙正在查看著剛更新出來的報導，姜室長忽然走來，出聲喚起他的注意。白尚熙搖搖頭，眼睛沒有從手機螢幕上離開。知道白尚熙的情況，姜室長把從同事那邊聽來的消息轉告給他。

「我聽他們說會來一位新的代表。」

聽到這句話，白尚熙終於抬起眼看向姜室長。姜室長用莫可奈何的表情聳了聳肩。

「大家都覺得那位會長先生不會再醒過來了不是嗎？就算真的恢復了意識，那個年紀和那樣的身體狀況怎麼可能再回去工作。公司也不能任由經營者的位子繼續空在那裡，得盡快決定接班人是誰才行。不是有很多新聞都說已經在進行接班工作了嘛。無論如何，徐代表想要分一杯羹，至少也應該拿下一家核心子公司吧？要是這樣，他根本就無暇再顧及我們這邊的事。」

也許他只是回到了他原本的位置。一個財閥家族的接班人沒事突然跑出來成立娛樂經紀公司，這本來就算是一種出格的行為。白尚熙在他身邊的時候恍若未覺，如今才真正體會到徐翰烈是屬於另一個世界的人。他仔細想了想，才發現自己從來沒有和對方站在同一條水平線上，兩條完全不同方向的人生軌跡不知怎地重疊在了一起。這一切全都是靠徐翰烈的努力，是他一而再，再而三、心甘情願地踏進了白尚熙的世界。

『為了你，我到底還要變得多可笑才行？我還得變得多幼稚、多低賤才可以？』

「……」

白尚熙低頭看著那個充滿了自己一整排訊息的聊天畫面。這沒有什麼好焦慮的，畢竟徐翰烈也需要一些時間來處理。然而，白尚熙心中還是存在一股莫名的不安，對於那天就這樣和他分開總是感到耿耿於懷。沒有任何徵兆或理由，就只是一種直覺而已。

那天和徐宗烈的事也很令白尚熙在意。徐宗烈是在白尚熙差不多結束畫報拍攝的工作時聯絡他的。他說自己為徐翰烈辦了一個派對，看在徐翰烈的面子上，白尚熙一定要出席參加，不然他就會讓徐翰烈難堪。雖然覺得對方的話聽起來很詭異，但白尚熙隨即便收到了徐翰烈取消約會的訊息。他馬上打給徐翰烈，徐翰烈卻沒有接電話。他在徐宗烈告訴他的那個地方見到了徐翰烈，奇怪的是，派對當時的氣氛相當惡劣。徐翰烈那悶悶不樂的表情也一直讓白尚熙十分介意。

『時日不多的傢伙，還在這裡大小聲什麼。』

「時日不多……」

忽然聽見白尚熙嘴裡默念著什麼，「嗯？」姜室長確認道。

「你認為那是什麼意思？」

「時日不多？這個詞通常不是用來形容一個人快要死掉的意思嗎？或是說處境非常危險之類的？」

姜室長的回答正如預期，不管是哪一種解釋都不是什麼好的意思。白尚熙低著頭，神情頗為凝重地看著自己沉寂的手機。

『我會跟你聯絡。』

徐翰烈這次失聯有著明確的理由，現在繼續耐心等待著他是對的。理智上明知如此，白尚熙卻還是忍不住地擔心，不由自主地發出一聲沉重的嘆息。一旁的姜室長於是安慰起他來。

「等他忙完了這些事情之後，應該就會跟你聯絡吧。好歹我們也一起工作了一段時間，他也不是那種沒有責任感的傢伙，應該不至於連一聲招呼都不打就走吧？」

白尚熙心不在焉地點了點頭，似乎沒有得到多少安慰。

「欸欸，別這麼意志消沉啊。徐代表又不是要去哪裡赴死，不想要之後被徐代表指責說沒有好好工作的話，我們現在更應該要打起精神來才是。」

姜室長拍拍白尚熙，「走吧。」他說。白尚熙不得已地跟著他下了樓。今天是白尚熙新電影的開拍日，他不但為了電影裡的動作戲鍛鍊身體，也在百忙之中盡量抽空與導演交流，是花費了許多心思準備的作品。他不能再繼續耽溺在自己的個人情緒裡。

他努力掐斷了腦中偏向一側流淌的思緒，朝拍攝現場走去。路上遇到的工作人員們隱約投來視線，但是一旦白尚熙與他們對視，他們就紛紛撇開了頭。空氣產生微妙的波動。這似乎不是首日拍攝的那種緊張感，而是一種更加尷尬的氛圍，白尚熙對此莫名感到有些熟悉。

很快地，姜室長也察覺到了這股不尋常的氣流。他問別人「怎麼回事」、「發生了什麼事」，對方也只是含糊地笑了笑就溜走了。搬運著道具的一名工作人員為他們解釋了原因。

「是因為大家看到網上在傳的小道消息，很無聊的內容。」

工作人員並沒有告訴他們詳情，但兩人立刻產生一種不祥的預感，感覺應該是跟白尚熙脫離不了關係。他們倆的視線在空中相撞，姜室長當場掏出了自己的手機，試著查出問題的來源。那則小道消息並不難找，相關內容已經透過社群網路一傳十，十傳百地擴散了出去。姜室長頓時臉色發青。

那篇受到熱烈轉傳的小道消息當中的主角是最近的人氣演員J。內容提到了他當過牛郎的黑歷史，以及出道後發生過社會爭議事件，退伍後在某同性贊助商的幫助下成功地東山再起。

一看就知道，這是白尚熙的故事。

「……孫慶惠去見那位警察局長之前，在那個轄區曾發生一起事故。一位喝醉酒的老人在深夜遭到野生動物襲擊，因而陷入昏迷狀態。由於受害者年事已高，連個手術都沒做，就在住院期間死亡了。據了解，孫慶惠也曾經去過那間醫院。而事發當天，尹羅元曾在該地區附近的酒館鬧事，也有人目擊到他酒後駕車離去。根據轄區巡警的證詞，不排除有交通意外的可能性，但是上級似乎以單純的事故將此案了結。

不知道為什麼，死者家屬們也沒有要查明死因的打算。聽說在受害者死亡之後，屍體即刻進行了火化，沒有要求驗屍。村子的婦女會長參加葬禮時，雖然有聽到受害者的妻子說他先生是被車撞的，但是她似乎不太相信。她說受害者夫婦都已經八十餘歲，妻子也有輕微的失智症狀，失去了丈夫的打擊好像令她意識變得更加恍惚，十分可憐。」

徐翰烈在電梯裡聽了楊秘書的報告之後感覺找到了那塊消失的拼圖。他回顧了這些情況和調查出來的內容，最後歸納出了一個假設——尹羅元酒後開車肇事逃逸，撞死了一個人。對於一名藝人來說，這無非是最為致命的醜聞。一旦引起了大眾的關注，不僅是這次事故，就連過往的所有行徑也都會成為眾矢之的。以前的那些戀愛傳聞、習慣性的遲到、耍大牌的行為，和白尚熙暴力事件的那些始末或許也會被再次翻出來。大眾的公審批判不會侷限在尹羅元一個人身上，作為母親的孫慶惠肯定也會一併受到指責。按照著這個假設來看，孫慶惠還得加上隱瞞事故的一條罪名。

無論再怎麼小心，要求他人保密，事實的真相就如同緊握的砂粒，總有一天會從手中流瀉而出。只要有記者發現他肇事逃逸，所有的一切都將在那一刻成為枉然。

唯有一種方法可以阻止這種情況，那就是把大眾的注意力轉移到比這個事故影響更大、更符合群眾口味的話題上。擁有超高人氣的白尚熙本身就極具話題性，如果再扯上徐翰烈的話，就不單純只是娛樂圈的問題了。由於徐翰烈擁有控制媒體的能力，因此，孫慶惠必須找一個可以與其相媲美的勢力當靠山才行。正在和徐翰烈爭奪經營權的徐宗烈是再適合不過的搭檔人選。恰逢徐會長倒下，在整個社會因繼承問題而動盪不安的時刻，只要悄悄將傳聞散播出去，事態就會像野火般蔓延，一發不可收拾。徐宗烈絕不可能放過這個來之不易的機會。

也許事情早已脫離了自己的掌控，情況發展到這種地步，恐怕無法再奢求僥倖，必須擬定出一個對策來。

在徐翰烈整理著思路的同時，電梯停了下來。他正要出電梯，口袋裡的手機陡然作響。來電者是白尚熙。徐翰烈已經連續好幾天無視了他發來的所有聯絡。

徐翰烈有非常多事情需要處理。這些事是他本來就必須完成的，被他一拖再拖地拖到了現在。現在正是需要背水一戰的時候，徐翰烈怕見到白尚熙、聽到他的聲音，自己會變得心軟，失去該有的魄力。

徐翰烈正欲拒接，無意中看見了未接來電的列表，SSIN娛樂的宣傳組曾經來電，還有徐朱媛也打來過幾次。雖然最近找徐翰烈的人很多，但是這樣子的組合還真是奇特。楊秘書讓他得知了原因。

「代表，請您看一下這個。」

楊秘書一臉嚴肅地遞上了平板，螢幕上顯示著一則小道消息。內容與不久前徐宗烈傳來的幾乎相同。看來對方已經開始動作了。

「楊秘書。」

「是的。」

「請跟文成植記者聯絡，說我想跟他見一面。」

「您打算怎麼做呢？」

「還能怎麼辦，對方已經在乾燥的田野上放了火，就只能讓它燒了。既然都燒起來了，那我們也得引火回燒，以火攻火才行。」

擔心的事雖然發生了，但徐翰烈並沒有動搖。他沉著冷靜地穿越走廊，走進了秘書室。徐朱媛的秘書正拿著電話話筒，見到徐翰烈來不禁張大了眼睛。還沒請他轉告，他就趕緊撥了通內線電話。不用多久，徐朱媛便自行打開了辦公室的大門。

徐朱媛神情陰沉，似乎是已經看到了那則爆料。她朝辦公室撇了下頭，示意徐翰烈進去，徐翰烈默默順從地入內。在這種情況下，秘書們不敢貿然參與，只能眼睜睜看著那道門在面前關上。

「妳看到了？」

徐翰烈在沙發上入座，平靜地問道。正壓抑著怒火的徐朱媛倏地轉過頭來。她狠瞪著徐翰烈，眼睛下方的皮膚正一跳一跳地抽搐著。銳利的視線當中找不到一絲對於生病弟弟的同情或姊弟之間的情誼。

「你要怎麼辦？」

「我正在想。」

「你給我闖了那麼多的禍，現在才在想要怎麼辦？你這混帳傢伙到底是怎樣啊！」

徐朱媛的咆哮撕裂了凍結的空氣。即使罕見地看到徐朱媛發怒，徐翰烈也不為所動，只是嗤地笑了一聲。

「好久沒看到徐社長這麼生氣的樣子了。」

徐朱媛緩緩做了一個深呼吸，克制著快要爆發的怒意。掏出香菸叼著點火的動作顯得有些不穩，她壓縮臉頰吸著濾嘴，再宛如嘆氣似的呼出一口煙霧。在徐翰烈面前她總是儘量克制著菸癮，今天的她卻連開窗換氣都顧不得。挾著香菸的手指頭因藏匿不住的憤怒而微微顫抖。

「現在是吊兒郎當的時候嗎？你到底什麼時候才會懂事？你不知道宗烈他一直等著要打擊你嗎？」

「當然知道啊，他從硬是跑去我名下的別墅吸毒那時就在算計我了，我還差點被他拉去當墊背。」

「那你還敢做出這種事？」

「徐社長也知道的不是嗎？」

「……知道什麼？」

「徐社長不是也早就猜到我和白尚熙在幹嘛了嗎？也知道小道消息寫的內容都是真的，所以妳現在才會這麼激動，不知道該如何阻止這件事。」

徐朱媛沒有回答。或許她在徐翰烈自己都尚未意識到之前就已經察覺了這份情感也說不定。她在徐翰烈因陌生的屈辱感和熱意而徬徨不已的時期就已是名成年人，一定有猜想到自己不經人事的弟弟何以萌生那樣的執念。當然，她沒想到那份青澀的情感竟會延續到現在。徐翰烈自從高中畢業之後就沒再提到白尚熙的事，甚至也沒有要去找他的意思，所以徐朱媛認為那不過是弟弟一時強烈的好奇心罷了。從那之後，徐翰烈就算惹出什麼性關係方面的問題，對象也清一色都是女性，徐朱媛於是也不再抱持懷疑。

直到徐翰烈突然成立一間娛樂經紀公司，簽下了白尚熙，她才發現到自己錯了。不對，其實她在更早之前就已經有感受到不對勁的兆頭。是從白尚熙發生暴力糾紛的那時候開始的。

徐翰烈私下挪用公司聘請的律師團，堅持錄用白尚熙毆打的那個人作為廣告代言人的意圖，還有將旗下飯店當成自己的住所，白尚熙經常在那裡進出的這些事實，徐朱媛全都知情，就算她不想知道也沒有辦法。儘管如此，徐朱媛仍是由著他去了。

徐翰烈的那個拗脾氣是不會聽勸的，越去攔他他反而會越是叛逆地唱反調。更何況，這傢伙還這麼說：

「都是因為我很認真地專注在其他地方，徐社長才能暗中鬆了口氣不是嗎？過上了一段時間的好日子，現在被宗烈那混帳傢伙逮了個正著，才開始發現這樣不對了？」

「說話不要不經大腦，別因為長了一張嘴就這樣隨便胡說八道。」

「好可怕喔，怕到我什麼話都不敢講了呢。」

「徐翰烈！」

「還記得我以前怎麼跟徐社長說的嗎？我說要收拾宗烈的話就連我一起踢出去。趁著這個機會把我一起解決掉，對徐社長來說肯定是件好事，沒有任何損失啊？還有，宗烈已經被揍了一拳，所以妳不用覺得不甘心。老頭昏倒的那天，妳有看到那傢伙鼻子整個腫起來的樣子吧？那是尚熙打的。要是徐社長也能見到宗烈那怕到發抖的樣子就好了，他簡直都快尿褲子了呢！」

徐翰烈悠哉的態度讓徐朱媛的表情更加僵硬。

「徐翰烈，你非得擺出一副要死不活的樣子？」

「是宗烈說的啊，他說我這個快沒命的傢伙還在那邊跟他大小聲的。」又不是什麼好笑的話，徐翰烈講完卻自己笑得很開心。徐朱媛冷峻的臉上沒有了半點溫度。

「他說我時日不多了其實也沒錯，但在場的所有人都豎起了耳朵來，好奇他說的話是什麼意思。雖然被傷了自尊，不過我確實也沒辦法反駁什麼，弱弱地攔了他一下我就想直接逃走了，結果白尚熙就在那時候狠揍了宗烈一拳。」

徐翰烈像個醉漢一樣回憶著當時的情景。

「那個曾經打了人而跌落谷底的傢伙，明知不會再有第二次轉圜的餘地，卻還是出了手，而且他根本什麼都不知道……宗烈那小子才碰了我一下而已，就踩到他的地雷，但他卻對自己受到的任何侮辱完全無動於衷。」

「所以你打算怎樣？這次的問題可不是你自己一個就能解決。集團整體社會形象受損，沒弄好的話，累積至今的所有東西都會在一夕之間瓦解。你真的要拱手讓給宗烈那個無能的小子嗎？要是真那樣，你以為你心心念念的白尚熙能平安無事？」

徐朱媛逼問完徐翰烈，向後仰了一下頭，似乎不敢相信自己的嘴裡會說出這種充滿絕望和失敗的話語來。

「不用擔心，我會處理好的。」

「什麼？」

「從一開始我就打算這麼做了，雖然沒想到會是以這樣的形式。」

徐朱媛的眉頭皺了起來，一時難以理解他這番話的意思。

「既然這是我惹出來的事，我會負責處理好的。不是快到了嘛，徐社長那麼想登上的高處就在眼前了，妳還有心思去管別的事情？這種程度的小事我會自己看著辦的，徐社長只要專注在徐社長自己的事情上就好，等之後妳坐上了妳想要的位子，再記得替我教訓一下宗烈。至於白尚熙……就別動他了，由他去吧。」

徐翰烈從不輕易保證未來，他所說的「之後」並沒有包含他自己。對於白尚熙的囑託內容也是以本人不在為前提的。

「徐翰烈，你……」

「姊。」

輕柔的這一聲呼喚讓徐朱媛頓時語塞，從以前就一直是這樣，以弟弟自稱的徐翰烈總是能讓她破例。

「我最近變得好怕死。」

這是個始料未及的告白。過去即使經歷過幾次生死交關的危機，徐翰烈從未表露過他的恐懼，反而是那太過淡然的態度讓人更加掛心。

「我怕我會變得跟媽媽一樣，其實我已經害怕很久了。」

徐朱媛的臉色因震驚而凝固。徐翰烈用另一隻手一把握住自己下意識顫抖的手，令人不適的心悸卻還是無法平復下來。

「我老是會冒出還想繼續活下去的念頭。」

彷彿自己不該懷有這樣的夢想，徐翰烈有些難為情地吐露著心聲。他看似無所謂地笑著，指甲卻是不斷掐進手背裡。徐朱媛於是再也說不出什麼話來。

✳

白盈嬅在客廳來回踱步，陷入了沉思之中。也許是太過不安，她的思緒一直在同一個地方打轉，沒有進展。自從徐會長倒下，她便夙夜難寐，勉強進食也是形同嚼蠟。白盈嬅在這個家的處境從以前就是仰仗著徐會長的同意，假如他永遠不能醒過來，白盈嬅也就失去了留在徐家的名分。她必須要另謀生路才行。

然而，她甚至不曉得徐會長現在是什麼狀態，只有極少數的人能夠進入他的病房，而白盈嬅並不包括在內。她不是股東，也無從得知公司經營的情況。家裡根本沒有半個人在乎她，她就這樣被疏遠冷落，到最後會像個前代留下的遺物一樣遭到丟棄。

白盈嬅噗通地坐在了沙發上。這段期間不知不覺堆積的灰塵灰濛濛地揚了起來。徐會長住院之後，便沒有人再回來徐家宅邸。怕洩漏消息，也暫時讓家裡的傭人們離開，於是房子的整潔狀態漸漸無法維持。她的確是沒有多餘的心力去打理。

上午，徐會長的繼承律師來訪。為了因應這種特殊的時刻，白盈嬅在他身上費了不少功夫。多虧於此，他沒有拒絕白盈嬅的緊急約見，但是對於遺囑的詳細內容仍是三緘其口，隻字不提。

『關於內容我無可奉告，建議您還是不要抱有什麼期待。』

這句勉為其難的叮嚀使得白盈嬅的內心更加嘈雜紛擾。

她拿出手機往某處撥了通電話，通話紀錄上顯示了十幾行同樣的號碼。撥號音迅速中斷，傳來對方熟悉的聲音。他是白盈嬅的秘書兼司機。

「那個人還是沒有消息嗎？」

「是的，夫人。」

「你是想看到我被急死的樣子嗎？趕快把他找出來啊。」

白盈嬅不耐煩地催促，說完便兀自掛斷了電話，開始不自覺地啃咬著指甲。她好不容易才改掉了這個習慣，但與日俱增的煩躁削弱了她的自制力。即使是在現在這樣的情況下，徐翰烈的父親還是沒有現身。他肯定也早就接到了徐會長病重的消息。就連與徐會長只有一丁點血緣關係的人們都在搶著要分一杯羹的時候，那個人還是像個笨蛋一樣地在享受著他的浪漫。這男人真的找不到一個地方能讓人滿意。

就在這時，白盈嬅聽見外面傳來一陣車聲。好像是有誰來了。她努力擠出一個適當的表情，走向玄關。開了門進來的人不是別人，正是徐翰烈。

「喔，妳正好在這裡啊。」

徐翰烈一臉欣喜地笑著，令人摸不著頭緒。

「有什麼事嗎，怎麼在這個時候過來？」

「我有件事情需要盈嬅小姐的協助。」

「是怎樣的協助？」

「急什麼呢，我們還是先坐下來再談吧。」

徐翰烈示意了一下後方的沙發。當白盈嬅詢問他需不需要來點喝的，他還取笑白盈嬅怎麼還有精力去顧慮這個。徐翰烈毫不猶豫地坐在了上座，白盈嬅也馬上在他附近的位子坐了下來。明顯飛揚的灰塵粒子令她十分尷尬，但徐翰烈似乎不甚在意，他只是銜著白盈嬅不懷好意地笑了笑而已。

「現在可以說了吧，你要我幫你什麼？」

「白女士什麼都不用做，只要靜靜地待著就可以了。」

「這話是什麼意思？」

「我打算讓盈嬅小姐變成我真正的媽媽。」

「……什麼？」

白盈嬅神情瞬間呆滯，似乎再也沒有更荒謬的話語能讓她出現如此顯眼的反應變化。徐翰烈一副沒什麼好驚訝的樣子，繼續補充道：

「畢竟白女士至今也為了這個家奉獻了不少，總不能因為老頭倒下了就讓妳兩手空空地被趕出去吧。徐社長也不可能留一份給妳，宗烈就更不用說了，他根本就不在乎妳。」

白盈嬅只是靜默地聽著，沒有急於回應。徐翰烈隨即猜想到她的擔憂。

「要試著提出訴訟嗎？假如事實婚姻能獲得承認，父親繼承的財產可能有一半要分給妳當贍養費，妳是這麼想的嗎？」

「……」

「還是要把從餐廳竊取出來的內部資料拿去做做交易？萬一有事的時候還可以拿來當成威脅的籌碼？」

「翰烈啊……」

「妳覺得真的有可能嗎？」

「等一下，我根本聽不懂你在說些什麼……」

「白女士這麼會算計，又聰明，妳應該知道我的意思不是？妳和我父親在沒有登記結婚的情況下一起住了一年有嗎？妳知道把妳帶回家裡，根本就不是那個人的主意吧？結果他本性難改，最後又離開家跑到外面鬼混，妳知道我們老頭為什麼沒有把白女士也送走嗎？嗯？他讓妳接管招待貴賓的餐廳，在家裡把妳當管家一樣使喚，還固定給妳零用錢，他為何要這麼做呢？難道他承認白女士是他的兒媳婦了嗎？」

才不是，他只是在為了今天這樣的情況預先做準備。雖然財閥們會為了得到更多的財產，血親之間互相爭奪，但是他們對於財產落入外人手中一事可是更為警戒排斥的，徐會長當然也不例外。

徐會長只是想避免讓白盈嬅成為兒媳婦，才以雇主的身分自居罷了，說不定早就準備好一份連當事人都不知情的勞動契約。

「我們老頭每次看到白女士都會這麼說，說妳不是那種給什麼就乖乖吃什麼的類型。就算妳在他面前表現得多殫精竭慮，他早就看透妳實際上貪婪的為人了。那為什麼他還是把妳留在身邊呢？」

「……」

「是因為我啊。白女士和我們一起生活了十年，應該知道每年新年的元旦老頭都會做什麼吧？他每年都會去寺廟拜訪，那裡似乎有位厲害的高僧。很久以前，那位高僧曾說，老頭疼愛有佳的金蟾蜍撐不過那一年，已經有一腳踏進鬼門關了。即使勉強讓他起死回生，也只是強行把他留在生死簿上罷了。但是，之後會有一名能夠拯救金蟾蜍的貴人找上門來，不管是怎樣的人都要接受他——那個人就是盈嬅小姐妳啊。」

徐翰烈一邊竊笑一邊問道「很好笑吧？」白盈嬅根本笑不出來。

「妳的事實婚姻想要被承認應該是滿困難的，說不定都還沒站上法庭，人就神不知鬼不覺地消失了呢。」

儘管徐翰烈一直是面帶微笑，白盈嬅卻不禁背脊發涼。雖然對方像是在開玩笑，聽在她的耳裡卻並非如此。白盈嬅的神情變得相當的嚴肅。

「妳見過老頭的律師了吧？也許他已經跟妳說了遺囑修改過的事？那個消息可不是空穴來風的。」

白盈嬅的眉心蹙了起來，雙眼眨也不眨地渴望得到詳細的解釋。

「他們父子之間好像已經達成協議了。別的不曉得，但至少我那個父親是繼承不到財產的，他也不可能拉下臉來提起返還特留分訴訟。也就是說，就算白女士勇敢地提出事實婚姻的證明，妳還是什麼都拿不到。而且不管是徐社長還是宗烈，他們都不會希望看到公司名字因為這種事情而頻頻登上版面。民事訴訟好像通常都會打得比較久吧？」

「……」

「白女士負責的那間餐廳，妳當然可以清楚地揭示其用途，像是有哪些人去過，在哪裡交換了什麼利益，這些妳肯定都握有資料的對吧。但是實際上，公佈這些對白女士能有什麼好處呢？白女士明明也是同夥的共犯啊。」

徐翰烈的話說得沒錯，白盈嬅能夠做的事情並不多。她雖然在過去的十年間持續做著準備，還是沒有改變此番窘迫的處境。在貪圖名和利之前，她必須先擔心自己的人身安全。

「所以呢，你要我做的是什麼？」

「我不是說了嘛，其實白女士什麼都不用做。妳只要記得一件事，乖乖聽我的話，盈嬅小姐才能夠平安無事。我會負責保護妳的安危，妳可以相信我。」

「翰烈啊，你說的這些到底是什麼意思？」

徐翰烈十分堅定地對著困惑不已的白盈嬅宣告：

「意思是說，我要讓妳坐上日迅集團女主人的位置。」

✳

「他到了嗎？」

「是的，他正在裡面等您。」

徐翰烈點點頭，從電梯踏進了走廊。按著電梯的楊秘書趕緊越過徐翰烈身邊替他開門。徐翰烈穿過入口進了接待室，正在參觀房間的文成植見他來了，緩緩地鞠了一個躬，臉上掛著一抹奇妙的笑容。徐翰烈不以為忤地點頭回禮，然後直接在沙發上就座，「請坐。」他一邊說道。

「我曾來你們這家飯店採訪過幾次，都不知道這裡還有這麼豪華的房間。」

文成植發表了一句簡單的感想，便坐在了位子上。問他要不要來一杯，他答說只要喝水就夠了。楊秘書於是將礦泉水和水杯放在他面前，悄悄地退了下去。明明擺了杯子，文成植卻把礦泉水拿起來直接就口，再隨手擦掉沿著下巴流出的水。

「找我見面是有什麼事呢？您這位全韓國最忙碌的人。」

他露出陰險的眼神，佯裝著不知情。這次徐翰烈沒有時間再陪他玩啞謎。

「我就開門見山地問了，您是不是打算發佈報導了？」

「這麼突然，是在說什麼呢？」

「您手上不是有複製的檔案？」

「有嗎？」

「想要爆出來的話，現在是最佳時機不是嗎？剛好可以揭發池建梧現在謠言滿天飛的那些過去。」

「雖然是這樣沒錯，但嚴格說起來這只是尹羅元先生自己提出的主張。池建梧先生本人和尹羅元的母親孫慶惠女士只要矢口否認不就好了？」

「但是您的報導應該都已經寫好了吧？」

徐翰烈帶著把握地反問，對方不予回答，只是一個勁地微笑著。徐翰烈實在是很不喜歡他那副滑頭的嘴臉。他背部向後深深倚進了沙發裡。

「好不容易都寫好了，就發出來吧。」

「您沒關係嗎？這可不是池建梧先生一個人的問題而已喔。據我所知，坊間流傳的小道當中，徐代表您也牽涉其中。」

「你們這些人搞別人之前什麼時候還會顧及到對方的情面了？」

即使被赤裸裸地諷刺，文成植還是嘻嘻地笑著，看著徐翰烈的那雙眼謹慎地窺探著徐翰烈的心思。名義上是受到徐翰烈的約見而前來赴約，事實上他應該是來打探傳聞的真相。因為關於徐翰烈和白尚熙之間神秘的關係，他只掌握到間接性的證據。要是真的被他捕捉到兩人發生性關係的鐵證，他一定會立刻將那篇報導發佈出去的。

「待會您回去之後，《Sports Korea》的安紀允記者就會過來。」

「特地告訴我您個人行程的用意是？」

「您這麼足智多謀，我要您動動腦袋思考一下的意思。」

文成植放下了筆，交叉雙臂，打算要先聽聽看徐翰烈怎麼說。徐翰烈拿出一台舊款手機放在他面前。文成植僅看了手機一眼，沒有貿然動手。

「這是什麼？」

「是原始檔。」

「居然被您拿到手了？」

「那時會洩漏給我不就是為了這樣利用我嗎？」

「怎麼可能呢。」

事到如今才想賴帳。徐翰烈把那支手機推到文成植那邊。

「現在呢，我想提供您幾個選擇。」

「怎樣的選擇？」

「這個原檔送給您，您務必要報導出來，但是必須刪去前半段提到池建梧以前在牛郎俱樂部工作，還有孫慶惠是他贊助商的這些部分。」

「並非放出完整的內容，而是只公開編輯過的真相？」

「只是刪掉了事實真相的其中一個部分，並不會因此就變成謊言啊。」

「沒有刻意扭曲事實，不代表就是全部的真相，您這不是鴕鳥心態嗎？這支手機的主人應該都知道實情了吧？」

「這方面的話您不需要擔心。」

「原來您已經處理好啦？」

徐翰烈並沒有回話。文成植嗤地一笑，拿起了面前的手機，左右端詳著這個吸引人的證物，看完了之後，他把手機放回桌上，「我就當作沒發生這件事吧。」他拒絕道。

「您要是直接發佈原本的報導內容，是會吃上官司的。」

「自從我開始執筆之後，吃官司就如同家常便飯了，沒什麼。」

「膽子還真大呢，您是準備好要打這場百分之百穩輸的仗就是了？」

「在正式宣戰之前，沒有人能保證結局會是如何。」

「看您自信十足的樣子，是見過徐宗烈代表了嗎？」

「感覺徐代表真的很喜歡陰謀論啊。」

「還是您在哪裡弄到我的性愛影片了嗎？」

始終面帶微笑的文成植終於笑出聲來。徐翰烈一副無關緊要的表情，掏出一份完全密封的文件袋。文成植的目光悄悄跟著移動。

「如果您可以照著我的要求去做，您可以獲得一個不光是池建梧，還包含我和日迅在內的獨家新聞。這比那個沒有證據的半吊子報導有價值多了。」

文成植一臉狐疑地歪著頭，似乎在懷疑有什麼獨家新聞能夠比當紅演員和財閥繼承人的性醜聞更加大條。「我保證您不會後悔的。」徐翰烈用相當肯定的口吻道。

「您要選擇哪一個呢？」

✳

「不用擔心啦，目前還沒有正式的報導出來，現在這只不過是謠言的程度罷了。所謂人紅是非多，這就像是你成名必須付出的那種代價。」

白尚熙結束了幾天的拍攝，正在回去的路上，姜室長隨口安慰著他。白尚熙的心情就像抱了一顆未爆彈，彷彿所有人舉著火把將他團團包圍的那種孤離與茫然。姜室長雖然努力地安撫著白尚熙，但其實他自己也無法冷靜地審視判斷目前的情況。

姜室長不斷瞥著後照鏡，自從出現了那則小道之後，白尚熙就變得不怎麼講話了。工作以外的時間，他總是在思忖著什麼。就算跟他搭話，他要不聽不見，要不就是答非所問。

「唉，建梧你不用在意這些，我會幫你解決的，保證事情最後不會外洩。你只要專心在你的工作上就好。我們要表現出若無其事的態度，別人才比較不會繼續說閒話啊，是不是？」

「他呢？」

姜室長再次囑咐著，沒想到白尚熙忽然間開了口。一度只盯著窗外的視線也慢慢轉向了後照鏡。

「這件事要是被爆出來，對徐代表也很不利吧？」

「……你這小子，都在這種節骨眼上了，還有空擔心別人啊？」

「你說說看嘛。」

姜室長聚攏了眉頭，閉著嘴巴。「快說啊。」白尚熙目不轉睛地瞪著後照鏡催促他回答。姜室長於是狠狠地搔抓著無辜的耳後根。

「他還能變成怎樣？再怎麼說徐代表都是日迅的血脈，而且他還不是一般普通的血脈咧。人家都說大財閥就算倒閉了也還夠他們吃三代，何況只是個性醜聞？他不會因為這點事就完蛋的，這種時候反而是對方遭受牽連而已。」

「繼承家業的事呢？那個也不會受到影響嗎？他現在不是正為了那件事忙得昏頭轉向？」

「可能會被拿來質疑繼承人的人品吧，但那也不是我們該擔心的事啊。徐代表原本就有不少的謠言纏身，要當你的贊助商也是他先提議的，而且你都自身難保了，現在是替徐代表擔心的時候嗎？」

「……」

白尚熙再次默不作聲地把頭轉向窗外。姜室長的回覆似乎沒有充分達到安慰的效果。白尚熙根本是在做無謂的擔憂，在自己都身陷泥淖不知能不能安全脫身的情況下，還在擔心別人如鋼鐵般堅實無虞的人生。姜室長使力緊握著方向盤，深深嘆了一口氣。

眼下著實是個進退兩難的境地，沒有一個地方能向他們伸出援手。公司的宣傳組為了研擬因應方案，想先查明真相。但是離專屬合約到期只剩下幾個月不到的時間，想在這時候坦誠吐露一切的想法還是過於單純。公司雖然在尚有利害關係的時候會盡量提供協助，等合約到期之後呢？說不定會立刻冷漠地棄他們而去。在談論人與人的信任之前，這畢竟是商業上的合作關係，不能輕易指望情份義氣這些東西。

在傳出謠言之前那些熱絡的邀約聯絡如今也不可思議地恢復了平靜。儘管知道這也是無可奈何的事，卻難以消解湧上心頭的苦澀。姜室長再度長嘆一聲，把車子開進了停車場。

「什麼都別想了，好好睡一覺。明天機場可能會有記者，你要保持一個好的狀態，才不會被他們趁機做文章。」

白尚熙敷衍地點點頭，進了電梯。姜室長沒有立刻離去，看著他直到電梯關上了門。兩扇門片一閉合，白尚熙的頭便向後仰。他是真的累了。這幾天腦海裡思緒萬千，難以集中精神在工作上。他仍然沒有聯絡上徐翰烈，也不敢去探究那日復一日不斷膨脹的不祥預感究竟為何。彷彿當他意識到的那一刻，預感就不再只是個預感，而將成為現實。

他慢慢搓著臉，可能是最近一直沒睡好，眼睛痠痛不已。明天他將啟程去英國待上一個星期。這是很久之前就排定好的工作，無法更動。但是在出發之前，他希望能和徐翰烈見到一面，就算是一下下也好。不行的話，至少也想聽聽他的聲音。然而習慣性撥出的電話裡只聽到了對方未開機的語音聲。

白尚熙打開了好幾天沒開啟過的玄關大門，屋子裡理所當然的寂靜冷清，唯獨從四面八方飄來的、和徐翰烈身上香水同系列的擴香香氣一如既往地迎接著他。

「……？」

白尚熙心不在焉地脫了鞋，忽然動作一頓。不經意間望向的地板上出現一雙熟悉的皮鞋。他此時才發現空氣中飄盪的香氣似乎也和先前不同。一股與屋內瀰漫的味道相似，卻又不完全一樣的香氣暗暗摻雜在其中。白尚熙大步衝進房子裡，像個失了魂的人，盲目地向前走著。他經過漆黑的客廳，來到臥室，徐翰烈的香水味簡直像作夢一樣地撲鼻而來。

白尚熙在牆上摸索著開了燈，房內亮起光線，眼前豁然開朗。床上沒有人，不過臥室的浴室裡隱約傳出了水聲。他朝向那邊走去。地上的門縫內正透出微弱的光線，他小心翼翼地打開了門，首先聽見的是蕩漾的水波聲，接著才看到了躺坐在浴缸裡的徐翰烈。徐翰烈像睡著了一樣，閉著眼睛一動不動，只有他的胸口正配合著疲憊的呼吸聲，輕輕地膨脹和收縮著。幾天不見的面容似乎更顯消瘦。

直到這時候，白尚熙才終於吐出了屏息以待的呼吸，不自覺緊繃的肩膀也慢慢放鬆了下來。他呆呆地看了半晌才走近浴缸在一旁坐下。徐翰烈的眼皮因白尚熙的靠近而緩慢顫動著。白尚熙伸出手，輕輕撫過他濕濡的眼眶，徐翰烈於是迷迷糊糊地睜開了眼。

「……你剛回來？」

徐翰烈在發現對方是白尚熙之後低聲地問道。他的樣子感覺相當平靜，白尚熙緊張的情緒因此一下子獲得緩解，最後甚至發出了淺笑。「怎麼了？」徐翰烈露出疑惑的表情。

白尚熙有好多問題想問他、需要跟他確認。但是他沒有表現得操之過急，他怕太過直接的催促會把徐翰烈嚇跑，內心冒出了一股先前未有的焦慮。

「你什麼時候來的？」

「剛到不久。」

「你不是說會跟我聯絡？」

「有很多複雜的情況。」

「現在呢？」

「現在沒事了。」

「你確定？」白尚熙問，徐翰烈點了點頭。白尚熙捧起徐翰烈的臉，用大拇指小心地摩挲著他的臉頰。和他相對視的徐翰烈迷濛地睜著眼，然後握住白尚熙的手，像在等待什麼似的在他手背上悄悄輕搔著。白尚熙沒有吊他胃口太久，頭微歪，遂輕含住他柔軟的嘴唇。徐翰烈的指尖微微使勁，想念已久的吻令他不禁蹙起了眉心。白尚熙戀戀不捨地吸咬著溫暖的唇瓣，就連這輩子第一次吃棉花糖的時候也沒有像現在這麼小心翼翼。捧著徐翰烈的那雙手萌生出一種前所未有的焦躁感，彷彿貿然衝動地抓住對方，對方就會消失不見，夢醒了終究一場空。

徐翰烈直起上身，胳臂環住白尚熙的後頸。白尚熙撫摸著他的喉結，用舌頭與他唇縫中伸出來的軟舌互相摩擦。徐翰烈喜歡彼此舌面緊挨著磨蹭，也喜歡掀開下唇，將舌頭和上唇瓣一併吸吮的那種方式。白尚熙一邊吸著他的舌頭一邊發出嘖嘖的吮聲，吻得徐翰烈的肩膀漸漸向下垂落。白尚熙執著地含住他的唇珠不停拉扯，在這番甜美又讓人心急的刺激下，徐翰烈稍微抬起眼簾，長長的睫毛上沾染著一絲水氣。

「我有好多事情想要問你。」

「之後再說。」

徐翰烈輕聲低語著，重新把白尚熙摟了回來。他纏人的動作讓白尚熙的嘴角悄然上揚，唇瓣再次落在徐翰烈的人中處。徐翰烈在接吻的過程中不斷揉捏著白尚熙那好看的耳朵，白尚熙的頭皮沒多久亦開始發麻，被搓揉的部位熱得像是要融化了一般。

他分開了緊緊擠壓著的嘴唇，愛不釋手地摸著徐翰烈的臉頰。指頭末梢升起一股微弱的靜電，但他並不討厭這種感覺。

徐翰烈只有瞳孔在細微地晃動，視線一刻都不曾從白尚熙身上離開。白尚熙看著映照在那瞳孔上的身影，確信對方的世界此刻充滿了自己。光是這樣，就讓他胸腔內側無法觸及的那個地方一陣揪痛。

徐翰烈某一天突然出現在他的生命，攪亂他的生活，倔強地求愛，把他搞得無奈又不耐煩的那段日子，他並不像現在對徐翰烈有那麼迫切的渴望。白尚熙曾經認為他的對象是誰都無所謂，就算不是徐翰烈也沒關係。當時的他覺得，只要能從那些現在連名字和長相都記不得的人們身上獲得短暫的溫暖就已足夠。他之所以會抱持著這種錯覺，是因為不曉得自己體內對愛的饑渴就像個無底洞，以至於無法用一般的情感來滿足。而徐翰烈過了十年仍不變的這份執著，委實令他感到安心。

白尚熙的唇在徐翰烈唇瓣上輕按了一下。

「我有好多話想跟你說。」

但是不知該從何說起，該如何啟齒。

「那些也之後再說。」

徐翰烈在白尚熙後頸上揉捏的手加大了手勁，把他直接拽過來再次吻住。他用力擠壓那柔軟的唇瓣，用舌頭撬開緊閉的嘴，兩人的舌頭在張開的嘴巴裡牢牢纏在一起，互相搶奪彼此的溫度、搜刮著口腔、濃烈地摩擦，展開了一場淫靡的行動。唾液黏稠地融合在一起，產生陣陣濕濡的摩擦聲。白尚熙一偏頭，徐翰烈就會側過臉來配合他，兩人在不知不覺間成為了彼此的習慣。他們非常清楚如何能勾起對方的慾火。

「一起洗好不好？」

白尚熙聲音發啞地央求道。他兩手從徐翰烈的腋下下方扣住，試圖把他拖出浴缸。徐翰烈沒有推辭地跟了出來，直到他們並排站在花灑底下，兩人的嘴還一刻不停歇地反覆碰撞。

沒一會，徐翰烈的背部貼在了牆上，從花灑淋下的水柱澆濕了面對面站著的兩人。徐翰烈的視線慢慢下滑，從白尚熙的臉龐一路掃視到腰間，伸手將他的襯衫從背後向上拉起。白尚熙低下頭配合他幫自己褪去上衣。在徐翰烈解開他褲頭的期間，他手撐著牆，把徐翰烈鎖在自己懷裡，胡亂親吻著徐翰烈的臉頰和後頸，然後在徐翰烈扯下他四角褲的剎那，將徐翰烈的兩隻手輕舉至頭頂處。

徐翰烈蠕動著被箍住的手指去搔癢白尚熙的掌心。今天的氣氛和以往完全不同，徐翰烈以往做愛時總會表現得有那麼一點不情願，此刻卻持續渴望著白尚熙，做出挑逗他的甜美行徑。

多虧於此，白尚熙完全沒有空閒去思考現實層面的問題。他們的唇瓣再次交纏，恍若沒有明天似的，急切又不捨地索求著彼此。急促的喘息噴薄而出，肺部頓時變得又悶又脹。因唾液和淋浴的水變得濕滑光亮的嘴唇不只貼在對方的唇瓣上，也恣意地落在人中、下巴、臉頰和耳際。即便如此，被觸發的慾望並沒有輕易消失。甘甜的呼吸聲在濕漉漉的耳邊聽起來餘音繚繞，格外悠長。

白尚熙將唇瓣埋在徐翰烈的脖子上，手掌從腰側向上撫至腋下。當他的拇指輕碾那無助地裸露在外的乳頭時，徐翰烈反射性地縮了一下身子。儘管咬著牙，徐翰烈還是逸出了甜蜜的呻吟。白尚熙假裝沒聽見，按壓著小巧玲瓏的肉團，擰捏似的拉扯，再輕輕揉按撩撥著他。徐翰烈皺起眉頭，難耐地扭動上身。喉結被白尚熙吸吮的時候，他開始發出「嗯」的吟聲，脖子也跟著歪扭。束縛在頭頂的手和白尚熙十指交扣，將白尚熙往自己的方向拉得更近，灼燙的下體也偷偷貼上白尚熙的中心部位。白尚熙膝蓋擠進徐翰烈的兩腿之間，徐翰烈的臀部於是要坐不坐地上下聳動了起來。

「……快點。」

「不行，今天我要一步一步慢慢來。」

聽見白尚熙這句輕柔的宣言，徐翰烈露出了茫然的表情。白尚熙裝作沒看見地吻上他的臉。既然要做，他想要盡可能地好好疼愛徐翰烈。

嘴唇從徐翰烈的臉頰一點一點地移至下顎處，指尖探索著的鎖骨替換成用舌頭在上面黏膩地描繪。徐翰烈沉下了肩膀，發出低低的哀求聲。白尚熙的舌直接舔上了肩膀，然後將頭埋進頸部內側，把他的味道深吸至肺部底。清新的入浴劑香氣之中發散出白尚熙思念的那股體味，牢牢附著在他的鼻腔。

白尚熙就如同他所預告的那樣不急不徐，從徐翰烈的脖子朝著手臂的方向慢慢地落下親吻，嘴唇反覆在噙著水氣的肌膚上擠壓。徐翰烈屏住了呼吸，視線追逐著白尚熙小心翼翼的動作。白尚熙親到了鎖骨之後，舌尖突然鑽進腋窩。敏感的部位被刺激，徐翰烈不禁向後抽身。白尚熙毫不在意地一遍又一遍舔舐著那凹陷的稜線。徐翰烈的腹部微微起伏著，腰肢也隱隱約約地扭動，臼齒反覆地咀嚼著臉頰內側無辜的嫩肉。執著地只攻佔一側的白尚熙腦袋沿著肋骨上的淺丘移動，唇瓣一路啃咬著變得敏感的肌膚，慢慢靠近乳頭。徐翰烈的脊椎也逐漸繃緊。他沒辦法吐息，越來越難以呼吸。

在一陣規律的親吻當中，白尚熙陡然將小巧的凸起含進嘴裡。在比預想還要來得快的刺激之下，徐翰烈發出了一聲尖銳的呻吟。

「……啊！」

光是用舌頭搓揉，那小巧柔軟的肉團就被摧殘得失去原本的形狀。白尚熙本能地壓制住徐翰烈掙扎的雙臂，舌頭壞心地繞著軟糊糊的肉團打轉，再用力將它吸起。強烈的吸附感讓徐翰烈的腹部跟著收縮。白尚熙偷笑了一下，再次用粗糙的舌面耐心地摩擦著敏感的乳首。他豎立舌尖，輕輕將肉團向上頂起，再將它按壓至坍陷的狀態，無止盡地與之糾纏。來不及從喉嚨吐出的氣體讓徐翰烈發出了喘鳴聲。白尚熙扣住他忍不住聳起的肩頭，不停吸吮著他胸前的小點，像是非得吸出什麼來不可。徐翰烈白皙的大腿開始顫抖，夾緊了白尚熙的膝蓋。

「啊呃、嗯……」

徐翰烈微微搖頭，難以忍受胸部裡強烈凝聚接著被嘖嘖吸吮而出的那股酥麻感。白尚熙用牙齒咬住了他逐漸變硬的乳頭，一邊在集中了全身感官的尖端反覆舔弄，一邊自然地握住徐翰烈的大腿內側。已然勃起的性器在他手背上磨蹭著，只是輕微觸碰的程度，透明的前列腺液就沾上了他的手。

白尚熙的嘴鬆開了吸吮出聲折磨了半天的乳頭，徐翰烈的肩膀由於那刺激後的解放感而不停抖動。終於被放開的乳頭腫得鼓鼓的，周圍的肌膚也紅了一圈。徐翰烈顫抖著唇瓣吐出了壓抑的呼吸，片刻後又被逼得狠抽了一口氣——白尚熙在他炙熱發紅的鈴口上不輕不重地搓揉了起來。

徐翰烈的膝蓋瞬間發軟。

「啊呃嗯……」

白尚熙移開和鈴口接觸的手指，一縷長長的透明黏液牽連在指梢和龜頭之間。他又連續觸碰了幾次那奮力張合的小孔，一面觀賞著哆嗦發抖的性器，倏地又抬眸注視著徐翰烈的臉龐。徐翰烈睜開了緊閉的眼睛，顫顫巍巍地對上了他的視線，眼眶和兩側臉頰都漾著紅潮。白尚熙吻上他發燙的面頰，輕撫著他因焦急而抽搐的性器。手指從惹人憐愛的根部向上抽拔至快要爆炸的紅潤龜頭，然後再次對著濕漉漉的鈴口緩慢劃圈。鮮明的顫慄讓徐翰烈泛起雞皮疙瘩，渾身打著寒顫。就連被舉過頭頂的雙手也擺脫箝制，捏住了白尚熙的手。

「啊、呃啊、哈、嗯、不……！」

凝聚在性器尖端的熱流和血液在龜頭部位持續受到壓擠，徐翰烈一點都不舒爽，反而更為心焦難耐。他手腳禁不住地顫抖，感覺後頸陣陣地發涼。白尚熙咬住徐翰烈毫無防備的乳尖，乾燥的表皮被迅速地吸起，被光滑的黏膜給包覆。難以承受的刺激同時從上下兩側連綿不絕地席捲而來。無論是哪邊，徐翰烈都無法抵擋那股壓力，他覺得自己就快要崩潰了。

「啊呃、呃、別、啊、哈……！」

就在徐翰烈感覺已經來到極限的時候，白尚熙又鬆開了嘴。被他吸吮了一番的乳頭接觸到外面的空氣，微微地收縮著。扶著興奮性器的那隻手也跟著停下了動作。

「不要嗎？」

白尚熙詢問的語氣相當鎮定，彷彿徐翰烈真的不要的話他今天打算就此罷手。話是這麼說，但他的鼻尖仍在閃耀著水光的乳頭附近流連，握著性器的手掌也隱約使力。徐翰烈在無法到達高潮的難受感折磨下，只能繃緊了全身不斷喘息。變得略為朦朧的瞳孔梭巡著找到了白尚熙的臉，「嗯？」白尚熙催促他回答，接著在挺立的乳尖周圍悄悄地親著。

徐翰烈微不可見地搖著頭，動作小到根本連白尚熙都看不出來。他的雙腿更用力地壓迫著白尚熙的膝蓋，發硬的性器暗中在白尚熙的手裡抽送，自行製造著快感。白尚熙豎起拇指刺激著性器表面的血管，徐翰烈於是雙手捧起他的臉，急切地迎上他的嘴。白尚熙輕輕咬開徐翰烈的下唇，舌頭鑽進了噴出熱氣的嘴裡。已經相當高溫的黏膜和融化到濕糊的舌牢牢地捆絞在一起。白尚熙的舌極具攻擊性地侵略著徐翰烈口中的每一處，同時繼續摸撫著下身。徐翰烈的瞳孔很快就因為滿溢的高漲感而蒙上了一層氤氳，最終被閉闔的眼瞼所遮蓋。雪白的身體掛在白尚熙身上，像一條閃耀著美麗光澤的觀賞魚那樣晃盪著。

白尚熙的腿用力支撐著徐翰烈不停滑落的身體，用自己的舌頭壓制他興奮上頂的舌肉，同時更加握緊了他的陰莖。迫在眉睫的噴發讓徐翰烈的下腹部不斷抽搐，從牙縫中擠出的呻吟被白尚熙的嘴給堵住，只能虛無飄渺地散去。來自四面八方的刺激讓徐翰烈雙眼緊眨又再張開。光滑的額頭上難得浮現出一條粗大的青筋。白尚熙直到他仰起頭部氣喘吁吁的時候才分開了銜接的雙唇，然後在徐翰烈汗濕的頸部連續啄吻，引導著他射精。徐翰烈下身在白尚熙手中更加猛烈深刻的頂弄，下腹部在某個瞬間啪地撞上了白尚熙的手。

「……啊、啊啊、哈呃！」

徐翰烈的呻吟猶如尖叫，身體哆嗦。強烈到髮根站立的射精感讓徐翰烈四肢打顫。全身的細胞似乎過度活化，嘴唇、指尖、喉嚨、骨盆、腳趾，沒有一處不在發麻。跟著湧上身的脫力感使得他唇瓣細微抖動，只能吐出混濁的氣體。他的身體完全無力下垂，等於是掛在白尚熙的一條腿上。當白尚熙溫柔地親上他濕濡的臉蛋時，他的背脊上冒出一排細小的雞皮疙瘩。

「……快點啦。」

擔心自己身體的熱意冷卻，徐翰烈催促著白尚熙動作。

白尚熙再度吻了吻他的臉，卡進徐翰烈兩腳之間的腿向後退開。失去了支撐，徐翰烈頓時站不住腳，白尚熙一邊扶住他的腰，緩緩地在他修長的脖頸、胸膛、腹部以及腰際逐一親吻。最後他抓著徐翰烈的兩側大腿，雙手的大拇指按摩似的壓著大腿內側細嫩的肉，以膝蓋完全跪地的姿勢仰首直勾勾地盯著徐翰烈。

兩人視線交纏了一會馬上又分開，因為白尚熙那宛如雕塑般的面孔正朝著徐翰烈濕濡的胯部湊近。他毫不猶豫地將沾染精液的性器含進嘴裡，溫熱的黏膜緊緊包覆住在顫慄中受盡折磨的肉柱，徐翰烈像是身體著了火，俯下上半身的他揪住了白尚熙的頭髮。白尚熙於是從善如流，穩穩地吸吮起口中的性器。除了來不及噴洩而出的殘餘物之外，表面的體液也被他無微不至地舔吮吞噬。他也不忘用舌頭照顧那軟軟的陰囊，再次激發興奮。才剛射精沒多久，徐翰烈現在又感覺到熱流開始往下腹匯聚。

白尚熙慢慢吐出了變得硬挺的性器，把徐翰烈翻了個身。他的手掌接著將充滿彈性的臀部向兩旁扒開。徐翰烈的額頭倚靠在牆壁上，不停喘著粗氣。只見他雙眼緊閉，再度憋住了呼吸——白尚熙無預警地將他的臉埋進了臀縫間。高挺的鼻樑率先接觸到軟嫩的肌膚，接下來是柔軟的唇瓣在穴口上擠壓。白尚熙每次出聲吮吸時，薄薄的表皮就會甜美地被他吸附進嘴裡。他握住徐翰烈僵硬的大腿後側，用舌頭一道一道數著後穴周圍細小的褶皺。敏感區域徹底暴露出來的感覺讓徐翰烈扶著牆的手指不由自主地使勁。不管做了多少次，他似乎都無法習慣這種事情。

白尚熙伸出舌頭奮力開拓著後穴內側，試圖軟化入口的阻力。在舌頭的搓揉之下反倒變得更加細密的皺摺被一再地吸吮之後也開始鬆弛軟化。稍微用點力氣，舌尖就被輕柔地捲了進去。

「啊呃、嗯……不要再弄了，我、呃、受不了了。」

徐翰烈急忙抓住了白尚熙的手。白尚熙這時候才站起身，又開始啃咬徐翰烈敞露的後頸，吊足了他的胃口。舌頭還黏膩地舔弄徐翰烈熟透通紅的耳後根，舔得他脖子忍不住瑟縮。也許是猜測到即將的插入，徐翰烈渾身緊繃。白尚熙再把緊張的徐翰烈轉向了自己，溫柔地撫摸著徐翰烈一臉莫名的臉龐，忽然向他宣戰似的說道：

「今天我要從頭到尾都看著你的臉做。」

徐翰烈略微歪頭，白尚熙又低語了一句：

「徐代表哭泣的樣子，還有高潮的樣子，我都想要仔細看個清楚。」

瞬間竄升的尿意讓徐翰烈嗚了一聲，反射性地併攏了膝蓋。白尚熙托起他壓低的下巴，徐翰烈要他別這樣，試圖揮開他的手，白尚熙卻強硬地堅持，嘴唇從容不迫地欺上徐翰烈泛著紅暈的面頰。

「為什麼？這是我最喜歡的表情欸。」

每次見到他彷彿再也無法忍受、不知所措掙扎的神情時，就像是一種條件反射，白尚熙耳背上的汗毛會自動豎立，後頸也會瞬間發熱。他把再次低下頭的徐翰烈摟了過來，碰在肩上的額頭熱呼呼的，耳後和後頸也都一片通紅。白尚熙不再遲疑地吻上那光滑的頸線。

「你的這種表情是只給我一個人看的吧？」

白尚熙掀動著唇瓣說話，呼出的氣體搔癢著徐翰烈的頸背。徐翰烈咬著牙根低喘，腰身顫抖了起來。白尚熙雙臂環抱住他的腰，不停啄吻著他脖頸，於此同時，長指循著脊樑一路下滑，深入臀縫之間。指尖最後觸碰到內側的洞口時，徐翰烈忍不住一震，身軀僵硬。白尚熙安撫似的親吻他緊繃的肩，接著輕輕撫摸那些柔軟的褶皺。他在徐翰烈肩上磨蹭著自己的臉，也逗弄了幾下溫熱的耳垂肉。

「告訴我，我說得沒錯。」刻意壓低的挑逗聲線提高了身體的熱度。徐翰烈沒有回話。白尚熙盯著他的側臉，將持續在穴口撩刮的中指探了進去。由於經過了充分的擴張，手指頭沒什麼阻礙地擠入，清晰的貫穿感使得徐翰烈的脊骨更為清楚地顯現。

白尚熙慢慢左右轉動自己放進裡面的中指，摩挲著咬住了手指的皺摺，緩緩增加摩擦熱。他豎起中指末段部分，攪動著密密麻麻緊貼著指頭表面的內壁，然後又溫柔又強硬地啄吻著徐翰烈的側臉。強忍著呻吟甚至呼吸的徐翰烈開始性急地和他接吻，從他甜密地嘬吸著白尚熙舌頭的動作之中能感覺到一股莫名的急躁。白尚熙和他甜蜜地唇舌交纏，把在會陰部搔刮的食指也戳進了穴裡。徐翰烈的肩膀因明顯的插入感而抖了一下，白尚熙的舌於是覆上了他緊張的舌頭搓揉著，讓他緊繃的身體能慢慢放鬆。

內側的軟肉細緻纏裹住整根手指的觸感太好，要不是會把他弄壞，白尚熙多想在裡面粗魯地戳弄，摩擦到他不想再繼續為止。交纏中的舌頭因為體內被翻攪的感覺而止不住地蠕動，就連徐翰烈發出的嗯、唔嗯這種難受的呻吟聽起來也是如此甜美。白尚熙又加了一根手指去擴張內壁。甬道黏膜和手指伸進去的深度和形狀完全密合，光是稍加摩擦，徐翰烈就渾身顫動。他已經射過一次的性器正狠狠戳在白尚熙的大腿上。對白尚熙來說這已經是他的極限了。

白尚熙啾地吸吮一聲，分開了兩人相連的唇。徐翰烈直盯著他的嘴唇看，伸舌舔拭自己因唾液而晶亮的唇瓣，瞳孔正微妙地放大。白尚熙重新吻上因分開而感到遺憾的徐翰烈，悄悄將他的身體推上牆面。徐翰烈完全閉眼，兩隻手臂纏住白尚熙的脖子。白尚熙抬起了熱情獻吻的徐翰烈的一條腿，接著將碩大的性器前端抵上敞露出來的穴口。徐翰烈皺了一下眉，卻更主動地勾住白尚熙的舌頭含吮，要他趕快放進來似的收緊了臂彎。

很快的，白尚熙的性器一點一點地擠進徐翰烈的下體，穴口被性器翻捲進去，開始填充著甬道。徐翰烈感覺又酸又脹，咬著牙發出了「呃」的聲音。白尚熙不斷親吻著他的前額和頭髮，粗大的肉棒長驅直入地撐開了狹窄的肉穴。

「啊呃呃……」

越來越強烈的壓迫感讓徐翰烈縮起了脖子，抱著白尚熙的兩隻胳膊也忍不住在發抖。白尚熙輕柔地吻著他胳膊內側，嫻熟地打開了徐翰烈的身體。用一隻腳站立的徐翰烈稍微墊高了後腳跟。白尚熙終於完全填滿了裡面，囊袋和會陰部相貼在一起。一陣陣的酥麻感和充實感蔓延了上來，徐翰烈奮力地屏息，白尚熙則是呼出了一口長氣。因緊張而使力的腹部相互碰撞接觸，引發了微妙的輕顫。白尚熙的額頭隨著要害部位被擰絞的那股收縮感而爆出了青筋。

徐翰烈緊閉著雙眼，等待著這茫然無措的時刻過去。白尚熙看著他的臉，搔癢般地輕撫著他濕漉的額頭。徐翰烈於是放鬆了眼周的力量，緩緩掀開了眼皮。在這個肚子被充填得沒有一絲空隙，貫穿為一體的時候，兩人在如此近的距離之下視線交織。白尚熙和徐翰烈都緩緩移動眼瞳，端詳著彼此緊密貼合之下的臉龐，莫名生出一種依戀不捨的心情。

「還好嗎？」

「……現在這樣子更難受，你趕快動。」

徐翰烈咕噥著，額頭在白尚熙的下顎蹭了蹭，聲音聽起來滿是疲累。他一面發出「嗯」的催促聲，一面摸著白尚熙一側耳朵揉按，感覺就像是在撒嬌一樣。

白尚熙低下頭和徐翰烈互相蹂躪著耳朵，在被貫穿的下體裡面轉動了起來。身體內部被繞圈打轉後猛然一頂的感覺逼得徐翰烈發出淺淺的呻吟。

「呃啊、啊……」

由於全身體重只靠一邊腳尖在支撐，哪怕只是小小的碰撞都會讓身體不由自主地顫抖。白尚熙邊齧咬著徐翰烈的肩膀邊退開腰部，腰臀像是在畫著圓滑的弧線，下身再次與穴口緊貼。他雖然插得很深，在裡面翻攪的樣子卻是無比小心。每次都凶狠馳騁的性器今天不知為何只是溫和地摩擦著柱身，與之前的做愛完全不同，既不急躁也不粗魯。白尚熙像是在懇求徐翰烈與他分享體溫，而不是要把徐翰烈摧毀似的在他體內肆虐。

也許是因為這樣的關係，徐翰烈頓時覺得難為情了起來。像這樣身體完全依偎在對方身上慢慢地交合，時不時交換著眼神與親密的啄吻，一定只是因為自己對於這樣的模式感到陌生，胸口才會產生異常的悸動。徐翰烈的喉頭不禁緊縮，第一次發生性行為的時候也未曾如此緊張。氣息開始不穩，心情無端地忐忑了起來。

徐翰烈再一次把白尚熙拉到自己面前，用舌頭撬開他唇瓣，鎮重地佔領了他的嘴。隨著頂弄的動作而噴吐的呼吸搔癢著白尚熙的咽喉。刺痛的底部被緩慢地戳捅著，徐翰烈發出了密集的吟叫聲，故意刺激著白尚熙。

「呃啊、呃……用力一點。」

「你是又想要病倒嗎？」

「生病了、呃嗯、啊、更好。」

「……你實在是……」

白尚熙不禁失笑，一副拿他沒辦法的樣子，隨後那緩慢打轉的下身猛地撞了進去。徐翰烈哆嗦了一下，扭動著身子，支撐著自己身體的腿也搖搖晃晃，無力地彎曲。隨著支架的動搖，他的身體也跟著顫動了起來，暗自期待著即將發生的衝擊。

憋了好一陣子的性器顯露出了本性，開始重重地肏幹了起來。一股蠻橫的壓力撐開了內壁，先前被溫柔對待的黏膜也被狠狠地摩擦，開始發燙。肚子裡感覺燃燒了起來。悶脹感讓徐翰烈渾身顫抖，咬著牙搖晃著腦袋。分不清是痛還是爽的酥麻刺激反覆灼燒著身體。下身磨碾而出的濃烈快意找不到出口，鬱結在身體各處。徐翰烈開始感到暈眩。凶殘的性器暫時退出又一口氣捅進來的時候，契合得毫無縫隙的洞口發出了空氣擠壓而出的聲響。軟糊穴口周圍的一圈軟肉反覆地被碩大的肉柱捲進去又再翻了出來。徐翰烈搖搖欲墜踮著地板的腳趾頭發白地蜷曲著，隨時有跌倒的可能。

他拚命保持平衡穩住身體，於是肚子也跟著收緊，黏稠地撞擊著腸肉的龜頭彷彿受到了一番細細密密的啃噬。始終維持著冷靜的白尚熙驀地喟嘆了一口氣。徐翰烈的甬道在他狠插進去時會張開接納，隨即便緊密嚴實地包裹上來，將鈴口完全吞食，這種飄渺的感受讓白尚熙越來越脆弱的理智線沒多久就斷裂開來。

白尚熙抓住徐翰烈的手臂讓他摟住自己的脖頸。「好好地抱緊我。」他聲音低啞。徐翰烈閉上眼緊攬著他，白尚熙微微伏下身，將徐翰烈的另一隻腳也勾了起來。雖然晃動了一瞬，他還是輕鬆地托起了徐翰烈，隨著體重增加的重力讓性器插得更為深入。

「嗯呃……」

徐翰烈痛苦地哭喪著臉，白尚熙溫柔地親吻著他臉上的每一個地方。然而才剛站穩，一時靜止動作的下身便一點都不溫柔地開始肏幹，徐翰烈的身體被一次次的頂至空中復又下墜。承載著體重的插入無止盡地增加著深度，大肆捅弄著本來無法接觸到的地方。

彷彿這樣還不夠似的，白尚熙突然逆向操作，在徐翰烈身子浮起而墜下的那一刻猛然上頂。貫穿感過於強烈，彷彿從後穴一口氣穿透至腦門。無助摟著白尚熙的徐翰烈連番發出尖銳的呻吟。

「呃啊！啊！哈嗯、啊！」

白尚熙在徐翰烈胸口不停磨蹭著自己的額頭，即使進入他體內最隱密的地方、無休止地進犯和汲取他的身體，那份飢餓感還是沒有消失，反而越來越饑渴。想把這副沒有人能進入的身軀打開到極限，凝固起來，刻上自己的印記之後再也不拔出來。白尚熙的性器完全沒入，黏糊糊地轉著圈，下體磨蹭著相觸的底部。徐翰烈的會陰部被他沉甸的陰囊摩擦得充血，現在則是被粗捲的陰毛刮蹭刺激著。

「呃嗯、哈呃、呃、啊、呃！」

徐翰烈不客氣地大叫出聲，膝蓋更使勁地夾緊了白尚熙的腰桿，把他整顆頭抱在懷裡。埋著臉的白尚熙腰部向後退得更遠，再一舉頂入。穴口周圍的褶皺在這渺茫的起起落落之中被帶了進去，再隨著紅潤的腸肉一起掀了出來。經過反覆摩擦而發白的體液在性器和穴口周圍附著了一整圈。

「呃、嗯、哈嗯、那裡……那、裡……」

明明如此吃力地承受著白尚熙的索求，徐翰烈卻還在向他討要。白尚熙沒有再繼續忽視，而是掏出在深處翻攪的性器朝著某個熟悉的的方向戳去。

不過是戳到了敏感點，龜頭抵在上面按壓而已，徐翰烈就完全昂起了腦袋，咬緊的牙縫之間洩出了倒抽氣的嘶聲。儘管只有一瞬間，敞開的身體彷彿觸電似的顫抖。

白尚熙讓徐翰烈的背部完全靠在牆上，在受到了刺激的前列腺上不停搗弄。整個骨盆都在劇烈震顫的感覺讓徐翰烈雙腿掙扎著嗚咽了起來。更為灼熱的黏膜也繼續絞動著，盡情扭轉著含咬的性器。極度的壓迫之下，就連白尚熙也痛苦地粗喘，額頭上緊繃的血管就快要爆裂似的。他緩了下呼吸，狠下心似的繼續朝著敏感點戳刺。龜頭抵住的凸點被他反覆頂弄、頑固地磨蹭，就算把裡面蹭破了也不奇怪。

「尚、嗯、呃、尚熙、啊、哈呃！」

徐翰烈整個人被他頂得糊里糊塗的，哆嗦個不停。急促的喘息讓白尚熙沒辦法將他說的話聽個清楚，可儘管如此，那聲「尚熙」還是讓白尚熙驟然回神。

徐翰烈的眼角被他無情的頂撞給撞出了一片濕意，白尚熙雖然暫時放慢了速度，徐翰烈體內仍有電流在流竄一般，身子痙攣個不停。白尚熙平靜地吻上他的眼眶，然而下方一連串抽插磨碾著敏感點的行為卻沒有停止。他將腹部緊緊相貼，更加靈活地擺動腰身，對著同一個地方淺而頻繁地細細搗碾。

「……哈啊、啊呃、啊呃呃、嗯、你現在、啊……」

顫抖不休的徐翰烈艱澀地擠出嗓音。

白尚熙「嗯」的回應了一聲，仍然繼續頂弄著敏感點，輕柔地在裡頭打轉繞圈。

「啊呃、呃……你現在愛我嗎？」

正把徐翰烈欺負到不行的白尚熙陡然停下了所有的動作，但徐翰烈依舊在強烈的灼熱感之中抽搐著身體。白尚熙抬起頭望向徐翰烈的臉，徐翰烈潮濕的瞳孔游移著對上了他的視線，

眼中盡是不安。

在這個忍了又忍好不容易問出口的疑問裡，徐翰烈並沒有把自己擺在什麼特別的位置。如同白尚熙過去從與他有過露水姻緣的人身上感受到了肌膚之親所萌發的情感，徐翰烈只是想知道，如今的他是否也對自己產生了相同的感情。

白尚熙發出一聲荒謬的乾笑。

有些事情，不用說出口自然就能明白，比如說愛情就是如此。而有些事情不說

出口，對方是永遠不會明白的，所謂愛情也正是如此。

「徐翰烈。」

聽見白尚熙這聲默默的呼喚，徐翰烈睜大了眼睛，緩慢輪番注視著白尚熙雙眸的瞳孔正可憐地顫抖著。這是白尚熙第一次開口叫他的名字。十年過去，這還是他們第一次四目相視著呼喚對方的名。儘管有些難以置信，但這真的是事實。

「翰烈。」

白尚熙又叫了一次，徐翰烈的兩眼痛苦地瞇了起來。見他這樣，白尚熙感到了不捨，心口無可奈何地脹痛著。這對他來說是一種非常陌生的情感。

「我愛你。」

這是他在演戲時說過好幾遍的台詞，平常就只是照著劇本上寫的直接唸出來而已。因為是很普通的一句話，說出口並不困難。然而為何這麼簡單的三個字，他現在卻表現得如此生硬？就像是他這輩子初次接觸到這句話一樣，發出每一個音節時喉嚨都不自覺地緊縮。明明唯有這一句話語能夠正確無誤地表達出自己的情感，白尚熙卻覺得單憑這句話，好像不足以代表自己的感受。

「我愛你。」他緊緊抱住了徐翰烈的腰和背，嘆息似的又說了一遍。被他箍在懷裡的徐翰烈呼吸不穩定地顫抖，接著身子一陣痙攣，膨脹得快爆炸的性器噴出了乳白的精液，黏稠地濺濕了白尚熙的腹部。白尚熙毫不在意，使勁擁住他一抽一抽的身體直到他平息下來為止。徐翰烈在強烈的餘韻之下就要喘不過氣，白尚熙繼續在他耳邊悄聲細語地複誦著。

「徐翰烈，我愛你。」

說完，白尚熙的性器便在徐翰烈體內射出了一股灼熱，黏稠的慾望澆濕了徐翰烈的甬道，使得他忍不住發抖，伸出雙臂抱緊了白尚熙的脖子。白尚熙撫摸著他的背部，連連在他耳邊親吻、對他低聲傾訴著愛意。他在白尚熙懷裡掙扎著，終於忍不住抬手摀住白尚熙的嘴，「不要再說了。」

白尚熙這次還是沒有聽從他的話。他不停吻著徐翰烈抵在他唇瓣上的手指，一次又一次不間斷地告白。徐翰烈低垂著頭，沉默地聆聽著朝他傾瀉而來的蜜語。他似乎難以耐受這般激動的心緒，整張臉皺成了一團。或許是想起了過去十年的種種時光，徐翰烈神情顯得有些空洞，一方面看起來有些痛苦。

他渾身蜷縮了起來，試圖抵抗那道從胸口處所引發的麻痺感。這般甜蜜的話語竟會讓人如此心痛，他不知道自己該如何才能承受。

他們緊緊相擁了一整夜不曾放手。面對著面，不停觸摸著彼此的臉，接吻完又再次擁抱。由於徐翰烈一直吵著要白尚熙放進來，所以他們又做了好幾次，完全察覺不到時間的流逝，抵死纏綿直至破曉。可以的話，白尚熙真想取消所有行程，把那些需要立即解決的問題全都拋諸腦後，就這樣繼續賴在床上打滾。

儘管馬上就該起床了，但徐翰烈摸著自己耳朵的感覺實在太舒服，白尚熙閉著眼，把手覆在徐翰烈的手背上。

意識開始一點一滴地飄散，他進入了一個不確定是不是夢境的維度空間。熟悉的景物依稀從眼前掠過。空蕩蕩的教室，飄揚的窗簾，一個趴在桌上睡覺的人影，以及另一個正在看著他的人。他不自覺地抓住了那個正欲觸碰卻驚嚇得想要逃走的白皙手腕，將抗拒的手掌拽過來放在自己的頭上。

『再多摸幾下。』

不同於先前，他的撒嬌內容變得具體了起來。被逮住的白皙手掌糊里糊塗地摸著他的頭髮。太過小心翼翼的關係，白尚熙只覺得很癢。不知不覺，緊繃的手掌開始放鬆了下來，溫柔繾綣地摸著他的頭。白尚熙不禁揚起了嘴角，用充滿倦意的沙啞嗓音喃喃低語。

『我愛你。』

剎那間，摸著頭髮的手停了下來，抓著手臂的手也一下子鬆開。白尚熙疑惑地抬頭一看，那個溫柔的人影已然消失，四周籠罩在一片茫茫的漆黑之中。

「……！」

白尚熙猛地張開眼，驟然開闊的視野裡出現的是一個眼熟的空間。看來是他不小心睡著，須臾之間甚至還做了個夢。感覺以前好像也有做過類似的夢。明明不是什麼惡夢，心臟卻怦怦跳到胸口有些不適。白尚熙慢慢做了一個深呼吸，稍微閉上眼才又睜開。他抹了一下前額，結果掌心上一片濕涼。

白尚熙轉了個身，手臂習慣性地往旁邊一撈，卻什麼都沒撈到。他重新張開眼四處張望，沒有看到徐翰烈的人。浴室或客廳裡也沒有動靜。

「……徐翰烈？」

白尚熙坐起身，滿臉的困惑。外面沒有任何回應。他立刻下了床在屋內巡視了一圈，別說是徐翰烈的人影，就連他的衣服或隨身物品都沒看見。是回去了嗎？白尚熙的胸口不舒服地怦咚作響。

就在這時候，玄關處忽然傳來一陣聲響，有人正按著大門電子鎖的密碼。白尚熙快步走過去，門鎖迅速地解開，門被打了開來。

「什麼啊，你已經醒了？」

進入屋內的人不是徐翰烈，而是姜室長。即使看到了白尚熙完全赤裸的模樣，他也沒有露出半點驚慌的神色，只顧著碎唸白尚熙明知道今天要出國，為什麼還把手機關機。

白尚熙回到臥室，撿起了掉在地板上的手機。如同姜室長所說的，沒電的手機已經自動關機了。他找出充電線連接電源，充了好一會才終於能正常開機。

一開機就跳出了一整排的未接來電紀錄，還有一則徐翰烈發來的訊息也在其中。訊息發送時間就在幾分鐘前而已。

『我先去上班了。你去英國一路順風。暫時應該沒辦法聯絡了。』

白尚熙立刻撥了電話過去，撥號音響了沒幾聲就斷了。接著對方手機自動傳來一則『開會中』的訊息。

白尚熙沒辦法，只好選擇打字回覆。之前他也經常發訊息給徐翰烈，今天一時卻想不到要打什麼話比較合適，反反覆覆地打了又刪。在聽見姜室長吵著說要來不及的催促下，終於不得已地按下了發送鍵。他猶豫了老半天，結果只傳了一句極為簡短的話。他一直暗中等待著徐翰烈的回覆，但一直到他要上飛機之前，徐翰烈都沒有讀取他的訊息。

✳

「又在打電話啦？你這樣一直打，到底是打給誰啊？」

姜室長不滿地撇了白尚熙一眼。不管是在拍攝中途的休息時間，或是短暫補妝的片刻，白尚熙總是不忘確認著手機。以前的他根本有沒有手機都沒差，打從出國那天開始，他就變成了這副德性。結束了行程回到住處，他也一直關在房間裡不肯出來，打電話要找他吃飯的話，有好幾次他都是在通話中。在姜室長看來，他這樣做出一些反常的舉動，根本就是在模仿別人談戀愛的樣子。就算面對當前兩人關係可能會被公諸於世的局面，他還是不顧一切地這麼做。

然而實際上的情形並非姜室長所想的那麼美好。

徐翰烈再度與白尚熙失去了聯繫。白尚熙出國前發的那則訊息依舊沒被讀取。

他只要一有空就會撥過去，對方的電話卻始終不通。現在甚至連開會中或是稍後與您聯繫的這種自動回覆訊息都不再傳過來了。

徐翰烈既然都說了會暫時無法聯絡，應該就是還在忙著處理家裡的事情，這些白尚熙都曉得。但在失聯了好幾天之後，他還是忍不住開始擔心起來。不只是徐翰烈，就連楊秘書也是聯絡不上的狀態。

「姜室長，公司或日迅集團那邊有聽到什麼消息嗎？」

「哪有什麼消息，這樣風平浪靜的多好。」

斥責完，姜室長身體忽然震了一下，原來是手機響了。「這麼巧。」姜室長一邊掏出了手機，是從韓國打來的國際電話，來電人是一位姜室長認識的記者。姜室長露出莫名其妙的表情，但還是接起了電話。

「你好，我是姜在亨。」

他一接起來，對方就劈頭對他說了一堆話。默默聽著的姜室長只是不斷回著「什麼？」只見他原本平靜的臉色漸漸發白，望向白尚熙的雙眼充斥著明顯的慌張。

這時，正在整理攝影器材的工作人員們忽然也開始騷動起來，大家不約而同地拿起各自的手機查看。率先得知消息的人們一個個轉頭朝著白尚熙看了過來。這些視線太過清楚直接，不可能是錯覺。沒多久，白尚熙的手機也響了，螢幕上顯示著一串未儲存的陌生號碼。

姜室長趕緊抓住了白尚熙的手，示意他別接電話，然後向對方丟下一句「我確認一下」便匆匆地結束了通話。

「是發生什麼事？」

「好像出新聞了，有關你和你母親的消息。」

白尚熙一時無法理解地皺起眉頭。姜室長也才正要準備確認事情的來龍去脈，沒辦法仔細地說明給他聽，解釋再多，還不如讓他自己看比較快。但是才剛連上網路，他們倆的手機便同時響了起來，也收到了好幾封要求聯絡的訊息。姜室長索性把失控的手機給關了機。

「不好意思，可以跟你借一下手機嗎？」

姜室長拜託著一旁的工作人員。不僅是當事人，周圍的人們也爭相拿出手機，眼神緊張地注視著姜室長和白尚熙的動作。

姜室長用顫抖的手緊握著機身，點進了入口網站。在頂端的即時搜尋關鍵字欄位裡可以看到「池建梧」三個字，接著陸續出現了「日迅」、「池建梧母親」、「徐翰烈」等等搜尋詞，正如同剛才電話那一頭的記者所轉述的。

白尚熙把手機從姜室長手中奪來，毫不猶豫地按下自己的名字。報導陸續跳了出來，每篇新聞的發佈僅相隔一分鐘，相關內容正透過社群網路、部落格、論壇等媒體迅速地擴散。白尚熙點開最上面的那一則新聞，快速地掃了一遍報導的文字內容之後，驚訝地愣住了雙眼。

文章的開頭寫著「根據娛樂媒體《The Catch》的報導……」事實上不只是這一篇，所有的相關新聞都是如此。

文中將白尚熙未曾公開的過去一一詳列了出來。描述他在單親家庭的成長過程中從未安定過的生活、疏忽家庭的母親和他必須兄代母職照顧兩個妹妹的處境、每天打三四份工才能勉強維持生計、不可避免的留級和輟學。不僅如此，文章中還清楚地交待了在白尚熙高中三年級時，他的母親是如何拋下年幼的孩子，自己改嫁他人，而對象正是日迅集團的次子。文中也提到由於兩人一直處於事實婚姻關係，而且白尚熙的母親不願意對外露面，才會至今都沒有公開。但對於徐家的雇傭們來說，這早已是個公開的祕密。

證實了這件事情的人不是別人，正是徐翰烈。第一個發佈消息的《The Catch》的報導裡收錄了採訪他的內容。徐翰烈在得知了父親再婚的消息後，對於新的兄弟姊妹產生了好奇，於是轉學到了他就讀的學校，希望能慢慢互相認識。當時的兩人年紀小，無法包容彼此，但自從發現白尚熙兄妹們的窘境後，讓徐翰烈覺得好像是自己搶走了他們的媽媽而感到內疚。因為這個原因，他才會從三年前開始向白尚熙伸出援手，也表示兩人過去的誤會已經化解，現在他們的關係就像是親兄弟一樣。他也補充解釋，由於過去沒有揭露兩人這一層的關係，好像也因此傳出了一些奇怪的謠言。

文章中還駁斥了有關白尚熙過去在牛郎店工作、出道後持續有贊助商包養一說，表示這些謠言純屬子虛烏有。他輟學後確實是不分晝夜地工作，但在牛郎店上班是一個未經證實的謠傳。所有的一切都包裝成白尚熙為了提供給妹妹們一個穩定的成長環境所做出的犧牲。除此之外，徐翰烈也一併分享了白尚熙的小故事，說正因為他歷經過這樣的成長困境，前陣子也開始將一部分的收入捐給少年少女擔任家長的家庭。

是什麼時候去了……白尚熙想起了那次徐翰烈親自把契約書送到拍攝現場給他的事：

『簽名。你的形象到底是有多糟糕，怎麼會每一部作品邀約都是那種角色啊？多做些善事吧。』

他當時會那麼做，就是為了今天嗎？白尚熙的腦子頓時混亂了起來。

文章最後也提到了三年前和尹羅元的那件雙方暴力糾紛事件，據說就在這篇文章發佈之前，有人在某個論壇的公佈欄上公開了事發當時的錄音檔。根據當中的內容，白尚熙之所以會對尹羅元出手，是因為他對白尚熙當時未成年的妹妹進行了嚴重的言語性騷擾。

白尚熙再次確認了即時搜尋關鍵字，雖然被擠到了後面，但尹羅元的名字確實也在排行榜當中。音檔的錄音紀錄已經無可挽回地傳播開來，白尚熙和尹羅元之間一來一往的對話被如實地紀錄成了文字，當然尹羅元的那番性騷擾言論也不例外。其中唯獨少了能揣測出白尚熙和孫慶惠是什麼關係的那段內容。

『我偶然間，得知了你和尹羅元之間發生的事情。』

是徐翰烈。除了他以外，沒有人能做出這種事來。但是為什麼？查看著手機的白尚熙頓時放下了手，感覺腦袋開始抽痛。即使清楚地確認完發生了什麼事，他還是不能理解原因。

「建梧啊，現在情況是怎樣？徐代表沒有跟你交待過什麼嗎？」

姜室長神情恍惚地問道。白尚熙沒有搭腔，只是怔忡地站在原地，似乎根本沒聽到姜室長的問題。工作人員們用同情的眼神偷瞄著白尚熙，還體貼地讓他先回住處休息。

當晚，記者們提到了日迅集團最近因經營權繼承問題而鬧得沸沸揚揚的事情，把重點擺在了白尚熙和他妹妹們對於繼承問題可能產生的影響上。網路上再也找不到懷疑白尚熙與徐翰烈關係不尋常的謠言，或是關於白尚熙過往的相關文章。拔掉礙眼的釘子不過是一瞬間的事。在白尚熙出現的每一個地方都會跑來留言謾罵說他就是個暴力犯的那些酸民也銷聲匿跡了。社群網路上出現了很多支持鼓勵的聲音，在短短幾個小時內，白尚熙變成了一個令人心疼的兄長，寧願自己被誤會，也還是堅持要保護妹妹們。

✳

幾個夜晚過去，白尚熙仍是沒有徐翰烈的消息。

在公司的建議下，白尚熙延遲了回國的時間，滯留地也從英國移動至愛爾蘭。由於還有電影的拍攝，他其實也無法避太久風頭，只是想多等個幾天，讓採訪的熱度能夠消退一些。

白尚熙不在國內的期間，關於他和日迅集團的新聞仍舊不斷地出現。社會大眾關心的熱度並無冷卻。白盈嬅接受了某個媒體的採訪，大膽地露了臉。她以端莊優雅的容貌登場，坦言說報導內容的確全部屬實。她在過去的十年裡一直在徐家打理家務，也在徐會長的幫助下負責經營一家韓式、日式、中式、法式料理一應俱全的高級餐廳。這些內容都成為了那篇報導的佐證。日迅到了這步田地也別無選擇，只能出面承認先前那篇報導，但是明確地表明白盈嬅或演員池建梧相關的問題與日迅無關。關於經營者家族中極為隱私的家務事，往後一律不予回應。假如出現大量毫無根據的謠言，公司將會採取法律措施。

隔沒多久，尹羅元肇事逃逸的消息就爆了出來，成為了大眾的焦點。《The Catch》詳盡地報導了尹羅元酒駕撞倒一位老人之後直接逃走，他的母親孫慶惠為了掩蓋事實，向當地的警官行賄，並收買被害人子女的過程。記者親自去拜訪了尹羅元當時獨飲的那家餐館的老闆、與他發生爭執的客人、對於事故存有疑慮的巡警、孫慶惠去過的那家醫院的醫護人員，還有被害人的妻子，文章內容包含了他們的證詞。

社會大眾自然是感到相當憤慨，過去的緋聞以及和白尚熙的暴力事件又再一次地絆住了尹羅元的腳跟。隨著相關人士的接連爆料，就連他平時的為人舉止也受到了批判。尹羅元的母親孫慶惠也是難逃指責，要求查明事故真相以及懲處相關人員的聲浪越來越高，一天之內出現了好幾份相關的請願書。民眾對於尹羅元母子兩人的憤怒自然而然地演變成了對受害者的同情。諷刺的是，白尚熙因此成為了最大的受益者。

大眾所認知到的雖然是事實，卻不是完整的真相。白尚熙不全然是一個需要受到保護的受害者，他確實也有一點咎由自取的部分。然而沒有人半個人責怪他，彷彿他已經為自己的過錯事先付出了代價。

白尚熙並沒有為此感到高興，不管尹羅元落得何種處境，白盈嫜又是在哪裡做什麼，他其實一點都不在乎。不管自己是被貼上了超級大混帳的標籤，還是把他當成了可憐的代罪羔羊來看待，他怎樣都好。無論哪個謊言變成了事實，哪個事實又像謊言一樣遭到指指點點，他都無所謂。他只對於自己現在被綁在了一個地方不能自由來去的情況感到鬱悶沮喪。他不想對於最近的事態草率地作出結論，他想直接和徐翰烈確認他的意圖想法。

又過了兩天，白尚熙才終於掌握到了徐翰烈的行蹤，消息來自一家側重於報導日迅集團繼承結構的日報。根據這家媒體的報導，徐翰烈早在十天前就已經啟程前往美國。媒體轉述了一名企業相關人士的說明，解釋他為何會在集團內部鬥爭如火如茶之際突然選擇離開。據說徐翰烈患有先天性的疾病，會前往美國留學和免除兵役也是因為這個原因。他還表示，徐翰烈現在的狀態勢必得進行移植手術，猜測他將會缺席滿長一段時間。文章結尾則暗示了日迅的經營權之爭已經洗牌重組，成為徐朱媛和徐宗烈兩強對峙雙足鼎立的局面。

白尚熙對著那篇報導一再確認，同樣的內容讀了好幾遍。其他媒體也開始跟進，紛紛發佈了差不多的消息，加重了報導內容的可信度。時常在確認媒體消息的姜室長跑來問白尚熙：

「欸，徐代表原來有隱疾？」

「……他說是高血壓，家族遺傳性的。」

「光是一個高血壓就可以免役？甚至還得進行移植手術？你是不是搞錯了啊？」

「他那個時候明明……」

搜尋著記憶的白尚熙忽然在入口網站的檢索欄輸入了什麼，姜室長納悶地看著他操作。畫面上很快地出現了某種藥物的圖片，白尚熙一臉嚴肅看著搜尋出來的結果。

『用於治療高血壓、狹心症、心律不整、心臟衰竭等各種心臟疾病。』

不祥的預感浮現，雖然白尚熙很想否認，他的視線卻釘在螢幕上遲遲無法挪開。

徐朱媛不停揉按著跳動的太陽穴，自從徐會長倒下後，她一天也沒有好好休息過。她還以為自己早就深諳故作堅強的技巧，看來還是太過自負了。既要統整集團內部的勢力，又要填補徐會長經營的空缺，還要收拾徐翰烈惹出的麻煩，忙成這樣，就算有十個身體恐怕也不夠她用。她平常睡覺本來就不超過四個小時，最近更是只能利用在車上移動的時間閉眼休息。每天一早的例行行程就是去徐會長的病房探望，結束了一天的工作之後也會再去看他一次，確認病情有無起色。

徐朱媛今天也是去醫院看完了徐會長，正在前往公司的路上。從醫院到公司大概需要二十分左右的車程，這幾乎是她唯一可以拿來休息的黃金時間。即便如此，她也無法完全熟睡，只是處於一個假寐的狀態。由於聽覺是開啟的，有時候她也會順便聽取秘書的報告。

就在她靜靜閉目養神的時候，一陣震動音響起。並不是徐朱媛的手機。她能感覺到秘書正在掏出手機確認訊息。收到訊息的秘書回頭看了徐朱媛一眼，連忙往某處打了通電話。

「你說是誰來了？」

怕打擾到徐朱媛休息，秘書嗓音壓得極低，但他慌張的語氣還是鑽進了徐朱媛的耳朵裡。她維持著閉眼的狀態開了口：

「什麼事？」

秘書於是暫停了通話，轉過來的臉上佈滿了為難的神色。

「聽說池建梧先生現在正在我們公司的大廳。」

徐朱媛倏地張開眼，平滑的眉間瞬間皺了起來。

「誰？」

「演員池建梧先生……」

徐朱媛一聽，眉頭皺得更深了。秘書對於這個狀況也無法再多作解釋。徐朱媛大概能猜到他突然不請自來的理由。現在全韓國的人都知道了白尚熙和徐朱媛的家庭關係。不僅徐翰烈大動作地公開了兩個人已盡釋前嫌，像親兄弟一樣親密無間，集團官方在不久前也承認了這一層關係。況且白尚熙是個眾所周知的藝人，在人來人往的大廳直接把他趕出去也不太好，到時又被別人拿去作文章。

「……還真是會耍小聰明。」

不滿地碎唸著的徐朱媛馬上就做出了決定。她也沒有什麼選擇的餘地。

「交待他們先帶他去我辦公室吧。」

秘書有些疑惑地答了是，向對方轉達了徐朱媛所下的指令。徐朱媛接下來去到公司的這一整路上都沒有辦法再次入睡。

她一把打開了辦公室的門走了進去，白尚熙隨即站了起來。這是徐朱媛第一次親眼見到白尚熙本人。在電視上看的時候就覺得他很高大了，實際站在面前時甚至有一種壓迫感。他對上徐朱媛的視線後先頷首行了禮，臉上看起來沒什麼表情。徐朱媛沒和他打招呼，逕自走到上位坐下，對著一起進來的秘書用下巴指了下外面的方向。秘書離開時把門帶上了。徐朱媛不動聲色地看了一下手錶上的時間。

「我只能給你五分鐘的時間。」

「我只想問一個問題，問完我馬上走。徐翰烈他現在人在哪裡？」

「你找他幹什麼？」

白尚熙沒有回答她的問題，似乎一時毫無頭緒，不知道該從何說起，或是應該如何開口才好。徐朱媛看著他的臉，掏出了一根菸咬在嘴裡。白尚熙並沒有迴避她的視線。刺鼻的煙霧瀰漫在兩人之間。

「你不是該拿的都拿了嗎？幫你還清了債務，把你捧成一個人氣演員，擔心的黑歷史也處理乾淨了，還用一個連酸民看了都要變成粉絲的悲情設定為你包裝，甚至給了你一個財閥家族的背景，以後再也沒有人敢動你，難道這樣還不夠嗎？」

白尚熙的眼睛微微地張大，似乎對於徐朱媛知道自己和徐翰烈的關係而感到驚訝。

「就別再管他了，這孩子就是什麼事都非得按照他的意思去做他才肯善罷甘休，越是去妨礙阻止他，只會讓他更不爽而已。就放手讓他玩個盡興，他很快就會膩了，何必還費力去勸阻呢？反正實際上，他確實是已經膩了沒錯。」

徐朱媛對著白尚熙抬了一下下巴。

「這就是我至今為止沒有動你的唯一理由。」

徐朱媛再次確認了一下時間，捻熄了那根她沒抽完的菸。

「我從以前就是在負責幫他收拾善後的。他要我不要對你下手，還做出這種讓我以後也動不了你的招數，那我也沒轍了。我可以答應不會動你，希望池建梧先生也別再這樣隨隨便便找上門來了，可以嗎？」

徐朱媛冷冰冰地警告著：「以後別讓我再見到你。」

隨著四周安靜下來，兩人視線緊繃地對峙。白尚熙面對著徐朱媛鋒利的眼神，絲毫沒有半點退縮之意。究竟該說他是冷靜，還是無動於衷？表情沒有一絲變化的沉默臉龐讓徐朱媛感到十分不快，也有可能是她發現自己想挫對方的銳氣結果卻失敗了的關係。徐朱媛一向習慣掌權，無論是誰，她無法忍受有人與她作對。她一下子沉下臉，指著門口的方向：

「出去。」

壓低的聲音極具威脅性，白尚熙卻是紋風不動，只用他特有的語調說了一句：

「您還沒有回答我。」徐朱媛被他氣到簡直說不出話。

「看來你是聽不懂人話啊。」

徐朱媛嘀咕的語氣帶著酸意，眼中怒氣翻騰。即使直視著她惱怒的模樣，白尚熙也沒有動搖，換了一個問題繼續問道：

「翰烈他到底是生了什麼病？病得有多重？」

「什麼？」

徐朱媛頓時皺眉，「你不知道？」反問的這句話裡夾雜著一口粗氣。

「你完全不知道他的身體狀態？什麼都不知道還敢那樣……」

徐朱媛話沒能說完，驟然屏住了呼吸。徐翰烈竟然和一個不清楚他身體狀況的人上床，簡直是與自殺行為無異。自從他和白尚熙在一起之後，進出醫院的次數就變多了，難道是因為這個原因？徐朱媛遲來地感到一陣暈眩。

「這個楊秘書到底是怎麼辦事的？」

尖銳的指責聲劃破了空氣。

徐翰烈不可能完全沒有露出馬腳，生病的病容不是患者本人想隱藏就能掩飾得了的。但是白尚熙卻對此一無所知。那個生來不知畏懼為何物、不懂事的弟弟，竟然為了這個無心之人而變得害怕死亡、萌發求生的意志。她想起了徐翰烈最後出國前的那個模樣，看起來相當疲倦，卻又莫名有種釋然的輕鬆感。與其說是對新生活充滿希望，倒不如說像是了無遺憾，痛快地做好了死亡準備的樣子。

『那個曾經打了人而跌落谷底的傢伙，明知不會再有第二次轉圜的餘地，卻還是出了手，而且他根本什麼都不知道……宗烈那小子才碰了我一下而已，就踩到他的地雷。』

徐翰烈就為了這麼一點小事，露出一個滿足得像是擁有了全世界的表情。徐朱媛不禁握緊了拳頭。真不公平，應該也要讓白尚熙嚐嚐相同程度的痛苦才對。

「他有先天性的心臟病，平常雖然好好的，一旦發作起來，隨時會有生命危險，很有可能哪天突然就這麼走了。」

白尚熙的瞳孔不禁發生了動搖。他是第一次聽到這件事，但回想起來確實是有跡可循的。

『你昨天睡前吃了藥？』

『……那是保健食品，我得健健康康地長命百歲。』

自己居然就這樣相信了他的話，就因為他都沒喊痛，從來沒有將他的不適表現出來。不對，真的沒有嗎？

『你是有抓到徐代表的什麼把柄嗎？還是，徐代表他需要你的哪個器官？我看他臉上沒什麼血色，要說他是生了什麼病的話也不奇怪。』

『……那個只是血壓藥而已啦，我不是說過了嘛，我們家老頭快要不行了。因為是遺傳性疾病，大家怕我也會變得跟他一樣，緊張得半死，也不想想那明明是老人病。』

他要是更細心一點，再多注意他一些，說不定能及早發現什麼端倪來。

『你的心臟跳得好大聲。』

自己簡直是個白痴，既愚蠢又粗神經。

「這是種即使知道原因也難以治療的疾病，他必須一輩子仰賴藥物來維生，而且那些藥也只是降低發作時的危險性而已。幾年前有研發出一種能夠改善病情的手術，本來以為終於可以醫好他的病……」

接連講了一大段話的徐朱媛突然拉長了尾音。提起過去的回憶，當時的絕望感似乎一併湧上心頭。

「結果並不順利，手術都還沒開始，他就因麻醉引起過敏性休克。翰烈那時幾乎等於死過了一回。」

徐朱媛用不滿的眼神再次注視著白尚熙。只見他雙眼無神，目光極為呆滯。

『你該不會是以為我這十年來都忘不了你，所以才會像個冤大頭一樣替你收拾殘局吧？就算沒有你，過去十年我過得可好了。一想到自己要死了，竟然最先想起你那副嘴臉。還以為這段時間我已經忘懷了過去，沒想到突然覺得很不甘心。』

當時白尚熙只是隨便聽聽，以為徐翰烈不過是在幼稚地使性子，因為自己的愛沒有得到同等的回報而亂發脾氣而已。

『當初你要是沒有那樣招惹我就不會發生這種事了，都過去十年了我仍沒完沒了地和你這種傢伙糾纏在一起，甚至得在一天之中經歷好幾次的自我厭惡你知道嗎！』

『你為什麼就是不肯輸給我一次呢？』

徐翰烈每次提到過去總是很痛苦的樣子，就算白尚熙把他摟進懷裡安撫，向他表達愛意，他還是開心不起來。白尚熙此刻才終於瞭解，為什麼徐翰烈會說只要夢到自己的夢一律都是惡夢。

「這次是最後的機會了，他那顆心臟撐不了多久，本來早該動手術的，他卻偏偏執意要回韓國來……」

徐翰烈是在白尚熙引起暴力爭議之前返國的。白尚熙在轉台時偶然看到他要參與公司經營的新聞。那時徐翰烈並沒有主動聯絡他，他也沒有特地跑去找徐翰烈。白尚熙只是猜想著，徐翰烈當年那股彷彿沒有盡頭的執念大概已經收拾完畢了。

『短短兩年有辦法回收本金嗎？』

『你應該問的是，長達兩年的時間，我是否能對池建梧先生不感到厭倦才對。』

其實他一直在等待著自己嗎？

『最近更是時常有這種想法，想著你和我如果是兄弟的話，會是怎樣？這樣的話我們也算是家人了，那你也會對我產生那種沒來由的義務感嗎？』

『我好像真的瘋了對不對？』

『對，你這樣子不正常。』

要識破徐翰烈的謊言是一件很容易的事。白尚熙不是不知道當他出現尖銳對立的言辭行為，看似因為一點小事就發飆，全是為了掩飾自己的某種真實情感。然而，他一廂情願地認定自己都知道，認定自己已把對方看穿，這些其實都只是白尚熙自己的傲慢在作祟。

「回來韓國之後也老是昏倒、動不動就發作……但他還是堅持不做手術，說因為不知道手術做下去會不會發生什麼事。以前那個從來不怕死的傢伙，明知這樣是在損害自己的健康還是一直硬撐，為什麼？還不都是因為你這不知好歹的傢伙黏在他身邊的關係！」

「……」

「你現在知道你到底都對他做了什麼嗎？」

白尚熙對於徐朱媛的指責無法做出反應，只是愣愣地睜著眼睛，看起來千頭萬緒。他那如城牆般屹立不搖的鎮靜已消失得無影無蹤，乍看之下顯得十分難受。徐朱媛就連他這副模樣也看不順眼。明明是為了錢巴著徐翰烈不放，現在卻表現得好像他是真的愛著徐翰烈的樣子；明明沒有任何損失，卻像個失去一切的人一樣失魂落魄。

在空氣凝重靜默下來之際傳出了敲門聲。秘書接著進來提醒說開會的時間到了。別人說的話雖然傳進了耳裡，白尚熙卻彷彿被釘在原地似的一動也不動。

「你想知道翰烈他人在哪裡？……不准去找他，那個孩子好不容易才下定決心要動手術，你別再去影響他了。」

「……」

「敢再出現在他面前的話我真的會宰了你。」

明確地警告完，徐朱媛便頭也不回地離開了辦公室。門被砰地大聲關上，白尚熙卻連這麼大的動靜聲都沒有感覺。腦海裡飛快地充斥著各式各樣的思緒，使得他此時此刻無法顧及任何事情。

他隔了好半晌才終於起身，就連這個動作也不是根據他自己的意志。勉強踏出的步伐感覺很不真實。

『對於別人帶給我的傷害，我是決不會輕易善罷甘休的，當然，你也不例外。要是就這樣放過你，我大概會死不瞑目喔。』

『我要回來找你報仇啊。』

白尚熙茫然地呆站在電梯前，電梯很快地就來了。門打開，他卻只是楞楞看著電梯門開了又關，接著習慣性地拿出了手機。一按下通話鍵，那個他撥了數十遍數百遍的號碼便佔據了他的螢幕畫面。沒多久，這個號碼是空號的語音提示從手機流瀉出來。

『野心大，所以需要花上十年的時間？』

他的手臂陡然垂落，手機在反作用力之下從手中滑出，摔落在地上。他連撿都不想撿了，舉起雙手捂住自己的臉。眼前霎時變得一片黑，什麼都看不見，就連邁開腳步他都做不到。

『你現在愛我嗎？』

白尚熙最後發出了幾聲極為空虛無力的乾笑。

到底是從哪裡開始出了差錯？

尚熙，

我當時左思右想，絞盡了腦汁地想。

我一直這樣等著你，

而你卻那樣若即若離。

當你總算下定了決心，

終於願意主動來找我的時候，

要是我已經不在了，該如何是好？

我一直活在這樣的恐懼之中，

於是我做出了決定，

我必須，找你報仇。

但是，你擁有的東西實在是太少了，

我能從一個一無所有的窮光蛋身上搶走什麼呢？

要奪走你的什麼，你才會和我一樣痛苦？

我反覆再三地苦思著，

時隔許久才想出了結論。

那就是——重新回到原點，

答案往往就藏在問題之中。

尚熙，我會成為一無所有的你的一部分，
我會像你的身體器官一樣成為你的日常，讓你變得沒有我就活不下去。
等到那個時候，我將會從你的生命當中完全消失。

13

Sugar Blues

白尚熙從徐朱媛的辦公室出來後便直奔機場，打算買一張飛去美國的機票。

當被問到要前往哪個城市，他頓時啞口無言，腦子裡一片空白。那麼大的一個國家是要去哪裡才能見得到徐翰烈？他在心裡自問了幾次也沒有答案，只好追溯過去的記憶，看能不能找到一點點微小的線索。他回想著徐翰烈的房間、辦公室、不經意瞥見的那些物品，以及兩人過往的對話內容。但是無論是哪裡，白尚熙都沒有找到任何提示，難道連這一點都在徐翰烈的計畫之中嗎？

在白尚熙感到極度迷茫的時候，人們開始向他靠近。「請問你是池建梧嗎？」、「你要出國去哪裡？」、「是來接機的嗎？」、「我是你的粉絲。」、「我會支持你的。」有人充滿善意地和他打招呼，有人舉著鏡頭錄下他此時的一舉一動。拍下來的影片和照片開始在社群網路上迅速地擴散，一直聯絡不上白尚熙而焦急萬分的姜室長藉著消息趕到了機場。直到他拖著白尚熙把他從機場帶走為止，白尚熙仍舊沒辦法打起精神，顯得悵然無措。

白尚熙的工作暫停了一段時間。洽談中的所有行程都被取消或是暫時中止，電影的拍攝工作則是盡可能地向後推遲。由於他的狀況是真的無法進行拍攝，製作公司也欣然地給予諒解。儘管拒絕了所有的採訪，還是可以看到有不少的記者守在他的公寓前。

白尚熙一直關在家裡，他的生活半徑極度縮小，活動範圍離不開床鋪和浴室附近。他不知道一天又一天的時間是怎麼過去的。由於拉起了遮光的窗簾，連外面是白天還是夜晚都難以分辨。屋內沉浸在茫茫的靜寂之中，連秒針的聲音都聽不見。

白尚熙如同死去一般躺著不動，但只要玄關傳來開門的聲音便立刻張眼，然後在聽見了粗重的腳步聲，或是對方擔心地問他是睡了多久的說話聲，遂又闔上了眼皮。對於姜室長之後接連提出的問題他也一概沒有回應。

姜室長一天來看他兩次，不管何時來，屋內都沒有任何的變化。特別準備給白尚熙吃的食物總是擺著沒有動過，沒人坐的沙發上灰塵不斷累積。窗簾大概從來沒有被掀開過，連上面的摺痕都和他離開時長得一樣。看著這一幕，可想而知白尚熙的一整天是怎麼過的。

姜室長把在睡覺的人強行挖起來餵他吃飯，不厭其煩地跟他搭話，白尚熙卻還是一句話也不回。對於工作方面的通知他就只是緩緩地點了下頭代表收到。他的眼睛雖然是睜開的，人卻好似還沒清醒過來。食物也是食不知味地塞進嘴裡而已。彷彿像是回到了當年捲入暴力糾紛事件時的樣子。不對，就連那時候的他也沒有像現在如此枯槁，了無生氣。

情況與那時不同，他現在又沒有惹出什麼問題。揭發出來的真相對於白尚熙個人來說是完全有利的，絕對不是損失。如今他的話題性也已經大到無法與過去相提並論，幾乎沒有人不知道他的名字。就連過去曾經批評白尚熙，對他指指點點的一般大眾也覺得他很可憐，開始對他產生興趣。察覺到了風向轉變的電視圈、電影圈、媒體、甚至連出版業界都搶著要演員池建梧的故事，希望能與他合作。多虧了這一點，公司也變得比之前更加忙碌。

由於所有事情的發展和時間點看起來都相當吻合，沒有人質疑徐翰烈對於白尚熙傾注全力的支持。之前在網路上流傳的小道消息被當成了一場鬧劇，比起沒有血緣關係的兄弟是贊助商的這個事實，大眾似乎更相信兩人只是感情特別融洽的這個說辭。加上不久前有人目擊到白尚熙出現在日迅的總公司，更進一步地鞏固了徐翰烈製造出來的錯覺。

在所有人都關注著白尚熙動態的情況下，一個意外的人物正每天過著忙碌充實到極點的生活。那個人就是被稱為日迅集團女主人的白盈嬅。她在曝光之後，透過各種女性雜誌的深入訪談來反思自己的人生。她獨特的美貌和優雅的姿態，不亞於任何中年女演員，端莊文雅的談吐也在言談之間表露無遺。

白盈嬅大大方方地展現了自己，表示自己心甘情願接受所有的指責批評，卻仍狡辯說當年會把白尚熙兄妹們拋棄，是在她精神不堪負荷的時期做出的愚蠢決定。從此活在罪惡感的折磨下，她沒有一天能安穩睡覺，也沒有臉再回去，因此才刻意把自己完全奉獻給再婚的家庭。除此之外，她還表示儘管自己這一生都被男人所傷，最後還是想要再相信愛情一次，更決定了餘生要為自己受到傷害的子女們而活。

這似乎並非一句空話，在網路上低級地騷擾白言熙姊妹們的網友接連被起訴，白盈嬅明確地警告，表示她對於這些行為不會手軟。奇怪的是，唯獨關於白尚熙的事情，她始終保持著沉默，彷彿受到了某種限制。

白盈嬅的故事出乎意料地引起了微妙的迴響。出身來歷不明，愛情路上屢次受創的女人最後進了數一數二的財閥家族，簡直就是現代版的灰姑娘。即使是那些持續對她的抨擊也算是一種關注的證明，聽說還有出版社即將會在不久之後推出她的自傳。

尹羅元這邊則是連日吵得沸沸揚揚，隨著肇事逃逸的真相大白，尹羅元和他的母親孫慶惠也都遭到了無情的斥責。除了他們兩人以外，民眾提出與他們勾結的警察也要一併懲處的要求，請願在短短四天內就得到了二十萬人的簽名連署。當初要是就那樣壓下來也就算了，但既然隱藏事故真相的企圖都已被揭穿，嚴厲的懲處肯定是逃不掉的。不僅事件的所有相關人士被相繼傳喚，孫慶惠的公司也將受到特別稅務調查。

就好像過去困擾著白尚熙的那些問題被一網打盡地解決。他自己沒有什麼改變，但是外界對他的態度卻完全不同了。這是一個千載難逢的大好機會。白尚熙這輩子應該很難再有比這次更好的機運了。問題是，此時的他卻處於一個極度倦怠的狀態。

姜室長回憶了一下，從愛爾蘭回國之後，他幾乎就沒有跟白尚熙正常交談過，白尚熙行屍走肉的程度簡直不像個活在現實世界裡的人。是因為徐翰烈不在的關係嗎？再怎麼想，也就只有這一個理由了。

姜室長直到最近才從報導中得知徐翰烈出了國歸期未定的消息，以及他生病的事情，至於生的是什麼病，有多嚴重，這些細節並沒有公開。然而很多人猜測，他會在經營權爭奪得最厲害的這個時候自動退出，想必病情應該是相當嚴重。沒有人能確定徐翰烈何時回來。要是他就這樣一直不回來，白尚熙會變成怎樣？姜室長在看到消息時最先想到了這個問題。畢竟白尚熙是真的完全迷上了徐翰烈，已經到了難以自拔的程度。

可能是因為有了心靈上的支撐，白尚熙前段時間處於一個最佳的狀態。過去對什麼事都毫無反應冷眼旁觀的他，卻會開始莫名其妙地竊笑，主動提起自己的事情，一說就說個沒完。然而，對方卻偏偏是個男人，讓姜室長不知道自己到底該不該感到高興。對於從來不懂什麼是摯愛的白尚熙來說，能夠出現一個他所珍愛的人，無論如何都是一件好事。而且，既然對方也是從很久以前就喜歡著白尚熙，那以後應該用不著擔心他會孤家寡人一個了。

可是，姜室長發現自己好像搞錯了。他質問著白尚熙說「這是怎麼回事？你知道這些事情嗎？」卻得不到任何的回答。他只能從白尚熙三不五時機械性地暴食，事後又把吃的東西全吐出來，再像個死人一樣的睡上好幾天的這種廢人行為裡猜測鐵定是哪裡出了問題。

他身為一名經紀人，在工作時遇過形形色色的人，也經歷過許多不可思議的事。每當遇到這種問題時總是感到相當棘手。一方面必須安慰失意難過的藝人，一方面又必須讓工作能繼續進行下去，這永遠是個十分兩難的處境。就算撇除經紀人的身分，單純以人對人的形式，他可以像對待一個失戀的朋友那樣提供簡單粗暴的安慰，告訴白尚熙說下一個會更好嗎？這種話真的能夠安慰到他嗎？姜室長很是懷疑。

姜室長深深嘆了口氣，默默地做著累積下來的家事。他用吸塵器吸了地，連衣服也洗好晾起來。等他再次回到臥室去，白尚熙還是趴在床上沒有半點動靜。「建梧啊。」就算喊他，他也是一聲不吭。姜室長不禁又嘆了一聲。他不願開口打開心房，因此姜室長也搞不清楚他究竟是什麼狀態。

這段時間以來異常的舉動間接證明了徐翰烈對白尚熙來說是多麼遙遠陌生、特別又珍貴的存在。失去了這個唯一的對象，為他帶來多少的打擊和傷痛，姜室長不敢去估量計算。

「你還要繼續睡嗎？就算沒胃口還是要吃點東西啊。」

儘管知道他不會回答，姜室長還是繼續跟他搭話。正如預料的，白尚熙沒有一絲反應。姜室長粗魯地抓了抓自己的耳後。

「雖然我名義上是你的經紀人，但每次你有事的時候，我總是幫不上忙。在什麼都不了解的情況下，我也不好多說什麼。」

姜室長對著依舊沉默無聲的白尚熙叮嚀道：

「建梧啊，我知道你習慣有什麼事都自己一個人默默地消化掉，但有些事情如果能抒發出來，不管是跟誰，只要找個人說一說，心情就會好很多的。你要是覺得真的無法承受，晚上也好，半夜也沒關係，隨時都可以找我，我什麼都願意聽你說。別看我這個樣子，我好歹也算是你人生的前輩嘛，別讓你的經紀人變得這麼無能好嗎？」

「……再一下下就好，姜室長。」

一道低沉又嘶啞的聲音傳了出來，被厚重的呼吸聲所掩埋。姜室長雖然聽到了，卻不可置信地呆愣著，不知如何是好。

「再通融我一點時間。」

「……喔，好啊。孩子們的媽做了幾樣小菜要我帶來給你吃，我幫你放在冰箱了，起來的話記得拿出來吃，你自己要照顧好身體，那我走啦？」

姜室長慌慌張張地吩咐著，然後伸長了脖子窺看著白尚熙的動靜。剛才的對話彷彿是曇花一現的幻覺，白尚熙連個點頭的小動作都沒有。姜室長也沒有別的辦法了，他只能按照著白尚熙的請求繼續等待下去。他向白尚熙承諾著他會再過來，隨後便離開了白尚熙的家。玄關的大門開了又關，屋子裡再一次地沉浸在茫茫的靜寂之中。

姜室長上了車之後便撥了通電話給白尚熙，經過了好幾個禮拜，這已經變成一個習慣性的動作。果不其然，手機裡傳出對方未開機的語音提示，這個結果姜室長也已經習慣了。他嘆了一口氣，早早放棄了通話。平常的他都會先去白尚熙的公寓，上班前或下班後繞去看看白尚熙是姜室長每天的固定行程。只是今天他得參加一個早上召開的組長級會議，所以打算趁午休的時候再過去。

待在公司裡的時間簡直如坐針氈，公司裡的所有職員都因為白尚熙的相關業務而處於焦頭爛額的狀態。電話不間斷地打來敲定會議的時間，在這一團忙碌之中，姜室長突然變得無事可做。每個見到他的人都抓著他追問白尚熙的近況，令他不知該怎麼回答。白尚熙仍然像個廢人一樣，他沒辦法跟別人解釋白尚熙為何需要休息這麼久的時間。除非白尚熙和徐翰烈的關係曝光，否則任誰也無法理解為何白尚熙會冒出這將近一個月的空窗期。

姜室長停好車進了電梯，下意識嘆了口氣。當他一踏進辦公室，數十道目光便朝他射了過來。他一如往常地說著大家好，打完招呼便走向自己的座位。那些期待能聽聞好消息的眼神於是充滿了失望。姜室長默默地做好了開會的準備，往事前收到地點通知的那間會議室走去。

會議室裡面似乎已經有人在交談著，隱約傳出了說話聲。姜室長敲了門進去，齊聚一堂的組長們全部同時轉過頭來。他鞠了個躬，悄聲關上門，隨後在離他最近的椅子上就座。企畫組長於是代表了所有人問道：

「室長好，池建梧先生現在怎麼樣了？」

「那個……他還沒恢復到可以向各位報告的程度。」

「這樣問可能有點冒昧，但他是不是有什麼我們不知道的問題？是身體哪裡不舒服，或是有什麼必須暫停活動的原因？」

「如果有的話請一定要毫無保留地告訴我們，大家會一起尋找解決的辦法，畢竟這就是我們為什麼聚在這裡的理由。」

宣傳組長趕緊又補充了一句。姜室長緊抿著嘴，無意義的點了點頭。一旁的企畫組長於是嘆了口氣：

「其實今天早上電影製作公司有跟我聯絡，雖然他們曾答應說會等到池建梧先生準備好為止，但是似乎也已經快到極限了。在主要演員缺席的情況下一再地延遲日程，將導致日後的發行出現問題，對整部電影也會產生不良的影響。好像現在已經有投資方表示要撤回他們的資金了。如果在這種情況下又中途退出的話，事情會變得更加嚴重，對池建梧先生的個人事業也會受到打擊。」

「我知道你的意思。」

姜室長臉色陰沉地點著頭，很顯然是有什麼難言之隱。僅從白尚熙的狀態來判斷的話，除了停止一切工作以外別無他法。但是這話說起來容易，真正要做出決斷卻很困難。經歷上會留下瑕疵的事先不提，對於他的中途退出，人們肯定會在背後議論紛紛。媒體已經開始關注白尚熙異常安靜的情形，這種時候實在沒有必要再去自討苦吃。

企畫組長遞出了某個東西給苦惱的姜室長。乍看之下像是企畫書或是劇本大綱之類的文件。

「這是什麼？」

「這些是我們必須在這週內回覆是否要出演的作品，還有幾個新的廣告。雖然現在是這樣的狀況，但就這麼拒絕了又覺得可惜，請至少帶回去參考一下。」

姜室長大致瀏覽了一下那些資料。白尚熙收到了汽車、咖啡、遊戲等所謂只有頂級明星才能接到的廣告邀約，還有能保障收視率的醫療劇和幾位知名導演的劇本。這次要是拒絕了，下次不知道什麼時候能再接到這些邀請。要是無法繼續加熱，再燙手的馬鈴薯放久了終究還是會冷掉的。一個沒有出現在觀眾面前的藝人，往往用不了多久就會被眾人所遺忘。

白尚熙與 SSIN 娛樂的合約只剩不到幾個月，在這個時間點提出企畫書，不單單為了公司的利益。就算沒有續約成功，沒有辦法成為個人的功績，單就演員資歷來看，錯過這些作品實在太過可惜。後勤的工作人員們懷著惋惜不已的心情不斷試著進行勸說。

姜室長一邊說著我知道了，一邊拿著那些文件站了起來。他不敢給出任何保證，轉過身之後的腳步莫名沉重了起來。

本想直接回到座位上的他走到了戶外休息區。心情太鬱悶，似乎需要出來透透氣。就在姜室長剛拿出一根菸叼在嘴上時，口袋裡的手機響了。原本想接著點火，腦中瞬間閃過的某個念頭讓他急忙掏出手機確認。這並不是他內心暗自期待著的、由白尚熙所打來的電話。即便如此，他還是瞪大了眼睛，沒有想到這個人會打來。

手機螢幕上顯示著白言熙的名字。

姜室長剛進屋便歪了下頭。雖然微弱，但是能感覺到屋內有明顯的動靜。聲音是從浴室的方向傳出來的。還在猜想應該是淋浴的水聲，就見床上難得空空如也。白尚熙大概正在洗澡。

姜室長從臥室出來後去了廚房，首先打開冰箱。之前帶給他的食物又是原封不動的狀態。他把放了太久的東西拿出來，把這次帶來的小菜一個一個放進去。在他確認著加工食品的保存期限有沒有過期的時候，浴室的門打了開來。

可能是口渴了，白尚熙出來後隨即朝冰箱走近。「什麼時候起來的？」姜室長的招呼並沒有得到什麼特別的回應。白尚熙只是伸長了手臂拿出一瓶礦泉水。突出的喉結滾動著，緩解了渴意。他就站在那裡直接喝完了一公升的礦泉水，臉上依舊沒有什麼表情，凹陷的兩眼看起來也沒有一絲生氣。

喝完水的白尚熙把姜室長特地拿出來要丟掉的東西又放回了冰箱裡——起司、魚子醬、松露等這些不合他口味的紅酒下酒食材。

「你這小子幹嘛又放回去啊，那些都已經過期了啦。」

「……」

儘管姜室長罵著「反正你又不會吃」也沒用，白尚熙固執地把發霉的餅乾也放回了原位。姜室長看著他的這些行為，忍不住深深嘆氣。

白尚熙像是事情都處理完畢了，毫不留戀地轉身離開，無疑是朝著臥室的方向前進。「建梧啊」，一直在尋找著時機的姜室長把他叫住。白尚熙於是暫時停下腳步，緩緩地回頭看他。

「那個、言熙和寒熙現在正在樓下。」

白尚熙明明聽見了，卻沒有應聲。姜室長繼續試著補充道：

「她們早上打電話給我，說有話想跟你說，問我能不能讓你們見個面。我是有先跟她們說不一定能見到你啦……還是我就把她們送回去？」

白尚熙沉吟了一陣，過了一段時間才給出答覆：

「……不用。」

「喔？那你要見一下她們嗎？」

白尚熙沒有說話，只是點了點頭。姜室長再次跟他確認想法：

「但是你們在外面見面會被看到，想要好好聊一下的話，讓她們上來這裡好像會比較好，你覺得呢？」

白尚熙答了聲好，便走進了更衣室而非臥室。在他換衣服的時候，姜室長到停車場去把白言熙姊妹倆帶進了白尚熙家裡。看起來心事重重的白言熙在沙發上坐下，慢慢地環顧著房子的內部。白寒熙則是緊挨著她，始終低垂著頭。

過沒多久，更衣室的門喀噠地開了，白寒熙跟著抬起了頭。她呆呆地望著白尚熙，然後一口氣跑過去抱住了自己的哥哥。

「……哥。」

白尚熙傻傻地站在原地，隨後才抬手摸了摸白寒熙的頭，白寒熙於是更用力地抱緊了他。白尚熙的襯衫很快地濕了一角，白寒熙眼淚終於潰堤似的發出了小小的啜泣聲。白尚熙默默摟住了她的肩膀，她於是哇的開始大哭了起來，十分傷心地傾訴著這種難以用單一詞彙來定義的、鬱結在心底的感情。

白寒熙從小的時候就特別愛黏哥哥，每次白尚熙回來，她都會光著腳丫子跑出去迎接，白尚熙要走的時候會抓著他的衣角遲遲不肯放手，纏著白尚熙問下次什麼時候回來看她。只要是約定好要見面的日子，白寒熙會直接跑到外面去等著哥哥回家。長大之後，她更是每天都會傳訊息給白尚熙，不管他有沒有回覆。她對哥哥充滿了無條件的喜愛，甚至讓僅以責任感來回報她的白尚熙對她感到了歉意。

就這樣，某天白寒熙忽然中斷了單方面的訊息聯絡。白尚熙後來才得知她被朋友們欺負的事，輟學的消息也是決定了之後才通知他的。從那時起，白尚熙便不再像以前那樣偶爾去看她，入伍的事也沒有特別告知。他之所以選擇疏離，純粹是因為他不敢面對因自己而受傷的妹妹。

白寒熙的哭泣聲似乎沒有要停下來的跡象，白尚熙輕輕拍著她的背，同時往白言熙看過去。白言熙稍微點了下頭，算是接受了哥哥的眼神招呼，然後看似相當尷尬地撫摸著自己的手臂。

「來，你們邊喝邊聊。」

姜室長拿了一些喝的東西來。

「我會在車上等，有什麼事的話跟我聯絡。」

姜室長識趣地自行迴避，玄關大門隨著他的離去開了又關。

白尚熙把面對面抱住自己的白寒熙稍微拉開來，彎下腰凝視著她的臉蛋。「別哭了。」他一說，白寒熙便抽抽噎噎地努力忍住淚水，眼睛已經哭得又紅又腫。白尚熙靜靜地抹了一下她濕答答的臉頰，明顯的淚珠便再次滾落而下。看不下去的白言熙忍不住出聲：

「寒熙，妳去洗個臉再過來吧。」

白寒熙淚眼汪汪地抬頭看向自己的哥哥，白尚熙也同意似的點點頭，帶她到浴室，還替她開了門，白寒熙便默默地進去了。門一關上，馬上就聽見裡面傳出洗手台流水的聲音。

白尚熙慢慢走到沙發坐下，白言熙的視線一直固定在他臉上，像是在觀察他的氣色。她正打算問白尚熙是不是哪裡不舒服，白尚熙已經搶先她一步開口：

「在這時間過來，是有什麼事嗎？」

至今為止，兄妹倆只有有事的時候才會見面，見了面也沒有多餘的閒話家常，每次都講完重點就結束了。事到如今才突然想要問候彼此的情況、替對方擔憂，著實是不太容易。

「……我辭掉工作了。」

欲言又止的白言熙告知了這個意外的消息。白尚熙看向她的眼神帶著詢問之意。白言熙搖了搖頭，表示不是他所想的那樣。她緊緊握住了毫不相干的杯子，又猶豫了好幾秒，才終於開口接著說道：

「媽有來找我們。」

白尚熙似乎並不那麼驚訝，只是淡淡地注視著她，要她繼續說下去。

「不知道是不是因為這次的事，她從那個家搬出來了，暫時會去國外待一段時間。她說她會支援我們，看是要唸書還是想做別的事，要我們跟她一起過去。」

白尚熙只是點了點頭，沒有半點其他的反應，簡直要懷疑他到底有沒有好好地聽進去。白言熙急忙對著自己毫無反應的哥哥追問道：

「你早就知道了嗎？」

就算知道了又怎樣，有什麼差別嗎？白尚熙不懂。

白言熙不滿地看著白尚熙沉默不語的樣子。他獨自沉浸在自己的思緒當中，即使身處同一個空間，卻像是在不同的世界裡。白言熙再次握緊了杯子。

「雖然對哥有點抱歉，但我決定要接受媽的幫助。」

「好。」

「我會把寒熙一起帶去，在安穩的環境中照顧她，也會讓她接受比在這裡更有系統的專業治療。離開這裡的話，至少平常可以不用擔心外界的目光。」

「嗯。」

白尚熙附和的應聲毫無靈魂。不但沒有責怪她怎麼可以接受那個女人的幫助，也沒有為自己至今做出的犧牲表示難過遺憾。白言熙不禁要懷疑起這個沒有半點反應的人是否真的有在跟自己對話。彷彿外表看起來還算正常，但裡面某個地方已經完全腐朽毀壞似的。

「我希望你不要懷有什麼奇怪的愧疚感，錄音檔被公開的事沒有對我們造成任何的影響，就算你當初直接把理由說出來……」

「不是那樣的。」

「什麼意思？」

「當初我這麼做的理由沒有妳想得這麼偉大。」

白言熙無奈地發出了嘆息聲。

「事情都這樣了，哥還是一點都沒變呢。」

他們的對話暫時停在了這裡。白言熙看著遠方的牆，像是在回想著什麼，忽然沒來由地說起了自己的故事。

「坦白說，我好幾次都想要逃走。當朋友抱怨父母的關心是過度干涉的時候、深夜自己一個人回家，沒有人會打來關心我到哪裡的時候、即使每天查看天氣預報，卻老是預測出錯，球鞋在雨中跑到不停發出怪聲的時候、必須把堆積如山的家事做完才好不容易有一點點唸書的時間、就算生病了也無法好好休息、寒熙被朋友們欺負的那個時期……一個人承擔這些事，實在太吃力了，曾經我累到只想要躲起來，覺得躲去哪裡都好。難道哥你不會這樣嗎？」

「我也是別無選擇。」

「哪有什麼別無選擇，更不要跟我說這些是理所當然的。只是我們自己選擇了這樣的信念並且堅持下來罷了。」

「……」

「我知道，這一切都是多虧了哥。沒有你的話，我們是不可能有今天的。但我並沒有過得心安理得。高中畢業的時候、上大學的時候，還有進入職場工作的時候，我都無法由衷地感到開心。每當看到哥什麼工作都做，用身體在賺生活費的時候，我都很痛苦，覺得自己好像是隻寄生蟲在啃噬著哥哥的人生。我也很努力地生活，拚命地一天撐過一天，但卻絲毫無法減輕哥哥沉重的負擔。到頭來，我一樣是抓著哥的腳踝，把你拖進了泥沼裡。不知是從什麼時候開始，這種虧欠感讓我覺得很不自在。哥要是願意把壓力發洩出來那還好一點，但哥卻總是一副無所謂的態度，實在是讓人看不下去，所以我才會老是說出一些不好聽的話來刺激你……」

白言熙從久遠的回憶中抽離出來，「哥。」她叫了白尚熙一聲。白尚熙慢慢對上她的眼睛。白言熙盯著他的臉，苦澀地笑了笑：

「我們這一路走來，真的很辛苦對吧？」她的語氣十分疲倦，像是在給予一同走過漫長旅程的同伴最後一聲問候。

「你要好好地生活，以後別再讓自己吃虧了。要把自己優先擺第一，情緒要表露出來，也要耍耍脾氣，想要的就去爭取。雖然講這些話可能是為了讓我自己內心能夠舒坦，但我還是希望哥能過得很好，不然我們也不會幸福的。」

就在白言熙的叮嚀差不多結束的時候，浴室的門喀噠地開了，白寒熙走出來時眼睛一邊溜轉著。由於洗了臉的關係，腫起來的眼睛已經消了下去。白言熙適時地站了起來。

「我們是來跟你道別的，這次離開之後不知道什麼時候才會再回來了。」

白尚熙仍然是不斷點著頭而已。白言熙朝白寒熙伸出手臂，白寒熙於是怯怯地走過去牽住了她的手。

「對不起，謝謝你。」

白言熙的聲音微微顫抖著，終於把至今無法說出口的話傳達了出去。簡單尋常的話語是最難表達的。兄妹們並沒有貿然承諾說未來還要再相見。

「我們走了。」

白言熙打算直接轉身，白寒熙卻硬是站在原地不肯離去。「寒熙啊。」白言熙提醒她要聽話，看來是事前就已經講清楚了。白寒熙無法反抗，只能不開心地磨蹭著腳步。

白尚熙抬起頭，輪流看著兩個妹妹。她明明要白尚熙不要有愧疚感，自己卻表現出一副罪人的歉疚姿態。白尚熙噗地發出了乾澀的笑聲，從位子上起身，輕輕地揉亂了白寒熙的瀏海，隨後輕拍著她臉頰。白寒熙強忍著快要再次爆發的眼淚。

「辛苦了。」

他也向白言熙說了這麼一句話。白言熙收起下巴，像是在拚命忍耐著什麼，接著便匆匆忙忙地離開了。被姊姊拉著走的白寒熙小幅度地揮著手，白尚熙只朝她點了點頭。兩個人走了之後關上了門。下一次的見面會是何時，誰也無法保證，而離別仍是如此的平淡。

「……啊，房東他這樣講？嗯，還不知道情況會是怎樣。老婆，我現在在建梧家這邊，晚點回去之後再說吧？」

姜室長連忙掛了電話走進屋子裡，他把白言熙姊妹倆送去了附近的地鐵站才剛回來。

白尚熙坐在吧台桌前，姜室長不知道他在做什麼，從他後方偷覷著。原來他正在翻看著姜室長從公司帶回來的企畫書和劇本大綱。姜室長悄悄移步，站在了他的對面。

「聊得還順利嗎？」

白尚熙沒說話，只是點頭。姜室長雖然很想知道兄妹們是聊了些什麼，卻沒有特別逼問他。假如兄妹之間只是單純的和解，說好以後要好好相處，她們不會在臨走前還拜託自己要代替她們照顧好哥哥。他這樣沒事嗎？

就在姜室長觀察著白尚熙的神色，感到坐立難安的時候，「姜室長」白尚熙突然叫他。

「嗯？怎麼了？」

「我要是沒續約的話，姜室長你會怎麼樣？可以繼續在這間公司上班嗎？」

「……你在意這種事幹嘛呢？有這種精力的話先顧好你自己的身體吧。」

「果然不行嗎？」

答案顯而易見。姜室長沒有回答這個問題。紙張翻頁的聲音劃破了模稜兩可的沉默。

「公司那邊都沒有說什麼嗎？」

「是要說什麼？」

「雖然我不知道自己休息了多久，但公司畢竟不是做慈善事業的地方。」

姜室長這時候也不好繼續裝蒜了，他一邊唰唰地抓著後腦杓，一邊含糊地替公司傳話。

「他們也沒有講得很明白，只是差不多開始要我報告你接下來的打算。我會完全按照你的意願，你自己決定好就好。如果還很累的話，就再跟他們多要一點休假時間。要是覺得真的沒辦法繼續的話，儘早做出決斷說不定也比較好。」

「我回去工作吧。」

「什麼？你可以嗎？」

「也該是時候了，不能再繼續給別人添麻煩。」

白尚熙語氣平淡地回答，把看完的企畫書移至一旁，接著把另一個劇本大綱拖過來翻了起來。是兄妹之間的對話帶給了他某些刺激嗎？還是就只是像他所說的，不想再繼續給人添麻煩，責任感作祟的關係？

態度變積極是一件好事，但如果不是出自白尚熙本人的意志，只是被情勢所逼的話，似乎也不能高興得太早。

「建梧啊……」

「我要接。」

白尚熙驀地對上姜室長的視線，「可以嗎？」他的眼神像是在請求著什麼。傻傻地望著他的姜室長再次撓亂了後腦杓的頭髮。

「哎呀，好啦！就這麼辦。既然都已經開始了，不管結果如何還是要有始有終地完成。對方都說願意體諒我們的情況，一直在等我們回去，要是現在才跟人家說不拍了也不好意思嘛。那我馬上跟公司聯絡，請他們調整一下行程……」

「不用了，就照著原本安排的就好。」

「什麼？」

「原本排定好的行程、之前取消了的工作，還有你帶回來的這些，我全部都要做。」

「欸、小子，這麼多工作你怎麼有辦法全部都接啦？」

「不會開天窗的，就照我說的做吧。」

白尚熙再次看著姜室長的眼睛，問他：「好嗎？」這正是姜室長內心所盼望的，公司的同事們聽到這個消息一定也很開心。然而姜室長看著白尚熙依舊沒有什麼生氣的雙眼，內心感到十分複雜，不知道該怎麼做才是真的為他好。

從第二天起，白尚熙除了採訪以外的所有工作全部復工。最急迫的是推遲了將近一個月的電影拍攝。製作公司表示說會為了他調整之後的日程，白尚熙這邊卻婉拒了。由於不想影響到原訂計畫，他有一陣子幾乎是住在了片場。每天在巨大的攝影棚來來去去，完全投入在作品之中，不知不覺，對於現實的感受逐漸變得遲鈍麻木。

他沒有推辭激烈的動作戲，儘管接連受了一些輕傷，他始終拒絕起用特技替身的提議。就算導演覺得可以了，只要自己覺得不夠滿意，他總是會再回到鏡頭前說著要再重來一次。他的臉龐隨著體重減輕而更顯立體又乾燥，完全符合了電影裡的人物形象。有時在演戲的過程中他會表現得比較敏感挑剔，卻也因此讓人感受到他對作品的熱情。每天只能小睡一下下的白尚熙沒有半聲抱怨，無論是三更半夜還是清晨，只要劇組一聲通知他隨時都能配合。就連在尚未輪到自己拍攝的等待期間也會趁機運動健身，或是回顧動作戲的動線。他完全沉溺在拍攝之中，不去想除了作品以外的任何事情。

他也抽空拍攝畫報和廣告，偶爾還會發生利用休息的空檔時間從片場趕往攝影棚，結束後再趕回片場的情況。每天都忙到二十四個小時不夠用。被工作折磨了一整天，他回到家後通常都是倒頭就睡。白尚熙宛如機器人一般，開啟電源的時候才會行動，一關機就停止動作。公司為了安全考量，另外多派了一位司機兼保鏢的一般經紀人給他。姜室長也因此得以放下方向盤，專注在管理行程的工作上。

白尚熙彷彿像是什麼事情都沒發生過，表現出一種超脫的態度。又過了兩個月左右，即使是表演的一部分，姜室長也能時常看到他露出笑容。曾經有一段時間，白尚熙在工作之餘幾乎不會和他說話，不知從何時起，他開始恢復日常的對話，對另一位經紀人或是工作人員的玩笑也漸漸有了反應。雖然偶有因狀態不佳而脾氣不好的時候，但還不至於嚴重到會造成問題的地步。

他沒有像之前那樣沒胃口不吃飯，晚上好像也睡得很好。感覺越來越不錯了，雖然緩慢，但整體狀態明顯有了好轉。姜室長於是也悄悄放下了他暗自操煩的一顆心。

白尚熙在演藝圈的地位水漲船高，儘管他的身價節節飆漲，想找他代言的邀請還是絡繹不絕，就連公家機關也想委任他當宣傳大使。隨著專屬合約的期限逐漸逼近，私底下試圖挖角他的公司動作頻頻。媒體聲稱這些公司開出的簽約金金額相當龐大，為這場無聲的戰爭點燃了戰火。

於此同時，每當人們逐漸淡忘的時候，就又會傳出日迅內部人士遭到檢察機關傳喚的消息。他們大多都身居要職，個人的貪腐是被傳喚的主要原因。為了掌握經營權，徐朱媛的肅清行動似乎已經正式性地展開。

沒有徐翰烈，時間仍是不停的在流逝。空下來的代表辦公室也已經有新的人進駐，據說他不是一般職員出身，而是一名專業經理人。

白尚熙以忙碌作為藉口，沒有和他直接見面打招呼。自從徐翰烈人間蒸發之後，他便再也沒有去過代表辦公室。

結束完電影的拍攝，他沒有休息就直接投身下一部作品，工作活躍的程度彷彿沒有意識到合約即將期滿的事實。坊間於是流傳起白尚熙是否已和 SSIN 娛樂續約的說法，可是雙方至今仍尚未坐上談判桌。白尚熙一點都不著急，公司方面則是說會等到他準備好為止。

某個週末，他抽出時間到姜室長家裡拜訪，算是參加新家的喬遷宴，也順道上門探望姜室長的家人。白尚熙已經好久沒有見到他們，最後一次見面的時候，那個好不容易開口叫他叔叔的老大，如今連高難度的恐龍名稱都能倒背如流，後來出生的老二也已經可以跟在哥哥身後跑來跑去了。

姜室長的太太準備了很多食物，多到連這麼大一張桌子都快擺不下的程度。姜室長還模仿了妻子激動的模樣，說她都已經整整準備了兩天，還在擔心著有沒有什麼缺漏的。白尚熙正要開動時，老大跑來坐在他旁邊，然後不斷問他像是三角龍和暴龍打架的話是誰會贏這類的問題。姜室長還說他只要去了幼稚園，就忙著跟老師和同學到處炫耀白尚熙的事情。

白尚熙難得像這樣開心地談天說笑，彷彿和老朋友們見面一樣，放心地暢談著當年出道的事、當兵的事，還有最近拍攝時經歷的事。他也聽了很多以前沒聽過的、關於姜室長夫婦的故事。白尚熙跟他們一起收拾吃完的東西，看著夫妻倆幫孩子們洗澡、哄他們睡覺。老大吵著不肯睡，賴皮了好一陣子才總算入睡。

哄完孩子們上床之後，三個人一起喝了酒，白尚熙的家務事也自然而然地成為了話題。他就像在談論別人家的事那樣毫不介意，也平靜地透露了白盈嬅和兩個妹妹是怎樣決定要生活在一起。姜室長的妻子默默地聽他說完，感同身受似的替他打抱不平，對素未謀面的白盈嬅感到氣憤，也不忘安慰白尚熙說從今以後有我們陪你。

到了午夜時分，白尚熙把位子收拾了一下，起身離席。姜室長跟著他出來，送他到樓下門口。他們並排站在一起，邊抽菸邊等著白尚熙呼叫的計程車。

「謝謝啊。」

姜室長沒頭沒腦地冒出了這句道謝，白尚熙忍不住笑著問他：「謝什麼？」

「不久之前，房東說要把房子交給仲介去賣，我們倆帶著小鬼們根本無法馬上搬走，也沒有時間去看房子，所以才決定乾脆把房子買下來。雖然感覺是有點糊里糊塗地變成這樣，但是託了你的福，我才能擺脫租屋房客的身分。」

「這怎麼會是託我的福，明明就是姜室長拚命工作換來的成果。」

「要不是因為你，我怎麼可能拿得到這麼好的待遇啊。」

白尚熙無聲地揚起了嘴角，益發深刻的笑容莫名顯得有些苦澀。呼叫的計程車恰好在這時駛進了車道入口，他對著一旁的牆壁捻滅了菸頭，把菸蒂交給姜室長。

「太好了，大嫂和孩子們看起來都過得滿好的。」

「怎麼突然說這個？」

「家裡有沒有發生什麼事、身體健康嗎、孩子們有沒有好好長大……之前一直沒有臉問你這些事，我那時候狀態一定很糟糕吧。」

姜室長張了張嘴，遂又閉了起來，一時之間找不到適合的話來回他。「我走了。」白尚熙說完便上了那台計程車。

司機習慣性地注視著後照鏡，忽然轉過身看向後座，「你是池建梧先生嗎？」他詢問的臉上充滿了興奮之意。白尚熙回了他「是的」，來者不拒地和他握了手。「看來是去了哪裡要回家啊？」司機自此開始了一連串的提問。白尚熙隨口回答著他的問題，一邊看向了窗外。現在時間很晚了，路上自然沒什麼人影。儘管如此，夜晚的景色仍顯得分外寂寥。這是秋天即將到來的預兆。

白尚熙在公寓門口下了車，慢慢地步行。涼爽的空氣灌進肺部，頭腦感到了一瞬間的舒暢。可能是微醺的醉意令他產生一些傷感的情緒，他已想不起來自己上一次這麼放鬆是什麼時候的事了。

他在外面吹了好一陣子的風才回家，脫了鞋正要進去，一股微妙的異樣感讓他動作一頓。

「……？」

他靜靜地深吸了一口氣——果然不是他的錯覺，他沒有聞到屋內那股本來該有的香氣。懷疑是不是因為自己體內呼出的酒精味影響了嗅覺，白尚熙去確認了一下擴香瓶，才發現瓶子已經完全空了，內容物一滴不剩，似乎已經乾涸許久，就連滲透在家中各處的餘香都已蒸發殆盡。以後再也沒有地方可以感受到徐翰烈的存在，只是又多了一個他不在身邊的證明而已。白尚熙無力地癱坐在他的床上。

他作為演員池建梧的人生充實得無以復加，金錢、名譽、人氣、良好的形象、如電影般精彩的個人經歷，他簡直是得到了一切。每個地方都想邀請他，所有人無不羨慕著他，並且都非常願意支持他。原本在陰暗低谷的人生被一下子拉到了高高的向陽地。過去的他曾被名為責任感的枷鎖牢牢束縛著，如今那層枷鎖也終於消失褪去。他的未來將會更加光明燦爛。

可是，為何從前的那股饑餓卻沒辦法得到滿足呢？所在之處越是耀眼，內心反而越顯暗沉。每當被嘈雜熱鬧的人聲包圍時，感覺心底空出來的那一個位置就變得越大。那處沒有被好好地填平，只是隨便覆蓋了起來，從白尚熙的內心深處開始一點一點地塌陷崩落。彷如一塊乾裂已久的大地，被一場雷陣雨短暫地沖刷浸潤過之後，反而引發了更煎熬的乾渴。

媒體再也沒有傳出徐翰烈的消息。白尚熙依舊沒辦法找到他的下落，也沒有什麼可以為他做的。姜室長本來會不時安慰他說沒消息就是好消息，最近則是怕沒事勾起他的情緒，連這句話也不再說了。白尚熙也知道姜室長會擔心，所以才都沒有表現出來，然而什麼事都不能做的這段期間讓他十分痛苦。

他只要稍微一停下來，關於徐翰烈的思緒就會完全侵佔他的腦海。霎那間增長的擔憂和不安，以及盤踞在心中的思念啃蝕著他，揮之不去，他彷彿再也無法維持理智，感覺就快要瘋了。為了擺脫這種痛苦的折磨，無時無刻都在逼迫自己不要停下來。他逐漸心力交瘁。要到什麼時候，他才能不用再裝出一副他沒事的樣子？感覺像活在一個沒完沒了、永無止境的懲罰當中。

白尚熙用手摀住眼，咬緊了牙關。他感到寂寞。儘管世人都想要擁有他，他卻像是孤身一人。即使他的人持續不斷地向前邁進，他的心卻還是被推回了當初所在的地方，原地踏步。即使告訴自己他對徐翰烈來說是毒藥，所以徐翰烈才會將他拋棄，事到如今一切都已經結束，應該努力讓自己斷了念想，但還是力不從心。有生以來第一次如此茫然，他不知道該如何才能拋開這份留戀。

「……我好想你。」

白尚熙壓抑著快要爆炸的心情，如呻吟般地複誦著。明確地化為了言語的情感變成了滔天巨浪，根本來不及阻止就已經將白尚熙整個人吞沒。他痛苦地呼出了一口氣，刻骨銘心的思念哽咽地擠壓著肺腑。

感覺自己一下子成了一個找不到路的孩子，迷失在這個益發遼闊的世界中。

✳

即使是傍晚時刻，桃園機場仍吸引了數千名的人潮聚集。光是出境大廳內外的警衛人員就高達上百人。保鏢們排成長排，手拉著手形成人牆式的警戒線，然而卻不足以阻擋蜂擁而上的人群。

待機的警衛們收到對講機的通知後開始往馬路邊移動，這是主角即將登場的信號。當地的採訪記者們也開始有了動作。粉絲們同樣興奮期待地喧騰了起來。

不久，一台保母車在保全車輛的引領下抵達。從副駕駛座下車的韓國保鏢打開了後座的車門，所有人的目光焦點都集中在那處。首先下車的人是姜室長，閃光燈從四面八方朝他轟炸而來。另一名經紀人和白尚熙相繼下了車。等待已久的粉絲發出了巨大的歡呼聲，一整群人向前移動，試圖要更靠近白尚熙，頓時和保鏢們擠成了一團。人牆警戒線無助地被擊潰。

保鏢們趕緊圍住白尚熙一行人，機場警衛也協助他們順利地往出境大廳的方向前進。聚集在機場內外的粉絲們全部跟著他們移動，形成了一個龐大的隊伍。腳下踩的每一步都延續著滿滿的緊張感。

一行人直到上了專機才好不容易緩了口氣。

「……哇，這種的實在不敢再試第二次，也太大陣仗了吧。」

姜室長快要昏倒似的癱坐在位子上，伸出了舌頭，脹紅的臉上全是汗水。另一個經紀人摘下帽子不停用手搧風，也是快去了半條命的狀態。

白尚熙此行是為了出席美容大賞、舉辦粉絲見面會，同時也參加電視節目的錄製，行程接連訪問了香港和台灣。

由於今年在亞洲各地播出的《按照神的旨意》一劇獲得了爆發性的人氣，飾演主角的演員們自然也受到了許多注目。連日來在當地的新聞也深度報導了尹羅元肇事逃逸和被起訴的消息。

一家擁有中資的製作公司包了一台私人專機來招待白尚熙，派了上百名的保全人員跟隨，讓白尚熙在海外停留的時間受到了貴賓級的待遇。韓劇在海外受到歡迎，演員因此成為韓流明星的例子在過去也是常有，但這件事竟然能夠發生在自己身上，白尚熙對此仍是沒有什麼實感。

他在國內的地位也發生了明顯的變化，在過去的半年裡，白尚熙已經超越了大勢，躋身頂級演員的行列。他很早就收到了年末各大頒獎典禮的邀請，與其說是高興，應該說他根本就還反應不過來。他感覺自己正在做著一場無比漫長的夢，明明是醒著的，卻好像一直還在夢裡。

在飛機準備起飛的期間，白尚熙從小小的窗戶向外望。沒有什麼特別吸引他注意的東西。他呆看了半天，正打算閉上眼睛時，一小塊白色的冰晶突然飛過來砸在了窗戶上。隨風飛散的冰晶頃刻間消失了形體，不曉得是融化了，還是飛到了別處去。

「……是雪嗎？」

白尚熙獨自喃喃著，姜室長聽見後表示了疑問。

「嗯？雪？台灣不下雪的。」

「剛才好像看到了類似雪的東西。」

「大概只是灰塵吧。」

姜室長不以為然地回道。白尚熙也不再繼續深究。

這時候，空服員過來要求關掉電子設備的電源，「請等我一下，不好意思。」正在講電話的宣傳組職員向空服員尋求諒解，似乎有什麼特別要緊的事情。職員在電話中告知對方等回到韓國再聯繫，匆忙地結束了通話，在關機之前急忙轉過頭來：「收到消息了嗎？」

他的語氣帶著一股微妙的焦慮，視線在姜室長和白尚熙之間往返著，令人無法確定他是在問誰。姜室長露出一頭霧水的表情：

「你在說什……」

「日迅集團的總裁過世了。」

一直望著窗外的白尚熙慢慢把頭轉了回來，一對上視線，那位職員便朝他連連點頭。

「是的，沒錯，就是徐德榮會長。」

靈堂早已是人滿為患的狀態，外觀一致的花環排成了一長列。走廊上低沉的交談聲不絕於耳。已經有數不清的記者佔據了能夠清楚看到出入口的牆邊位置，同時也忙著在殯儀館外部拍攝報導需要的影像資料。所有媒體都在發表著即時更新的新聞，報導著經濟巨頭隕落的消息。訃聞發佈之後，各大入口網站幾乎清一色都是與徐會長和日迅相關的文章。

徐會長的葬禮是以公司為主辦方的形式，總共為期五天。稱霸了一輩子的徐會長就算死了也在高高的祭壇上俯瞰著所有人。家屬們以平靜的表情迎接著不斷湧來的弔唁者。包含了總統在內的財界政界人士，以及各界的名人紛紛前來哀悼。正因如此，現場記者們取材的熱情也愈發高漲。砲火般的快門聲和猛烈的鍵盤噪音持續擾亂著嚴肅莊重的氣氛。

以喪主為首的家屬們全都待在上香處，沒有人沉浸在過於傷感的情緒之中。

畢竟自從徐會長倒下後就再也不曾恢復意識，醫院很早就宣佈過他的健康狀態無法再復原。正如許多人推測的那樣，之前銷聲匿跡的半年間他都是靠著呼吸器和藥物在維持生命而已。在衰頹的生命面前，所有人類都是同樣地脆弱。

隨著徐會長的離世，集團繼承人再次成為人們關注的焦點。日迅集團的繼承工作已經以徐朱媛為核心迅速地推進中。關鍵在於徐會長尚未公開的遺囑不知會造成何種變數。生前始終放不下兩個只會惹事生非的親孫子，總是把女人不行掛在嘴邊的徐會長所親自留下的遺囑，將是扭轉戰局的最後機會。興許正因為如此，被視為接班人的第三代之間存在著一種微妙的緊張感。跟隨在他們身後的集團相關人士也一直守在接待室，造成一股混亂的氣氛。

徐朱媛即使在密密麻麻朝她壓迫而來的視線當中也沒有一絲動搖。她一點都不在乎那些對於她臉上每個瞬間的表情或眼神舉止的低劣關注。雖然她不是喪主，亦非長孫，但不管怎麼看，她都是這場葬禮的代表者。前來弔喪的人大部分都是徐朱媛的客人。在某些方面來說，無異是在藉此闡明她就是徐德榮唯一的繼任者。

某位有力的下屆總統候選人的到訪成為了焦點，他的出現引起記者們一陣激動，殯儀館裡則頓時鴉雀無聲。對方上完香準備離開，徐朱媛一路尾隨送他到了門口。

「謝謝議員您的到來，下次再專程去拜訪您，向您致謝。」

對方也回握了徐朱媛的手，並沒有掩飾他們的親近。徐朱媛目送著對方的身影直到完全消失為止，就在她剛轉過身之時，感覺背後的空氣發生了不小的騷動。似乎是記者群聚集的那個方向又來了一位名人的樣子。正欲入內的徐朱媛陡然停了下來，「是池建梧。」她聽見有人這麼喊著。

「……什麼？」

徐朱媛不自覺地脫口，隨即看向了走廊。現場快門聲猛烈地此起彼落。閃光燈轟炸的程度與總統夫婦前來的時候旗鼓相當，就算在遠處看著眼睛也刺痛不已。身後帶著那群騷動走過來的人，正是白尚熙。

徐朱媛的眉間頓時扭曲，儘管兩人目光清楚地交會，白尚熙卻沒有露出半點退卻的神色。他只點了一下頭就想要進去，徐朱媛瞬間抓住了他，錯開的視線分別看向不同的方向。

「池建梧先生來這裡做什麼？」

她聲音很小，是只有白尚熙才能聽見的程度。「我上次應該說得很清楚了。」接連的低語聲悄悄地流瀉而出。白尚熙沒有反應地站著，然後抽出他被抓住的臂膀，一言不發地走進去。

徐朱媛趕緊追了上去，但是她根本沒有時間攔阻，白尚熙的人已經闖進上香處。故人遺像在前，他的視線卻直接落在喪主席上。無預警撞見他的徐翰烈臉色唰白，僵在了那裡。

站在旁邊的徐宗烈也畏縮了一下，充滿防備地看著他。白尚熙一出現，莊嚴肅穆的殯儀館氣氛多少變得有些混亂。正在用餐或準備離開的弔唁者們紛紛投來了好奇的目光。

過了好一會，白尚熙才終於擺正了姿勢，走到了遺像前方。他取了長長的線香點火，微微搧了下，然後上香，一連串動作細膩得不可思議。白尚熙向後退開，朝遺像頷首行禮之後，便站在那裡看著喪主席。喪主和家屬們極力隱藏著困惑，一齊向他鞠躬致意。白尚熙跟著點頭回禮，眼睛卻直盯著徐翰烈不放。徐翰烈的臉上已沒了一開始的驚詫，此刻回望著白尚熙的兩隻眼睛裡看不出什麼特別的情緒。

「……」

「……」

不斷延長的對峙讓眾人不約而同露出疑惑的神色，於是就在下一個瞬間：

「祈求故人之冥福。」

白尚熙一邊唸著一邊大步朝喪主席走去。徐翰烈看著他朝自己走來，沒有任何閃躲之意。「你想幹嘛？」反而是站在旁邊的徐宗烈慌張地表現出了不悅。白尚熙走到了徐翰烈面前，倏地張開雙臂，把徐翰烈一把抱在了懷裡。徐翰烈不禁蜷縮，白尚熙抱住他的兩條手臂便更用力地收緊，整張臉深深地埋進他的肩頸處。這個出人意表的舉動再次造成了現場氣流的波動。乍看倒像是白尚熙在安慰著徐翰烈的樣子。

葬禮上經常可以見到像他這樣分擔著家屬哀傷的場面，不過他們倆的問題點在於，徐翰烈根本沒有在哭。即便如此，白尚熙還是抱了他好久都不肯鬆手。這個擁抱猛烈到令人吃痛，徐翰烈的眉頭因此皺了起來。他嘆氣似的說了一聲「放手」，白尚熙反而把他的身體勒得更緊。放開手怕他會就此消失、鬆開他怕會又再錯過，此舉既令人揪心又充滿了執拗。

為了避開眾人的視線，兩人進了設在靈堂一側的貴賓室。徐翰烈安靜地關上門，才剛轉身，就被白尚熙一把抓住衣領，他完全反抗不及，整個人摔在了沙發上。白尚熙的身體蠻橫地壓了上來，徐翰烈掙扎著四肢，企圖從他粗魯的動作當中掙脫。白尚熙用單側膝蓋箝制住他的大腿，造成妨礙的雙手也用蠻力緊緊扣住。這是一場徐翰烈註定贏不了的對決，然而他還是一再晃動著雙臂，沒有停下反抗的動作。徐翰烈的呼吸開始加快，但是擔心薄薄的牆外會聽見，他不敢隨便發出聲音。

白尚熙不管不顧地扯著徐翰烈的襯衫，被他粗暴拉扯的襯衫最終發出了布料的撕裂聲。徐翰烈於是更加拚命地掙扎，「我叫你放手！」他的聲音極為壓抑，聽起來像氣音一般。

白尚熙不肯輕易聽從，不時閃進徐翰烈視線裡的那雙瞳孔顯得空洞無神，像個理智線斷掉的人一樣。他蠻不講理地扯開襯衫的行為盲目到令人害怕。徐翰烈為了把自己被抓住的衣領抽回來和他奮戰了好一番，後來開始對著白尚熙又抓又打。

「住手！」

徐翰烈歇斯底里地翻轉著身體，仍是抵擋不了白尚熙的蠻勁。衣上的鈕扣最後還是承受不住強勢的壓力而彈飛出去。白尚熙把徐翰烈不斷推拒的手臂壓在他頭頂上，然後將沒了鈕扣的前襟往左側扯開來。徐翰烈大概已經放棄，他轉開了頭，不爽地咒罵髒話。

「哈啊、哈啊……」

急促的喘息聲頭暈目眩地迴盪在耳邊，白尚熙的背部快速地上下起伏著。他一秒也不敢眨眼地俯視著徐翰烈的左胸，只見那因喘氣而費力聳動的胸脯上多了一個之前沒有的小疤痕。白尚熙的血液驟然冷卻，毛骨悚然，好像被什麼東西狠揍了一拳，頭腦一片空白。他失神地看著那個疤，怔怔地伸手去摸。嬌嫩的新生組織被指腹柔軟地摩挲著。

「……」

白尚熙一下子鬆開了對徐翰烈的所有束縛，彷彿在忍耐著什麼可怕的事而偏過頭去的徐翰烈於是一腳將他踢開，從他鬆弛的臂彎裡逃了出來。

白尚熙沒有再繼續撲上去，只是茫然地發著呆，然後慢慢地轉身坐下。他彷彿受到了巨大的衝擊，俯下上半身然後摀住自己的額頭，臉上籠罩著一片深深的黑影。

兩個人之間沒有任何的對話。雖然急促的呼吸很快地平緩，但由於空氣密度過高的關係，徐翰烈還是感覺呼吸不到空氣。

「什麼時候回來的？」

時隔許久才出了聲，白尚熙的聲音低啞到不行。扶在額頭的手掌遮住了眼眶，看不到他是什麼表情。徐翰烈只瞄了一下白尚熙陰沉的臉，立刻收回了視線，不知為何，他沒有勇氣去好好端詳那張臉。

「凌晨的時候。」

「你們會長要是沒有發生這種事的話……」

「我當然是不會回來啊。」

徐翰烈輕易地猜測到他要說的話，斷然地給出結論。白尚熙僵硬地抿嘴，猛然咬緊了下顎。

「之後呢？」

「……不確定，我本來就不做計畫的，反正計畫半天也沒有什麼意義。就像今天的這件事，誰想得到我們還會有再見面的一天呢？」

白尚熙隨即回頭，目光銳利地瞪向徐翰烈，很明顯是真的發火了。徐翰烈第一次看到他這種表情，肩膀不自覺僵硬了起來。這樣的白尚熙令他陌生，背脊倏然發寒，不知何時後頸上也泛起了雞皮疙瘩。徐翰烈強行壓下那股莫名萌生的焦躁感。

白尚熙發出了幽幽的嘆息：

「那個手術痕跡是什麼？不是說需要移植才行？」

「不關你的事吧？」

聽見徐翰烈刻薄的語調，白尚熙再次回頭看著他，眼神裡充滿了冷意。

「你到底是怎麼想的？」

「我不是說了嗎？我是回來報仇的。想到你就算沒有我也過得那麼幸福，而我卻得自己一個人孤獨難受地死去，就覺得實在心有不甘，這就是我的出發點。我就在想，要是能把當初那個死也不肯接受我的你反過來變成沒有我不行，不知道會是什麼感覺……到時候，我就要跑去躲起來，等你好不容易找到我時，我人已經不存在這個世上了，這樣的復仇方式感覺應該還不賴。」

徐翰烈一副沒什麼大不了地咧嘴而笑。白尚熙沒有跟著一起笑，面對著徐翰烈的那張臉上已無半點溫度。雖然平常也不是會嘻皮笑臉的類型，但眼前對方那副勉強壓下明顯怒意、不再像過去那樣對任何事情都無動於衷的模樣令徐翰烈感到十分生疏。這樣的反應太尷尬了，尷尬到徐翰烈幾乎快喘不過氣來，好似他犯下了什麼大錯，竟然連瞬間的視線交會都心虛得難以忍受。為了不被對方發現他的局促，他故意嗤地一笑：

「怎麼？被我騙了很生氣？所以現在才露出這副嚴肅的樣子？一點都不像你。」

「這樣很好玩嗎？」

白尚熙詢問的語氣很難聽，徐翰烈努力嬉笑的面孔有些微妙地凝固。

「我在問你這下你滿意了嗎？」

白尚熙冷冷追問，此時的嗓音和口氣就像是變了個人，彷彿被徐翰烈騙走了什麼重要的東西似的瞪視著他。徐翰烈和那雙犀利的眼睛對視，背部慢慢向後倚，沙發靠背發出了噗的聲音，凹陷了下去。

「我搞不懂耶，什麼事讓你那麼生氣啊？」

「你不知道？」

「嗯，我不知道。」

徐翰烈像在鬧他一樣地承認道。白尚熙眼睛下方的肌肉明顯地抽動，可能是牙齒咬得太過用力的關係，下顎處甚至浮現了粗大的青筋。片刻都沒有從徐翰烈身上移開的那道視線無比的刺人。

「我是不是問過你好幾次了？問你哪裡不舒服、問你在吃的是什麼藥。」

「啊、那個喔？我不想告訴你。」

徐翰烈的語氣太過輕描淡寫，白尚熙霎時皺起眉頭。

「我就是不想講，而且，我其實也沒有那個義務非得要告訴你。」

徐翰烈用一副「你有異議嗎」的表情看著他，還嘲諷他那過於激動的樣子不太正常似的：

「我們不是說好在一起玩個兩年時間？這段期間彼此都享盡了樂趣，約定好要給你的補償也都給了……你應該也知道，只在自己需要的時候聯絡，呼之即來，揮之即去，這些本來就是贊助商常有的大牌行徑。至於合約期限沒能走完的部分，除了慰勞金之外我還連你的麻煩事都幫你處理好了呢，這樣應該很夠意思了吧？」

「那些都是你自己擅自給的，我從來沒跟你要過。」

徐翰烈哈了一聲，無言地笑了。

「你明明拿了這麼多好處，現在才想抵賴？」

「我以為那是你表達愛意的方式。」

「……哈？」

「尖酸的說話方式、難以理解預料的行動、愛使性子或是誇張的物質攻勢，我以為這些全都是你獲取關愛的手段，因為太過笨拙，只知道用這樣的方式來表達。」

徐翰烈神情不悅地咬住了下唇。雖然被一語道破很是不爽，但他一時也無可辯解。

「我當初應該拒絕才對嗎？裝傻裝到底地把你推開，你就會繼續對我念念不忘，就不會這樣逃走了？是嗎？」

白尚熙用扭曲的語氣繼續逼問著徐翰烈。

「你不是要我看看你？要我愛你嗎？即使是義務感也好，就是想和我牽扯在一起不是嗎？你想要的我都給你了，這樣也不行？你到底想和我怎樣啊你！」

「你少在那邊自以為是！」

被逼迫到窘境，徐翰烈不由得也激動了起來。一直假裝無所謂的態度在一氣之下破了功。

「你算什麼敢在這邊囂張放肆，你以為你是誰啊，我有欠你什麼嗎？只要你說句喜歡，我就得閉嘴接受是嗎？我怎麼可能相信你啊，為了一紙合約就能輕易倒戈的廉價愛情，你要我怎麼相信？要不是因為那份合約，你有可能自己來找我嗎？你會關心我生什麼病，還是死在了哪裡嗎？……才不會！」

徐翰烈一口咬定道。

「你不會知道，也不會感興趣。就算事後聽到我死了的消息，也只會毫不在意地說句這樣啊然後就這麼結束了，難道我有說錯嗎？」

白尚熙沉默地承受著徐翰烈傾巢而出的憤恨指控，「合約……」他嘴裡忽然默念著：

「所以問題是出在這裡啊？」

自言自語的白尚熙馬上從外套裡掏出手機來，不知道給誰撥了一通電話，在撥號音停下之前靜靜地凝視著徐翰烈。感覺訊號連接得特別慢，徐翰烈光是和他正面四目相對，喉嚨就無故地緊縮。

不一會，終於聽見的一聲「喂」打破這令人窒息的靜默。儘管如此，白尚熙的視線卻沒有從徐翰烈身上挪開分毫。

「室長，是我。」

白尚熙通話的對象似乎是姜室長，徐翰烈一時半刻猜不出白尚熙打給他的用意是什麼。

「請你幫我跟公司說，公司開出的簽約金，請直接轉到徐代表的帳戶裡。」

姜室長似乎立刻想要反駁什麼，但白尚熙沒有半句說明解釋就擅自掛斷了電話。

「我現在有資格生氣了嗎？」

聞言，徐翰烈猛然皺眉，兩側臉頰也明顯繃緊了起來。

「你這是哪招啊？」

「我要毀約，所以付了違約金給你，怎樣？你不滿意嗎？」

白尚熙挖苦似的反問他，毫不掩飾自己內心的扭曲。徐翰烈頓時握緊了拳頭。

「不管是對你，還是對我來說，這份合約本來就只是一個名目而已。」

雖然這是在當事人各取所需之下達成的雙方協議，卻不是一個絕對必要的合約。若僅是為了償還鉅額債務，白尚熙那時大可接受白盈嬅的提議。徐翰烈也是，假如只是想報復白尚熙的話，他可以用其他的方法，不需要親自出手累到自己。

「如果我們就只是合約上的關係，那在毀約的當下，我們就應該要變成毫無關係的兩個人。可是你看，有什麼不一樣？」

「……」

「什麼都沒有改變不是嗎？那份沒有意義的合約根本早就是一疊廢紙了，難道你真的不明白？」

追根究柢的白尚熙在深吸一口氣之後閉住了呼吸，好不容易才將激盪的情緒平撫下來。「不要再說謊了。」他幾近嘆息地說道。

「你自作主張地欺騙了真心的人，隱瞞到最後一刻，讓一個人體會到全然的無能為力……你的這些作為是多麼的自私又自欺欺人。」

「這張嘴還真會掰啊？你從來沒想過你對我做過的那些事吧？別怪我，這些全都是你自找的。」

徐翰烈的雙眼裡盈滿著厭惡的情緒。對於這樣的說辭，白尚熙簡直是無言以對，他嘖了一聲：

「你到現在還在講那個？你不是要我屈服嗎？不是說要我假裝贏不過你，希望我能輸給你，就算是一次也好？」

徐翰烈不知道是不是他看錯了，只見白尚熙生氣的眼睛裡充滿了埋怨之意。

「不到兩年的時間你就拋棄了我，難道當年的你就會有所不同嗎？」

徐翰烈立即想反駁地張了嘴，卻又閉起，終究是否認不了白尚熙說的話。自己長久以來的執著，的確可以說是被第一次感興趣的對象拒絕的那股憤怒所激發出來的。

白尚熙像是要把徐翰烈盯出一個窟窿似的，而後斂下目光，直接伸出手抓住徐翰烈的腳踝。猝不及防的接觸讓徐翰烈禁不住一抖，白尚熙也不介意，手緩緩揉著他突出的踝骨。徐翰烈不滿地揪起了眉心。

「你幹嘛……」

「我不是叫你別扔下我嘛，我跟你說過這種事我還是無法習慣。」

白尚熙無預警地開口訴苦。他頭垂得很低，無法看到他的表情。不過可以從抿緊的嘴唇和緊繃的下巴線條感覺到他的難過。這股凝聚許久將他淹沒的孤獨終於露出了原形。

徐翰烈當然希望對方能害怕錯過自己、最好是表現得戰戰兢兢生怕永遠失去自己，但為何此時的他所感受到的不是舒暢的快感，反而覺得鬱悶呢？胃部擅自絞痛了起來。

白尚熙忽地對上徐翰烈的眼，用力握緊他的腳踝。

「我應該要對你感到抱歉？」

他問完立刻自行否定：

「不，該道歉的那個人是你。我擔心你是對的，並沒有錯。」

「……你這混蛋。」

徐翰烈一臉不爽地咬著牙。白尚熙堅定無比地直視他的雙眼。

「你有想過我會怎樣嗎？事後才知道真相，而你人卻已經消失去向，你有沒有想過我的心情？這真的就是你想要的結果嗎？」

徐翰烈招架不住那道強烈的目光，撇開頭瞪著無辜的牆壁，不停啃咬著下唇。

「翰烈啊」，白尚熙忽然叫他名字。明明剛才還把人逼得無話可說，轉眼卻又用極其溫柔的嗓音呼喚。徐翰烈的眉頭無措地擰了起來。白尚熙於心不忍地看著他，發出了嘆息：

「這怎麼會是報仇呢？」

「……」

「你把自己搞得這麼痛苦，這算是哪門子的報仇啊？」

徐翰烈繼續不悅地瞪向白尚熙，努力武裝的那張臉龐就快要瀕臨瓦解。即使咬緊了牙關，下巴卻可憐地顫抖著。

白尚熙又嘆了一口氣，伸手撥開他門牙狠狠咬住的下唇。徐翰烈神經質地揮開他的手，但是當白尚熙再一次捧住他的臉，他卻無法再次將白尚熙推開，只能盡量低下頭隱藏自己的神色。

「每一天、每個小時、每分每秒，我都在新聞上找尋你的消息，但又祈禱著不要讓我看到你的名字，怕你出了什麼事，害怕不祥的預感會不會又該死地成為現實。」

白尚熙的手不敢貿然動作，像是在面對著一個隨時可能消失於無形的幻影。

「我拚死拚活地工作，可以做的我全都做了，為的就是不要想起你，哪怕是一瞬間也好。就因為是我害你多受了許多苦，所以我試圖像過去那樣，想盡辦法要放棄你。等到你不會再因我而感到痛苦的時候，不管你在哪裡，都希望你再見到我的這副模樣後能重新改變心意。」

徐翰烈的頭垂得更低了，頃刻變得急促的呼吸聲裡挾雜咬牙的聲響。

「我都落得這種下場了，你又能好到哪裡去呢？」

應該是茫然無措到沒辦法想像的程度。

徐翰烈微微搖著頭，他的反抗微弱到沒辦法甩開白尚熙的手。那道外表看起來很堅實的高牆束手無策地傾頹，連「媽的」的咒罵聲都染上了哭腔，溫熱的液體浸濕了白尚熙包覆著他臉頰的手。

「回答我，徐翰烈。」

「你就不想我嗎？」

白尚熙心酸的提問埋藏在呼氣聲中，在徐翰烈刺痛的心上劃了好幾刀。徐翰烈緊緊閉著眼，抓住了白尚熙捧著他臉頰的手掌。這算是這樣，他還是無法抑制湧上心頭的悲傷，整個人哆哆嗦嗦了起來。白尚熙捧起了他濕濡的面龐，用力地貼上唇瓣。「唔……」徐翰烈被迫嚥下了正要發出的哽咽。鹹濕的液體滲進了互相疊合的唇縫之間。

「不要扔下我。」

白尚熙在他耳邊輕聲哀求，呼吸紊亂到顯得十分狼狽。

「你別扔下我。」

聞言，徐翰烈再也忍無可忍地一把抱住了白尚熙。白尚熙彷彿等待已久，身體瞬間卸掉了力氣。他把臉埋進徐翰烈的頸窩深處，雙臂緊緊擁抱著他。

兩人使勁地箍緊對方不肯放手，像要甩開積壓許久的思念似的汲取著彼此的味道、用額頭臉頰胡亂磨蹭著對方溫熱的肌膚。呼吸自動加快，脈搏也亂了拍子。激動的心臟跳到胸口發悶，就算當場壞掉也不奇怪。

「……可惡，問題總是出在你身上。只要和你扯上關係，我就會姿態醜陋地變得貪心起來。」

徐翰烈把頭埋在白尚熙的胸口咕噥抱怨。白尚熙退開來想要看他的臉，卻被他猛然揪住身體，不讓自己的臉露出來。

「我已經不想活了，活得苟延殘喘的樣子很難看，也受夠了每天吃不完的藥。我想要放棄這一切。對於死亡，我從來就不感到畏懼，反正人總有一死的。但是，白尚熙，我只要看到你就不想死了，我不願看到你這傢伙像之前一樣，被一團糟的過去隨便埋沒。戀人？光是成為戀人哪夠啊？戀人這種身分就算現在看似獨一無二，以後還是隨時可能被別人取代。我覺得與其這樣，還不如成為讓你一輩子都無法忘懷的傷痛。」

徐翰烈坦白了自己醜陋難看的內心。不知是否因為老實地說出了一切而感到難為情，他耳朵都紅了起來。此時臉上表情應該也是痛苦地扭曲著。

白尚熙拉開了兩人貼合的胸口，徐翰烈立刻轉開臉想要閃躲，白尚熙伸手扣住他下巴固定住他的臉，直勾勾地注視著徐翰烈充滿混亂的神色。

徐翰烈濕潤的眼帶著遲疑地迎上他炯然的視線，晃動的瞳孔裡交雜著埋怨、自嘲、愛意、憎惡、思念、悔恨之類的種種情感。

「我愛你。」

徐翰烈原先忐忑的臉龐因為這句無預警的告白而皺了起來。白尚熙將想念已久的他一遍又一遍地烙印在自己眼底，隨後唇瓣徐徐落下。徐翰烈放棄掙扎似的閉上眼，接受白尚熙的靠近。本來抓著白尚熙肩膀的手此刻輕柔地握住了他的兩側耳

朵。

他們像第一次接吻的戀人，動作無比小心地含住了彼此的唇。相碰的唇瓣沒有恣意地含咬吸吮，只是輕緩地相　著。微弱的氣息悄悄沁入唇瓣重疊的隙縫。白尚熙吞下徐翰烈細微顫抖的呼吸，不捨地放開了他的上唇。

白尚熙的唇接著座落在徐翰烈微微掀動的眼皮上，「我愛你。」他再次悄聲呢喃，宛如單戀之人在傾訴愛意那樣的哀切。徐翰烈濕漉的臉頰泛起一絲輕微顫慄。白尚熙親了又親，持續不斷地訴說他的愛意。彷彿害怕再和徐翰烈分開，他的告白哀傷而迫切。徐翰烈咬住了嘴唇，強忍住痛心的呻吟。白尚熙重新吻上徐翰烈繃緊的下巴，像是訴苦般地說了一句「我愛你」。這句話聽起來空洞淒涼，即便是同樣的一句話，所承載的重量卻完全不同。

白尚熙繼續在徐翰烈的下顎、耳根和頸側吻個不停。他的吻十足溫柔、令人發癢，同時也讓人揪心。白尚熙掀開徐翰烈凌亂的襯衫，嘴唇貼上了帶著疤痕的左胸。最後傾訴的那一聲「我愛你」，聲音幾乎哽在了喉頭，只剩氣音擴散開來。茫然地聽著白尚熙告白的徐翰烈再次捧起他的臉，然後主動銜住他的唇，焦急地吮吸著他的黏膜。

白尚熙放任徐翰烈對他隨心所欲地索求，平靜地吮著他狠狠纏上來的舌。當徐翰烈固執地啃咬他唇瓣，白尚熙默默遷就他的動作，隨後緩緩舔過徐翰烈的齒列含住他上唇，同時不忘輕撫著徐翰烈忍不住僵硬的面頰。待徐翰烈呼吸開始粗重之時，白尚熙唇瓣輕貼在他嘴上，接著慢慢地將他拉進自己懷裡。

呼吸不知是否因興奮而急促，徐翰烈無力地被白尚熙抱著，不停大口喘氣。儘管彼此用對方填滿了所有的感官，還是感覺不太真實。就算死命地抱住對方，再也不鬆手，仍舊無法感到心安。心臟激動得快要跳出來，讓徐翰烈不管是耳邊還是腦海裡都是一團混亂。

白尚熙將嘴唇覆在徐翰烈的前額上，等待著那尚未完整的安全感能被填滿。然而命運卻以一種完全不同、十分殘酷的方式揭示了現實。好似在跟他們開著玩笑說，對比那無數個掙扎徬徨的日子，他們這樣的重逢是否顯得太過簡單容易。

靜靜被抱著的徐翰烈忽然身體蜷縮，啊地發出疼痛的呻吟。白尚熙楞楞地把他從自己懷裡鬆開來。只見徐翰烈痛苦皺起的臉上毫無血色，蒼白到了詭異的地步。

「徐翰烈？」

「尚熙……」

徐翰烈艱難地呼出一口氣，光是這個動作都讓他顫抖不已。他拉著白尚熙的手不正常地使力，渾身因痛苦而扭曲著，沒有辦法好好張開雙眼。

「啊呃呃、呃！」

「你怎麼了？」白尚熙趕緊問道，徐翰烈卻只是揪住了自己的左胸，兩條腿連續在沙發上滑動地踢著。後脊發涼，感覺體溫迅速下降。白尚熙反射性地要起身，已經喘不過氣來的徐翰烈卻緊緊抓住了他衣領。白尚熙想拉開他那隻手，他卻搖著頭，兩眼裡浮現了一抹絕望感。

「呃、不要、哈呃、走……」

好不容易說出口的字句被短促的呼吸給打斷，聽不清楚徐翰烈說什麼。白尚熙低頭怔怔地望著他，腦迴路停止運轉，瞬間沒辦法做出任何反應。

「哈啊、呃、不、啊呃……」

徐翰烈費力擠出一個又一個的音節，沉沉閉上了眼，在他眼眶裡打轉的液體終於沿著臉頰溢流了下來。就連他緊抓著白尚熙的手也鬆開掉落至地板。

「不行……」

白尚熙慌張地把耳朵貼在徐翰烈的胸口，聽見了心臟怦咚怦咚的聲響。但他當下竟無法區分這是徐翰烈心臟的脈動還是自己瘋狂跳動的心跳聲。就算伸手去摸徐翰烈的脈搏也是一樣。瞬間充斥著腦袋的混沌吞噬了所有的感覺，難以感知到外界事物。白尚熙手掌覆上他赤裸的胸膛，完全感受不到那顆曾震動皮膚表層、展示著薄弱存在感的心臟。

他眼前驟然發白。

「不可以、誰來……」

白尚熙的嘴裡逸出帶著絕望的氣息，發出的聲音不清不楚，空虛地渙散開來。

他不停搖動徐翰烈的身體，一遍遍叫著他的名字。瘦弱的身子被他搖晃得彷彿在飄揚。白尚熙熟知遇到心跳驟停時的應對常識，心肺復甦術更是在當兵時就完全熟練的技術。但是當他實際遇上這種情況，竟然什麼都做不了，腦子裡和眼前都是一片的空白。

「有人在嗎？」

白尚熙像野獸似的咆哮，這時外面的人才聽見聲音趕了過來。最先闖進來的是楊秘書和徐朱媛，所有人都嚇得呆滯，霎時彷彿時間靜止。「翰烈啊！」一聲哀叫劃破了凍結的空氣，頓時周圍嘈雜了起來。有人大聲驚呼著「有人昏倒了」，周邊開始冒出了「心臟病發作」、「一一九」、「送急診」、「心臟去顫器」這些話語。

然而所有的一切都只是如雲煙般掠過，沒有半點停留在腦海裡。

「池建梧先生！」

楊秘書催促著恍神的白尚熙。他一回過神，就看到徐翰烈已經被放倒在地板上。不知從哪裡調來的心臟去顫器擺在他身邊正在準備啟動。

兩塊電極貼片分別貼在徐翰烈右側鎖骨底下和左側乳頭下方。

「手請離開。」

楊秘書費了一番勁才把白尚熙不願聽從自己要求的手從徐翰烈身上分開。儀器隨即啟動，開始分析心律。一分一秒漫長得像過了一小時。白尚熙的視線完全離不開徐翰烈的臉，儀器傳出了「建議施予電擊」的語音提示。

「不可以碰到他。」

楊秘書伸開手臂防止所有人靠近，然後按下電擊按鈕，對徐翰烈靜止的心臟實施電擊。結束後楊秘書開始對他施行心肺復甦術，交疊的兩手用力按壓胸部時，可以見到徐翰烈的身體軟弱無力地彈動，細瘦的身軀恍若要被壓碎似的。

白尚熙失神地呆望著整個過程，徐翰烈就在他面前漸漸沒了呼吸，他卻如此無能為力，沒辦法將他留在身邊哪裡都不讓他去。強烈的無助感變成了漆黑的絕望，消磨他神志，使他痛徹心扉。

儀器再次發出建議施予電擊的通知，徐翰烈毫無反應的身體再次受到電擊，楊秘書重複對他施予心肺復甦術。須臾，只見楊秘書臉上汗珠滴滴答答地落在地面。聚集在一旁的人們全都屏住了呼吸，關注著眼前的緊急情況。徐朱媛和白尚熙一樣臉色發青，只能勉強站著而已。

楊秘書的手臂漸漸沒了力氣，徐翰烈卻仍是沒有半點反應。

心臟驟停的患者必須在五分鐘之內恢復心臟跳動才能防止腦部受損，所剩時間已經不多了。

耳朵裡似乎傳來嗶的電子儀器音，圍觀的人們高聲詢問著擔架還沒來嗎。

「不可以……」

白尚熙將疲憊不堪的楊秘書往旁邊推開，然後自己跪立於徐翰烈的身體兩側。他的手掌張開放在徐翰烈反覆壓迫之下發紅的胸膛上。指尖在顫抖著，接著另一隻手掌疊上來十指互扣，重新開始了按壓的動作。

「拜託。」

他發出了像呻吟似的哀求，臉上凝結的汗水一滴一滴地掉下來，打濕了徐翰烈的臉孔。

「拜託了，翰烈啊……」

無邊的焦灼集中在指尖上，雖然雙臂已經開始發疼，但白尚熙彷彿完全不知疲倦。一旁看著的徐朱媛抓住了他的手。突然間被制止了動作，白尚熙轉頭惡狠狠地看向她。徐朱媛朝他示意了一下那台心臟去顫器，儀器再次分析著徐翰烈的心律。

「不建議施予電擊。」

儀器給出了和先前不同的結果。人人皆發出了放下心來的聲音。可是現在放心還為時過早，心臟只是暫時性地恢復了跳動，隨時有可能再次停止。在擔架抵達之前要必須繼續進行心臟按摩才行。

白尚熙再次做起了心肺復甦術，差不多在這時候：

「擔架來了！」聽見某個人的喊叫聲，人群往兩側讓開了一條路，擔架床被抬了進來。白尚熙沒有印象徐翰烈是怎麼被送去急診室的，只知道擔架床突然出現，那些記者本能地對著躺在擔架上的徐翰烈猛按快門，瘋狂閃爍的閃光燈好像快閃瞎了眼睛。

「病人心臟驟停！」

擔架床一進了急診室，醫療團隊便急忙趕來，徐翰烈立即被送往重症病患治療區。醫生使用各式儀器確認他的生命徵象。心臟雖然在緊急處理之下恢復了微弱的跳動，但速率、呼吸、血壓、血氧飽和度都沒有一個是在正常水準。儀器發出尖銳的聲響，把空氣震動得鼓譟不已。白尚熙感到一陣天旋地轉，胃部湧上了一股噁心感。

點滴架上掛滿各種藥物，為了能迅速注射進右心房，在鎖骨下方穿刺放置了一條長管，另一側則是用超音波檢查心臟的狀態。有人在急著尋找監護人。醫生們進入緊張狀態，說話的聲音不停翻攪著空氣。徐翰烈的身體彷彿已經不屬於他自己，在好幾個人的手上無力擺盪著。他們明明是在拯救著徐翰烈的生命，看起來卻宛如狩獵中的狼群將他團團包圍。

「徐翰烈患者的家屬在哪裡？」

滿頭大汗的住院醫師再次呼叫了病患家屬，愣神的徐朱媛搖搖晃晃地站了出來。楊秘書攔下了她說：「讓我來吧。」住院醫師於是開始向他詢問徐翰烈的病情和服用藥物之類的問題。

「其他人請到外面去等。」

在楊秘書回答著問題的時候，護士過來要求人們離開急診室，裡面只允許一名監護人進出，就算是生命危急的患者也不例外。而且白尚熙沒辦法估據那一個位置，他對徐翰烈的病況一無所知。

白尚熙來到外頭，無法站穩地扶著牆，他沒撐多久便膝蓋發軟，整個人跌坐在了地上。

徐翰烈是他庸庸碌碌的人生當中唯一想要擁有的存在，是他第一次產生了貪念的對象。他誤以為徐翰烈現在已經完全屬於自己，而命運彷彿在嘲笑他一般，當著他的面打了他一巴掌。

勉強支撐著的世界正毫無對策地崩垮。

✳

白尚熙的感知能力無力地遭到洪水席捲，神智是清醒的，卻無法意識到任何事物。他只是張著眼睛，兩耳像進了水似的發堵，什麼聲音都聽不真切，對於時間的流逝毫無概念。

徐翰烈接受完必要的檢查和處置後隨即被送往加護病房，雖然他的呼吸和脈搏恢復了正常，但仍尚未恢復意識。當天不允許進去探望，白尚熙在加護病房前呆坐了許久。明知這樣做也無濟於事，他還是沒辦法走開。

和主治醫師面談過的徐朱媛站到他面前。影子籠罩在頭頂，白尚熙緩緩地抬起頭。在認知到對方是徐朱媛之後，他慢慢起身。就在下一刻，徐朱媛踢了他的脛骨一腳。白尚熙被踹得失去平衡，身體搖晃，徐朱媛直接揮拳往他臉上揍。一旁的楊秘書連忙勸阻，但徐朱媛拂開了他的手，再次舉起拳頭，瞪著白尚熙的雙眼滿是怒氣。

「我不是叫你不准再出現在他面前嗎！」

徐朱媛氣得咬牙切齒。白尚熙莫名挨了揍，卻沒有要自我保護的意思，也沒有去觸摸自己被打的地方。他只是重新站直身體，看著徐朱媛而已。

「終於親眼看到他無法呼吸的樣子，這下你滿意了吧？」

徐翰烈遭遇的不幸並不是白尚熙的錯，徐朱媛也知道這一點。徐翰烈的心臟本來就等於是一顆未爆彈，隨時有可能停止的警告已經聽過不知道多少次。就算白尚熙沒有來找他，也許意外終究還是會發生，甚至有可能往更糟糕的方向發展。問題是徐朱媛畢竟也是個有血有淚的人，她的情緒已經激動到不找個人來發洩不行的地步了。

徐朱媛如炬的目光凶狠得彷彿要把白尚熙給大卸八塊，同時她也已經紅了整圈眼眶。

「他要是有個什麼萬一，我絕對不會放過你。」

徐朱媛一邊警告，眼眶前端也開始噙著透明的淚液。白尚熙沒有出聲回答她。他沒做任何辯解，任由徐朱媛盡情拿他出氣似的默默站在原地，像個決心要自我折磨的人一樣。

徐朱媛不情願地瞪著他，倏地背過身昂首強忍眼中的淚水，接著快步朝某處走去。隨著徐翰烈的倒下，葬禮應該也亂成了一團。

這是追悼故人的最後一個場合，必須有人去收拾掌控局面才行。徐朱媛欣然前去背負起這個重擔。

「您還好嗎？」留下來的楊秘書問了這麼一句，但沒有得到白尚熙的回答。楊秘書離開了一會，替白尚熙弄來一個冰敷袋。白尚熙直到他回來為止仍是一直呆站在原地。

「坐一下吧，我有話要跟您說。」

一直沒有反應的白尚熙在聽到「是關於代表的事」時才抬起了頭。失焦的瞳孔還是帶著朦朧。

「主治醫師是說，不確定他何時能恢復意識。他現在能自行呼吸，脈搏和血壓都接近正常狀態，除了在加護病房裡繼續觀察等待，沒有別的辦法。」

「繼續等下去他就會醒過來嗎？」

「這點無法保證，因為他還是隨時有可能再發作，也不排除發生陷入昏迷的常見情況。」

楊秘書沒有隨便給予他希望，據實以告，所以更是讓白尚熙感到絕望。他的眼神暗了下來。

「您知道徐代表的病情嗎？」

「……聽說是先天性的心臟病。」

「是的，回來韓國前情況就不太好，好像已經快要一年都維持這種極限的狀態了。」

靜靜地聽著的白尚熙看向楊秘書，似乎在問他為什麼不早點講。「代表不想要這麼做，」楊秘書回道：

「他要我絕對不要告訴您。代表平常最忌諱別人把他當成病人來對待。」

更何況白尚熙是他利用合約綁定的情人，本來就已經是強制約束的關係了，大概是不想再摻雜更多憐憫或同情這些不純粹的感情吧。

「因為使心臟收縮和放鬆的肌肉先天性畸形，必須進行切開矯正的手術。手術本身並不難，是因為心臟狀態本來就不太好，所以風險滿大的。幸好令人擔心的過敏性休克沒有發生，手術也算是順利完成。可惜的是，承擔了風險執意進行的這個手術，除非換上新的心臟，否則沒辦法產生什麼太大的效果。由於代表體力變得很差，所以恢復得相當緩慢，止痛藥的副作用持續了特別長一段時間。」

徐翰烈沒有理由一直拖到變成這樣的情況，他的心臟不是突然間出問題的，對於手術的必要性應該已經聽到耳朵長繭的程度。移植手術是需要漫長的等待和抗爭，但是切除手術並非如此。

『本來早該動手術的，他卻偏偏執意要回韓國來……』

『回來韓國之後也老是昏倒、動不動就發作……但是他還是堅持不做手術，說因為不知道手術做下去會不會發生什麼事。以前那個從來不怕死的傢伙，明知這樣是在損害自己的健康還是一直硬撐。』

『問題總是出在你身上。』

自己對他的感情反而害到他了？白尚熙一下子繃緊了下顎。

「他很辛苦嗎？」

唇片沉重地閉合，白尚熙就連這樣開口詢問都顯得難受。

「他當時沒什麼生存的欲望，幾乎吃不下飯，所以很快就沒體力了。」

「他孤單嗎？」

「這個嘛，代表原本就不會表露內心想法，所以我也無從得知，但依我個人的觀察……」

楊秘書停頓了半晌才回答：

「我想應該是的。」

白尚熙捂住眼角陷入沉吟。光是想像徐翰烈獨自承受的這段時間，胸口就好像被撕裂一般，肺痛得無法呼吸。他終於明白所謂撕心裂肺這種陳腔濫調的形容是什麼意思了。

白尚熙一直待在加護病房的外面，連楊秘書回去後他也繼續一個人守在這裡。只要醫療人員急急忙忙地往裡面走，他就牢牢盯著那扇緊閉的門扉，不知道就這樣維持了多久的時間。感覺一分一秒走得過於緩慢，說是過了一萬年他也不覺得奇怪。

「建梧啊！」

突然有人喊著白尚熙的名字一邊走近，白尚熙一時反應不過來那是誰的聲音，連對方叫的到底是不是自己的名字都不曉得。姜室長滿面愁容地闖進他模糊的視野裡，似乎是看了新聞之後趕來的。

「這是怎麼一回事啊？」

白尚熙只是慢慢地對上他的視線，沒有什麼其他的反應。姜室長顧不得擦拭臉上的汗水，急著在加護病房前探頭探腦。

「徐代表呢？」

「……」

「聽說他情況危急，現在是進去動手術了嗎？」

雖然姜室長一刻不停地發問，白尚熙卻沒有回答他任何問題。姜室長一臉詫異地看向白尚熙，沒幾秒便瞪大了雙眼。

「小子，你沒事吧？你這臉又是怎麼了？」

白尚熙的右臉頰些微腫起，周圍紅了一整片，裂開的嘴角上可以看到醒目的血跡，手裡一直握著的看來是個冰敷袋。

白尚熙聽到徐會長辭世的消息，一下飛機人就消失了蹤影，沒想到是直接闖到了這邊來。接到他出現在葬禮的消息時，姜室長不知道有多驚慌失措。看到新聞快報說徐翰烈昏倒送醫，他沒來得及多想就直接趕來了。

姜室長搖了搖白尚熙的肩膀，又叫了他一聲「建梧啊」，白尚熙牢牢閉緊的嘴才終於開口說了話：

「他說他活著老是變得越來越貪心。」

「什麼？」

「說他害怕自己會死掉。」

「建梧啊……」

「我不該對他發脾氣的。」

「……」

「明知他生了病，我不該還埋怨他的。」

聽見他充滿悔恨的獨白，姜室長幽幽嘆了一口氣，不知道到底該如何安慰他才好。

「要回到過去沒有他的那種日子，我想都不敢想……」

白尚熙甚至連話都無法好好說完。他靜靜地深吸了一口氣，端正的額頭上爆出了青筋，瞳孔無法固定在同一個位置，淒楚地晃動著。

「我在他心臟停止的前一刻，還對著抓著我不放的他說，不要扔下我。」

勉強擠出的嗓音無可救藥地沙啞，茫然睜開的雙眼也逐漸濕潤了起來。

「我竟然對著那麼努力不讓自己倒下的他抱怨了那種事情。」

白尚熙丟了魂似的喃喃自語著，始終沒有表情的臉龐瞬間痛苦地扭曲變形。他崩潰得措手不及，平時穩重寬闊的背部可憐地抖動著。

白尚熙從沒有完整地擁有過什麼東西，也從未對哪個對象產生過強烈的愛意。也沒有戰戰兢兢地深怕被別人搶走什麼東西，或是感到悵然的失落情緒。

所以他完全不懂要如何才能不那麼痛苦地放棄心愛的東西，也不知道克服此種苦痛的方法。他只知道固執地抓住那個無法放手的東西，急得像熱鍋上的螞蟻，狼狽地哀求著別將東西拿走。

白尚熙無措得就像個在人來人往的廣場上突然被放開手的孩子。心疼地看著他的姜室長無聲地抱住了他。

✳

徐翰烈持續地昏迷不醒，加護病房規定探病的時間是早上和晚上各三十分鐘，最多只允許兩個人入內探視。徐朱媛雖然守在靈堂，但只要是探病的時間都一定會過來看徐翰烈。儘管每次來的途中都會碰到白尚熙，她一律裝作沒看到。一起進去的楊秘書出來之後對白尚熙搖搖頭，告知他徐翰烈還沒醒來的消息。

白尚熙什麼東西都吃不了，也沒辦法入睡，沒有多餘的心力去思考工作之類的事情。整個人以肉眼可見的速度瘦了下去。姜室長訓斥他「再這樣下去我得先替你收屍了」，即便是在他耳邊小聲說話，白尚熙都被震得腦袋嗡嗡地響，緊張敏感的神經沒辦法放鬆下來。以白尚熙現在的情況，就算突然倒下也沒什麼好意外。要不是姜室長拖著他去打葡萄糖或維生素，他肯定早就不行了。

「你這樣是在示威抗議還是怎樣？」

徐朱媛顯得極為不悅，不僅僅是因為白尚熙臉上的那個瘀青。準時在探病時間出現的他手背上正淌著紅色的鮮血，凝結在指尖的血滴落在地板上，留下了清楚的印記。看起來一副就是為了趕上探病時間強行拔掉了點滴針頭的模樣。

但是白尚熙並沒有要求要見徐翰烈，只是眼睜睜看著徐朱媛進去又出來而已。徐朱媛不知道該說什麼，她真的是被這傢伙搞得心裡非常不舒服。

徐朱媛結束了晚間的探視，出來後，她斜眼睨視著毫不例外站在她前方的白尚熙。眼裡依舊是充滿了反感。

「看了就不順眼。」

徐朱媛小聲嘀咕著，和平時一樣從白尚熙身旁快速走過。尾隨著她的楊秘書在白尚熙面前暫時停了下來。

「明天上午的探病時間沒有人會進去。」

突如其來的一句話讓白尚熙露出了充滿疑問的表情。楊秘書表示他沒聽錯似的點了點頭：

「因為明天是會長的出殯日。」

這麼一說，徐會長的葬禮也已經來到了第四天，明天一早即將出殯，也會舉行簡單的告別式。

「徐社長也已經同意了。」

楊秘書又暗示了他這麼一句，隨即快步跟著徐朱媛離去。直到姜室長晚些時候來找他為止，白尚熙一直佇立在原地。

他難得地徹底洗了個澡，刮了鬍子，還換上拜託姜室長幫他帶來的乾淨衣物。做好所有準備的白尚熙早早就在加護病房門口等候，進去探視時，必須穿上滅菌隔離衣、戴上口罩和手套。明知道要這樣全副武裝地進去，他還是在大清早沐浴淨身完畢，只不過是他想要這麼做而已。

他進了那道他之前絕對無法開啟的門，裡面到處都是戴著氧氣罩、身上接滿各式儀器，正在昏睡的病患。白尚熙視線掠過那些陌生的面孔，走向最裡面的病床，朝思暮想的那張臉終於映入他眼簾。徐翰烈好幾天沒見到陽光的臉蒼白得近乎透明，正戴著自行呼吸式的氧氣面罩。不知名的各種輸液正不斷從徐翰烈的手背和胸部滲進他身體。確認生理節律的儀器在小螢幕上顯示著心率和血氧濃度等數據，證明此時此刻的他是活著的。

白尚熙環視著陌生的這一切，其實這本來就是徐翰烈的人生樣貌，只是他不曉得而已。別人一輩子不一定會經歷到的事情，對於徐翰烈來說卻是他的日常生活。

白尚熙小心翼翼地捧起了徐翰烈平放在床上的手，他的指尖還是那麼的冰冷。

白尚熙一根一根地摩挲著他的手指，低頭看著他睡著的臉。面色雖然蒼白，但是臉部肌肉完全放鬆，沒有一處緊繃，幸好至少看起來十分安穩。

雖然很容易受到其他來探病的人們哭泣和交談的聲音影響，不過白尚熙顧著看徐翰烈，完全察覺不到外界的雜音。彷彿是個只有他和徐翰烈兩個人存在的世界。都還沒做什麼，探視時間就已經過了三分之一。之前在外面感覺很緩慢的時間如今無情地飛逝著。

白尚熙輕撫著徐翰烈的每一根手指，隔了好半晌才終於開口。他其實沒有什麼特別要說的話，徐翰烈根本也聽不見，即便如此，這些話自然而然地從他口中吐露了出來。

「我曾經有一次病得特別嚴重，本來以為只是一般肚子痛，但是後來越痛越厲害，完全沒有好轉。想說要靠止痛藥和腸胃藥撐過去，最後實在是受不了了，只好丟下正在外送的東西去了醫院。那時候的醫師看了我的情況都傻眼了，要我立刻動手術。還好當時不需要監護人在場，說是很常見的小手術，好像是急性闌尾炎吧。」

下意識脫口而出的話語近似牢騷，同時也是他從來沒有向任何人傾吐過的自我坦白。

「因為我開刀住院住了幾天，等回去上班的時候被那些老闆臭罵了一頓。我沒有告訴他們我住院的事。就只是覺得，沒有必要跟他們說這種事，畢竟他們又不是我的什麼人。學校那邊我也是直接曠課。我本來就這樣嘛，平常就經常缺席，所以根本也沒人會要找我，這一點真的是滿自在的。別說來探病的人了，連個監護人都沒有，所以護士們都很關照我呢，說覺得我看起來很可憐。除了行動比想像中來得不方便，還有傷口的疼痛之外，這根本就沒什麼。」

白尚熙用食指撓了撓徐翰烈的掌心，沿著上面淺淺的手紋描繪著。

「出院之後我久違地去了學校，住院的期間有好幾個打工都被開除了，所以多出很多時間。我應該是在往教室的樓梯上遇到了你，那時候本來是打算直接走掉的，結果你站在那裡一直死盯著我看。你知道你那時候跟我說了什麼嗎？」

白尚熙清楚地回想起了徐翰烈當時的模樣和表情，儘管那已經是相當久遠的事情——徐翰烈目不轉睛地凝視著迅速收回視線的自己，然後在兩人擦肩而過的剎那，他微微歪了頭：

『……醫院的味道。』

白尚熙不由自主地回頭看向他，只見徐翰烈的臉上帶著些許疑惑，像是在思考著為什麼白尚熙身上的味道與以往不同。

白尚熙視若無睹地正要走開的時候，背後再次傳來徐翰烈的聲音：

『是辭掉夜間快遞了嗎？』

等到白尚熙真的對上徐翰烈的眼睛時，他卻自己悄悄避開了視線，還企圖解釋自己這麼問並沒有什麼特別的意圖：

『看你好像很窮，本來想要讓你多賺點錢的說。』

白尚熙從一時沉浸的回憶當中清醒過來，忍不住輕輕笑了下。他想到了徐翰烈當時生硬的表情。

「結果那份工作因為我去了醫院而開天窗，當天就被開除了。那時候看你對我的事情好像瞭若指掌，還以為你專做一些奇怪的事咧……後來的我偶爾會回想起這件事，因為隱約感覺自己會像隻流浪貓悄無聲息地死去，可是又覺得你應該不會就這樣丟下我不管……我稍微回顧了一下自己是怎麼活到今天的，才發現我人生中的變數總是與你有關。」

白尚熙停下了動作，再次望向徐翰烈。沉靜的臉上沒有任何的變化。

「就像你說的，假如我們沒有再次相見，你要是真出了什麼事，我也不會知道，也不會特別想去了解。但是假如事後得知了你從這個世界上消失了的消息，我不可能會無動於衷的。畢竟你是唯一一個曾經惦記著我的人，對我來說，你也是獨一無二的。」

儘管不是同樣的感情，卻絕對是特別的存在。

白尚熙從久遠的記憶當中跳脫出來，呼出了長長的一口氣。

「懷疑過去的這幾天是不是我一時在作夢。可以再次見到你，把你抱在懷裡，實在是太遙不可及的事情。你在這裡面進行著生死的搏鬥，而我在的外面世界卻好像什麼事都沒發生地運轉著。就連在這裡看顧你、治療你的那些人也若無其事地談論著午餐的菜色、說同事壞話、一邊聊著無關緊要的事情一邊嬉笑，感覺有夠無情的，好像只有我和你身處在水深火熱的地獄裡。」

白尚熙的手輕輕覆上徐翰烈的手背，在微凸的腕骨上畫圓似的撫摸著。

「因為接近年末了，我收到頒獎典禮的邀請，為了準備感言，試著寫些什麼，結果什麼都想不出來。除了你以外我不知道還要感謝誰，只好硬是寫了一堆平常幾乎不會叫出口的名字。」

白尚熙伸長了手臂，將徐翰烈的瀏海向後撥開。護士們才剛幫他洗過頭不久，頭髮還十分蓬鬆。

「這話題太無聊了，我跟你說個好笑的事吧。好像是上個月，我收工之後回到家裡突然嚇了一跳，臥室的燈居然是開著的。我以為是你，於是大半夜的瘋狂在家裡尋找你的蹤影，把家裡都翻了個遍，連洗衣機和冰箱都打開來看說，真的是瘋了對吧？我到後來才突然想起來姜室長曾說他忘了拿什麼東西，行程中間回來過家裡一趟。」

白尚熙深吸一口氣，再緩緩吐了出來。

「家裡現在都聞不到你的味道了，每次躺在床上就又感受到自己是一個人的事實，所以我已經很久沒有進去睡了。」

白尚熙露出一個苦澀不已的笑容，馬上又收回臉上表情。他停下手，細細地凝視著徐翰烈。

「看來你已經成為我的習慣了。」

白尚熙嘆息般地告白，茫然的空虛感隨即朝他直撲而來。

「那你又是怎麼過的呢？……嗯？」

他反問著沒有回答的徐翰烈。

翰烈啊。

✳

彷彿聽到有人在叫他，徐翰烈光滑的眼皮底下細微地顫動著。片刻後，始終閉合的眼簾徐徐掀開。

朦朧開啟的視野緩緩聚焦，他一轉動眼珠子，就感覺後腦杓很沉重。徐翰烈皺眉，閉上眼後再次睜開，首先看到的是白色的天花板，耳邊也傳來了熟悉的加濕器運作聲，吸氣時可以聞到淡淡的消毒水味。這裡肯定是醫院了。徐翰烈無異於嘆息似的吁出一口氣。

「……我又活過來了啊。」

他呆呆地自言自語著，聲音小到和呼吸聲差不多。儘管如此，楊秘書還是聽到了他的動靜，迷迷糊糊地抬起頭來。看到徐翰烈恢復意識，他慌忙起身，平常總是很冷靜的他，此時查看著徐翰烈臉色的模樣難得顯得不知所措。

步併作兩步地跑來。

「代表您醒了嗎？」

「楊秘書，幫我拿水。」

徐翰烈剛拜託完他就皺起眉頭來，他的嗓子完全啞了，幾乎發不出聲音。徐朱媛原本在沙發上閉目休息，在這樣的騷動下猛然驚醒。一看到徐翰烈睜開眼，她三步併作兩步地跑來。

「翰烈啊！你還好嗎？」

「不好，我口渴死了。」

徐翰烈捏著自己的脖子表達著不滿。楊秘書告訴他請稍等一下，然後按下呼叫鈴。徐翰烈的負責團隊馬上抵達了病房，一進來就行禮的恭敬態度不亞於任何飯店職員。醫療團隊迅速地確認各種生命徵象數值，主治醫師接著開始問診：

「請問您有沒有哪裡不舒服？」

徐翰烈沒有說話，而是搖了搖頭，臉上表情已經十分的不爽。

「現在感覺怎麼樣呢？」

「感覺不怎麼好，我不過是想喝杯水而已，有這麼困難嗎？」

徐翰烈像在自言自語似的抱怨。楊秘書趕緊向醫師解釋他目前口渴的情況。獲得醫生允許後，微溫的開水才終於送來。楊秘書立起床，扶著徐翰烈坐起來。不過是稍微起身的動作，徐翰烈的頭就暈到不行，還湧上一股反胃感。他不禁低低呻吟，眉頭緊鎖。

「由於腦壓一時性的升高，短時間內會有暈眩的症狀，行動時請小心注意，有什麼不舒服的請隨時通知我們。」

醫生簡單地叮囑完就離開了病房。徐朱媛把她一直拿著的杯子遞給徐翰烈，徐翰烈慢慢地喝光了一整杯的水。能感覺到水從喉嚨沿著食道來到肚子，一路滋潤了乾涸的身體。他究竟是用這副模樣躺了多久了？

徐翰烈默默追溯自己倒下前最後的記憶。他記得徐朱媛跟自己聯絡，說似乎到了必須送爺爺走的時候了。雖然她之前就不斷要徐翰烈回來，但徐翰烈把回國的日期一延再延，這次卻是真的不能再拖了。徐會長昏倒後再也沒有恢復過意識，就在那天的凌晨安祥地進入了永眠。葬禮儀式馬上就準備完畢，由於公司有一名專門負責主辦所有殯葬流程的委員長，所以徐家不需要特別準備什麼。他們只是默默地待在自己的位子上，滿足眾人對遺屬處境的好奇之心。

但是，白尚熙在途中忽然闖了進來。畢竟徐會長的訃聞肯定被媒體大肆宣揚，白尚熙不可能沒有接到消息。就算是身在海外，消息一定也會透過各種管道傳進他耳裡。但徐翰烈萬萬沒想到兩人會是在這樣的情況下再會，沒想到白尚熙會直跑來靈堂找他。

徐翰烈想起了他和白尚熙之間的對話。那個不由分說對著自己發火的他令徐翰烈感到陌生，也有點傷心。雖然是徐翰烈咎由自取，為了傷害白尚熙、為了看到他痛苦的樣子而做出那些事情，自己還是免不了地感到難過。

兩個人發生了一點爭吵，又為了撫慰這段時間以來的想念而拚命擁抱。徐翰烈還以為胸口突如其來的痛意是因為當下的感觸太深，結果是他誤會了。可惡的心臟，偏偏就選在那個時候發作。不知道白尚熙是不是被嚇了一大跳。就算他已經清楚知道自己的病況，但是親眼見到自己發作的模樣完全是另外一回事。

徐翰烈忽然摸了摸自己的胸口，感覺到了大面積的悶痛感，這是承受了劇烈的心肺復甦術之後留下的傷勢。至少沒有骨折，算是不幸中的大幸。

「是心臟驟停。」徐朱媛告訴他病況。徐翰烈聽了，似乎是在他預料之中地點了點頭。儘管他失去了意識，卻能清楚地想像到當時的狀況有多緊急。

「過了幾天了？」

「今天是第六天。」

「那老頭呢？」

「昨天早上出殯，好好地把他送到墓地去了。」

「我竟然沒能送到他最後一程，老頭應該很難過吧，他會不會是氣到想把我一起帶走啊。」

徐翰烈開著不著邊際的玩笑話，淺淺地咧開了嘴。徐朱媛不高興地瞟了他一眼。

「是多虧有爺爺保佑，你現在才能在這裡耍嘴皮子。」

「徐社長一定被我害得更加焦頭爛額了吧。」

「廢話，爺爺和孫子一起並列競爭熱門話題的家族，我看除了我們家之外沒有別人了。現在整個韓國應該沒有人不知道你生病的事吧。」

徐翰烈噗哧地笑了。徐朱媛有心情說這種話，代表她也沒那麼緊繃了。停頓了一會，徐朱媛才轉告他一個重要的消息。

「在你昏迷的期間，遺囑已經公開了。」

徐翰烈仍舊用點頭回應，然後將手上一直拿著的空杯子朝楊秘書伸過去。楊秘書眼明手快地替他添了水，徐翰烈僅是用那杯水潤著喉，並沒有開口問遺囑寫了什麼內容。徐朱媛露出了不解的表情：

「你不好奇？你不是沒聽到內容嘛？」

「我自己都該立個遺囑了，別人的遺囑有什麼好好奇的。」

「你非得一直說這種話嗎？」

「生什麼氣，我說的是事實啊。」

徐翰烈揶揄似的看著自己的姊姊，倏地朝門口的方向瞥了一眼。他真正感到好奇的似乎是別的事情。

徐朱媛當然知道他在想什麼，看向他的眼神不禁流露出不滿，隨後哀聲長嘆地深深一嘆。

「他就在附近，我不想看到他，所以叫他去外面等。」

徐朱媛告知了弟弟他急著要找的那個人下落何方。即使沒有指名道姓，對方肯定能明白她說的是誰。

「要幫你叫他嗎？」

徐翰烈沒有回話，只是悄悄垂下視線悶坐在那裡。打從小的時候，他只要對什麼事感到不稱心，總是會出現這個舉動。

「之前不是一副沒有他不行的樣子嗎，你不想見他？」

「我現在這副模樣很奇怪吧？」

還想說他為何這樣悶悶不樂的，這理由也太扯了。徐朱媛嘖了一聲，簡直是無言以對。

「在這種情況下，你還在在意那種事？你真的是……」

她受不了地發洩著不滿：

「不但沒有看男人的眼光，偏偏還這麼死心塌地。誰叫你沒事要這麼像媽媽啊？」

徐朱媛心寒不已地看著他。徐翰烈隨便她怎麼說去，正出神盯著自己的手掌和手臂。他的指甲被修剪得整整齊齊，就昏迷了好一陣子的他來說整個人顯得非常清爽乾淨，一點也不覺得哪裡黏膩不舒服。徐朱媛一臉不悅地替他解釋了原因：

「今天早上幫你擦澡了。」

「誰？」

「難不成會是我嗎？」

徐翰烈的目光自然地移到了一旁的楊秘書身上。

「到昨天為止您一直待在加護病房，今天早上才轉來這裡的。在我們到達之前，都是池建梧先生在照顧您的。」

徐翰烈再次低頭看著自己的身體。徐翰烈其實沒什麼好驚訝的，白尚熙以前也幫他洗過幾次澡了。做完之後他總是繼續黏著徐翰烈，糾纏到煩人的地步，連手指頭都一根根替他仔細擦乾淨。只不過和過去情況不同的是，徐翰烈這次是處在無意識的狀態，這一點令人在意。他怕白尚熙會不會覺得像在擦拭一個屍體。鎖骨下方插管的傷口，胸部上的手術疤痕，隨處可見的瘀血，還有手背上一長串的點滴管，徐翰烈對於自己現在的樣子實在很不滿意。

「……今天先讓他回去吧，之後再叫他來。」

「你夠了喔？乳臭未乾的小鬼們拍什麼苦情戲啊？」

徐朱媛一副看不下去似的瞪著徐翰烈，「你自己去試試看啊，看有沒有辦法讓他回去。」她沒好氣道。

徐翰烈沒再繼續反駁，只有嘴唇稍微翹了出來，似是還有些不情願。「我去請他過來。」楊秘書說完便離開了病房。徐翰烈眼睛緊緊追著楊秘書而去的模樣，分明滿心期待到不行，還敢口是心非地說什麼不見他。

徐朱媛搖著頭，準備要回去了。她收起睡著前在閱覽的文件，拿出掛在衣櫃裡的外套披在肩上。

「妳要去哪？」

「有一堆事情等著我去處理，這陣子我都會很忙。」

徐翰烈能理解她的情況，這也算是預料之中的事情。某個集團的總裁死去，公開了遺囑——徐朱媛艱難的戰鬥從現在開始即將進入高潮。

她再次靠近床邊，摸了摸徐翰烈的頭，就像他還很小的時候那樣，輕拍了幾下他的臉頰。「我走了。」從她的招呼聲中能感受到濃濃的疲勞感。徐翰烈抓下了她的手，對她齜牙一笑：

「妳這次一定要大獲全勝，我也會盡量撐下去的。」

「那是當然。」

敲門聲在這時候響起，「進來。」徐翰烈一應門，楊秘書就帶著白尚熙進來了。白尚熙向徐朱媛點過頭之後，目光隨即轉向了病床。他一看到不知何時醒來的徐翰烈，整個人直接僵在了原地。儘管在來的路上已經聽楊秘書說過了，仍是反應不過來。

徐翰烈也無法把眼睛從他臉上移開，主要是看到了他嘴角的傷和周圍隱約的瘀青。

「你的臉怎麼……是誰打的？」

在徐翰烈追問下，白尚熙和徐朱媛的視線在空中相撞。楊秘書則是默默地背對著兩人。徐翰烈的目光在這微妙的氣氛中梭巡了一陣，最後朝向他姊姊看了過去。徐朱媛直接裝傻，對著徐翰烈叮囑和道別的語氣坦蕩到不行。

「我進公司一趟，晚上會再過來，你好好休養身體。有什麼需要的就跟秘書講。」

她也向楊秘書交待了一聲「就拜託你了」，說完旋即動身離去。楊秘書說要送她到外面，於是跟著徐朱媛出去。病房的門很快地關上，裡面安靜得令人再次注意到加濕器運作的聲響。

「……」

「……」

白尚熙和徐翰烈兩人面面相覷地僵持了一段時間，本以為見了面自然就能說些什麼，如今竟然連開口都有些困難。尤其是白尚熙那道快把人盯出一個窟窿的眼神害徐翰烈不由得弱了氣勢。

徐翰烈率先轉開視線，嘀嘀咕咕了起來：

「看起來很閒嘛，年末應該是最忙的時候啊。」

「……」

「什麼啊，你是在我面前默哀嗎？已經是來弔唁我的是不是？」

不斷延長的沉默讓徐翰烈神色顯露出彆扭之意。「你實在是……」白尚熙低喃一句，邁步走向了病床。心臟隨著逐漸縮短的距離怦怦地大力跳著，呼吸節奏也越來越快。等到白尚熙近在咫尺的那一刻，徐翰烈不禁縮起下巴停止了呼吸。

白尚熙在徐翰烈眼前伏下臉，仔細地來回凝視他雙眼。徐翰烈的眼瞳也跟著轉動，忐忑緊張地看著他。白尚熙微微抬起手，徐翰烈於是斂眸，等待著接下來的肢體碰觸。

然而就在下一秒，白尚熙伸手捏住了他的兩片唇瓣。

「啊、你幹嘛啦！」

徐翰烈反射性地揮開白尚熙的手。原本氣氛正好的說。徐翰烈簡直目瞪口呆，壓根沒想到會發生這種事。

「你這張嘴就是說不出一句好聽的話來是吧？」

白尚熙的指責隨之而來。

「你要繼續說著這些違心之論到什麼時候？」

「……」

「你的那些謊話現在已經騙不了我了。」

徐翰烈頓時繃起了臉。白尚熙手指稍稍抬起他的下巴，然後嘴在剛才捏過立刻發白的唇瓣上重重壓了一下。由於沒閉上眼，兩人的睫毛因此短暫地交纏了一下才分開。

怔愣著的徐翰烈於是伸出雙手抓住了白尚熙退開的臉，接著亂無章法地親上他的嘴。飽滿柔軟的唇肉用力欺了過來，又一再彈開，在白尚熙的頰側啄吻個不停。

白尚熙忍俊不禁，由著他動作，等到他的吻接近自己唇畔時再搶先吻住他的嘴。吻得七葷八素的徐翰烈因白尚熙的突襲而縮了一下，然後看向了他。

白尚熙不發一語地撫上他的臉，摩挲臉龐的動作極其小心，彷彿使力一握他就會消失似的。徐翰烈被他觸碰的地方都泛起若有似無的靜電，臉上絨毛簌簌地站起。徐翰烈有些難為情，默默撇開了眼，抓住白尚熙撫摸著自己臉頰的手。

白尚熙連帶著徐翰烈的手掌一起收回了手，在他的手背上緩緩印下一吻，接著悠長地呼出了一口氣。白尚熙直到此刻才終於展露出安心的神情。儘管他的氣息仍是不太穩定地在顫抖。

徐翰烈眼見著他這副模樣，「我去了美國……」他突然開啟話題：

「就先動了手術。因為已經下定決心再也不見你了，所以沒有什麼好害怕的。想說反正不管怎樣都是一死，至少要完成我們家老頭的一個心願。這個手術我以前也有做過，但那時候失敗了。雖然是二度挑戰，可是我一點都不緊張，老神在在的，大概是因為覺得死了也沒關係吧。應該說，在我內心深處甚至是這麼盼望著的……只有我死了，我的報復才能完成。」

「……」

「沒必要這麼嚴肅，雖然當時心態是那樣，現在的我不這麼想了。那確實是個很簡單的手術，真的沒什麼，一下子就結束了，切口也不會太大。雖然花了一段時間才從麻醉中醒來，但也因此好好地睡了一覺，甚至一個夢都沒有做。無關成功或失敗，反正只要沒有接受心臟移植，這個手術根本就沒有什麼意義。後來我的身體狀態時好時壞……一直反反覆覆的。」

徐翰烈像是在發洩般地抒發當時的心境。雖然開始得有點突然，白尚熙還是默默地側耳傾聽著。

「後來我接到徐社長的通知，好像還不到一個月吧？聽說韓國出現了判定為腦死的患者。假如那名患者死亡了，就可以獲得他捐贈的心臟。明明是等待已久的事情，等到真正發生的時候，很奇怪的，反而覺得提不起勁。要是我沒有死，活下來了怎麼辦？已經沒有什麼特別想做的事或是迫切的需要了，人生已經無聊到不知道該如何活下去。是不是很奇怪？一心想死的時候無所畏懼，反而是可以活下來的時候覺得一整個迷惘，前路茫茫。徐社長一直要我盡快回國，雖然沒有什麼特別理由，我卻一再地拖延。要不是因為家裡辦喪事，我現在可能還在國外也說不定。」

「……」

「我有刻意不去打聽你的消息，就算不小心聽到了也一概無視。因為我不想聽到你過得很好。怕你像什麼事都沒發生過那樣，把一切全都甩到身後。我知道自己不該這樣想的，但要是真的發生了，感覺我可能會無法忍受。」

徐翰烈倏然抬眸，對上了白尚熙的視線。

「幸好看起來好像不是那樣。」

白尚熙依然一臉狐疑，似乎在納悶徐翰烈為何會突然吐露這些心聲。原先表情帶著一絲倔強的徐翰烈終於忍不住噗地笑了出來。

「不是你問我的嗎？問我是怎麼過的。」

這是白尚熙在加護病房探望徐翰烈的時候問的問題。當時徐翰烈明明完全失去意識，對白尚熙說的那些話沒有任何反應。這是怎麼回事？

「我那時候是醒著的，雖然身體無法動彈，眼睛也張不開，但是你說的話我都聽見了。」

白尚熙不禁發出了有些不可置信的笑聲。徐翰烈不悅地仰視著他的雙眼。

「你這個連自己有多可憐都不知道的傢伙。」

徐翰烈不滿地碎唸，一面玩著白尚熙襯衫上的鈕扣。白尚熙看著那動來動去的手指，把視線移到了徐翰烈的臉上。

「我得活下去才行啊，我怎麼捨得丟下你死掉。」

徐翰烈剛說完，白尚熙便將他一把摟進懷裡。兩人的肩膀和下巴狠狠撞在一起，痛得徐翰烈皺了一下臉。但他也馬上伸出雙臂和白尚熙相擁，還稍微低下頭在白尚熙肩膀上悄悄蹭著前額。徐翰烈感覺到白尚熙把臉埋進他的頸窩深處，盡情嗅聞他身上的味道，如同鬆了一口氣似的慵懶地吐息。兩人緊緊攬著彼此的動作哀切無比。

徐會長的遺囑是在出殯的前一天晚上向家屬們公開的。除了昏迷中的徐翰烈之外，和徐會長同一曾祖父的遠房兄弟以內的親戚們全部齊聚一堂。就算是過年過節也難以見到此一景象。

大眾關注的焦點擺在遺囑的內容，以及將會帶給經營權之爭何種影響。記者們持續守候著，用相機拍下家屬們聽取了遺囑之後的模樣。有表情複雜地出去抽菸的人、用興奮的聲音講電話的人，也有一臉僵硬地離開殯儀館的人，可謂千姿百態。

最受注目的徐朱媛和徐宗烈始終一臉平淡，光看表情很難猜得到誰是勝利的一方。這時有位和會長一家關係密切的人士爆料，徐會長生前曾反覆修改遺囑，經過了一番深思熟慮，最終出現了相當有趣的結果。這個說法很有趣。不少媒體小心謹慎地猜測，結果或許會跌破大家眼鏡，自然對於日迅的動向也更為緊張在意。

事實上，在葬禮結束後，日迅立即發生了大規模的人事變動，第一個就先整頓了徐會長的派系。

集團的二代掌門人和表兄弟們，包括徐宗烈的父親在內也紛紛退出了經營一線。徐會長只給自己的子女們繼承了徐家宅邸、別墅、私有地、祖墳等房地產，以及高達數百億韓元的退職金。

日迅的三大核心子公司中，日迅通信和日迅化學分別交由徐朱媛和徐宗烈掌管。日迅人壽的CEO則是委任給一名外部人士。所有人都認為這並不具有什麼重大意義，大家知道這是在徐翰烈的空缺之下不得不採取的臨時措施。外婆那邊的表親們只能滿足於接手小型子公司的事實，這不僅代表了一個世代的隕落，亦是朝向年輕企業邁進的一顆信號彈。

徐會長生前持有的日迅集團控股公司的股份合計為十三．八%。從股份分配的差別待遇當中能感受到徐會長深切的煩憂。五．二%的最大持分分給了徐翰烈，加上他原有的一．六五%之後，共持有六．八五%的股份，一口氣就擠進了日迅前三大股東的行列。剩餘的部分，徐宗烈得到四．五%，徐朱媛得到四．一%。如果將現有的股份加起來，兩人的持股分別竄升為八．二%和十一．三四%。

徐朱媛落座在日迅最大股東的寶座上，僅從數值上來看的話，徐翰烈連徐宗烈都比不上。但是看得到的數字並不代表全部，專家們反而是高度評價了徐翰烈持股的意義。單憑他一個人或許無法贏過兩名競爭者掌握整個集團，但要是他成為了某人的參謀，隨時能逆轉整個情勢。徐翰烈先天性的危險病情也可能成為極大的變數。姑且不談徐朱媛徐翰烈感情深厚的姊弟關係的話，在財閥家族內部鬥爭中，出現各種權衡利弊的行為都是有可能的。再加上人與人的關係隨時都可能破裂惡化，徐宗烈也並非毫無勝算。就結論來說，徐朱媛和徐宗烈都不能對徐翰烈掉以輕心，生前擔心著徐翰烈處境的徐會長已為他著想到了這個地步。

於此情況下，日迅為了找人填補徐會長的空缺而召開了股東大會。徐朱媛在股東大會上得到壓倒性的支持，成為了日迅集團的最高指揮官。就在這個瞬間，韓國誕生了一位年僅四十多歲的年輕女總裁，這場歷時數月的接班鬥爭也終於落下了帷幕。

媒體爭相報導著相關消息，網路上再次掀起熱潮，政經界人士們也不斷捎來祝賀的問候。

徐朱媛將這一切拋在身後，搭了電梯。電梯向上升起，一路直達頂樓。那是會長室所在的樓層。她朝兩側敞開了那扇許久沒開啟的門，走了進去。此前只以訪客身分來過的這個空間，如今的她在這裡邁出了作為主人的第一步。一切彷彿一如往常，卻已不再如同以往。

徐朱媛慢慢地走到徐會長的辦公桌前，他的名牌仍放在桌上。她的手無意義地拂過那名牌，走到背對著大片窗戶的那張座椅上坐下。彷彿本就屬於她，皮革的座椅服服貼貼地裹住了身體。腳下頓時湧起一股奇妙的快感，順著脊樑起了一身的雞皮疙瘩。

這是她夢寐以求的位子，無法光靠自己一人的努力取得，所以她一直以來是那麼焦急。然而為什麼現在的她卻不那麼開心，甚至感到有些空虛呢？

「唉……」

她頭靠在頸枕上向後仰，不由自主地流瀉出深深嘆息。全力衝刺的時候沒有感覺，抵達了終點之後，先前累積的疲勞一口氣湧了上來。

徐朱媛像要甩開雜念似的搖了搖頭，暫時閉目休息了一會。她還有一堆事情要做。空虛感和疲勞感對她來說都是奢侈。除非徐朱媛自己放手，不然從來沒有人能搶走她手上的東西。這次也是一樣。好不容易弄到手的東西，她是絕對不會輕易交出去的。現在還不能喊累，真正的戰鬥是從佔據高地之後才開始的——對徐朱媛來說正是此刻。

突然聽見敲門聲，她睜開眼看向門口。只見她的秘書站在半掩的門扉前畢恭畢敬地朝她行禮，然後將代為保管的手機遞給她。

「會長，您可能要接一下這通電話。」

徐朱媛手指按壓著抽痛的太陽穴，用疲憊的語氣問了「是誰」，神情明顯十分煩躁。然而一聽見接下來的回答，她臉色驟變。

「是器官移植協調師的來電。」

那名推定腦死的患者在經過一個多月的奮戰後正式判定為腦死亡。家屬們尊重逝者生前的意願，決定捐贈器官。問題是徐翰烈目前的體力尚未恢復，主治醫師無法擔保他能撐過長時間的大手術。但是已經沒有多餘的時間去思考，也沒有別的選擇了。準備接受其他臟器捐贈的患者已在等待著，徐翰烈要是錯過了這次機會，下一次不知道要等到什麼時候。徐翰烈雖然多少有些猶豫，但還是很快地做出決定。手術排定在第二天的上午進行。

徐翰烈一下子忙碌了起來。在進行移植手術之前，他接連接受了血液檢查、心臟超音波、心電圖、上腸胃道攝影、腹部超音波、肺功能檢查。為了以防萬一，也沒有漏掉感染科的檢驗。

在他檢查的期間，徐朱媛和白尚熙聽取了關於手術的簡報。據說手術時間需要大約六到八個小時。器官移植之後，患者的免疫力將會大幅降低，因此必須在無菌隔離病房接受治療。對方也補充說明，隔離病房和加護病房不同，嚴格禁止包含探病在內的外部人員出入。白尚熙向對方詢問隔離期間需要多久，得到的答覆是說，視情況而定，通常需要隔離十天到兩個星期左右。這是徐翰烈必須一人獨自承受的時間。

主治醫師也預先提醒說不是手術成功就沒事了，器官移植的難關不是在於手術本身，而是預後。即使進行了徹底的檢查，如果不幸出現了對新器官的排斥反應，仍是有可能導致死亡。手術後每天都要服用免疫抑制劑，持續觀察病情。雪上加霜的是手術的成功率低於五十％。主治醫師不敢貿然給予任何希望，只表示會竭盡全力來醫治。

簡報結束後，沉重的靜默降臨在會議室裡。徐朱媛和白尚熙毫無對話，沉浸在各自的思緒中，兩人所想的事情應該是差不多的內容。白尚熙先行起身，正打算回去徐翰烈的病房，「池建梧先生，」徐朱媛叫住了他。

白尚熙轉身，徐朱媛向前走了幾步，在他面前站定。面對著他的表情仍是十分不情願。

「我就厚著臉皮拜託你了，麻煩請你好好照顧翰烈。」

這是個意想不到的請求。看起來，她本人對於自身發出這樣的求情感到相當不滿。

直視著白尚熙的徐朱媛立刻將視線投向了角落的牆壁，她手掌猛然將頭髮往後撥，發出了一聲茫然的嘆息。

「就算再怎樣假裝堅強，他一定還是很害怕，肯定會不自覺的憂鬱。媽媽在他還小的時候也接受了移植手術，結果還是過世了。」

「……」

「我還是第一次從他嘴裡聽見他想活下去的這種話，和你分開之後的這幾個月卻是再也沒聽他提過。」

徐朱媛重新對上白尚熙的視線，倒映著白尚熙的瞳孔裡混著一絲排斥與羞愧的情緒。

「抱歉之前打了你。」

她又接著說「但這並不代表我有做錯什麼」，隨後便從白尚熙身旁飛快走過。聽見這一番詭辯的白尚熙挑起了眉毛，表面看起來她和徐翰烈沒什麼明顯的相似之處，如今倒是可以理解這兩人為何是姊弟了。

白尚熙回到病房時徐翰烈人不在床上。「代表正在沖澡。」在一旁整理東西的楊秘書提醒他。白尚熙於是毫不猶豫地走向浴室。

他拉開了拉門進去，徐翰烈被他嚇了一大跳，充滿警戒的犀利目光在回頭看到是白尚熙之後立刻卸下了防備。一時停頓的手也恢復了解開上衣釦子的動作。

白尚熙盯著他看，然後脫掉了身上的T恤朝他走去。莫名其妙的舉動讓徐翰烈停下手上的動作，表示著他的不解。

「你要幹嘛？」

「幫你洗澡。」

「不要把我當病人，這種事我可以自己……」

徐翰烈正要抗議，就聽見白尚熙出聲否認說不是。

「我只是想找藉口摸摸你而已。」

白尚熙在徐翰烈不悅的臉頰上啾地親了他一口，然後代替徐翰烈一顆一顆扭開他上衣的釦子。隨著上衣前襟逐漸敞開，能感覺到徐翰烈的身子也跟著緊張了起來。白尚熙把衣服往肩膀後面唰地掀開時，他的肩膀還震了一下。白尚熙的視線固定在徐翰烈暴露在他面前的身體上，專注到要他本來要放在洗手台上的衣服直接掉落在地上都不知道。

他捏著徐翰烈的下巴不停地吻他，徐翰烈毫無防備地承受他接二連三的親密接觸。白尚熙抓住他的褲頭一把向下拉至腳踝，徐翰烈於是扶著他肩膀，依次抬起雙腳。白尚熙起身的同時手指若有若無地掃過徐翰烈的小腿肚後側，讓徐翰烈不禁打起了哆嗦。他叫了一聲好癢，一站起身的白尚熙就順勢覆上了他的嘴，壞心眼地使勁欺壓，把徐翰烈逼得整個頭不得不向後仰，然後像小鳥啄食似的不斷親吻他的嘴。徐翰烈無法抵擋他的攻擊，腳下一步步地後退，忍不住罵他「別鬧了」。白尚熙又再親了他一口，拿起了一旁的蓮蓬頭打開水，舉著蓮蓬頭調節了一會水溫。等待的期間，他把徐翰烈推到牆上繼續接吻，含住徐翰烈上嘴唇拉扯了幾下，然後歪了頭，像是要剖開徐翰烈嘴巴似的深舔著。徐翰烈閉著眼張開了嘴，白尚熙的舌先從乾燥的唇瓣開始溫熱地舔濕了，才鑽進濕滑的口腔裡。徐翰烈的舌輕柔地纏了上來，兩人像是在咂著嘴，對著彼此的舌頭輕囁，發出了嘖嘖的濕濡摩擦聲。就這樣吊了好一陣子的胃口，兩人遂爭先恐後地互相攪著舌頭。水溫早已調到適合的溫度，兩人的濕吻卻不知停歇，只有平白浪費的水流持續地被吸進了排水孔。

白尚熙隔了許久才終於放開他。兩人在唇瓣前端輕微重疊的狀態下凝望著彼此。徐翰烈不停大口喘氣，不知是否有些吃力，下唇不自覺抽動著。白尚熙的拇指在他疲累的臉頰來回地摩挲，唇瓣在他肩頭上輕按了一下。「閉上眼睛」，白尚熙說道。

徐翰烈乖乖地服從他溫和的要求，於是舉至他頭頂的蓮蓬頭傾灑下了讓人感覺舒適的溫水。身體完全濕透，白尚熙的手放上這副蒼白的身軀追逐著流淌的水流。頃刻間，大掌來到徐翰烈的左胸附近，白尚熙在從前不存在的那個疤痕上如往常地撫摸個不停。

「……幹嘛每次都一直摸那裡啦。」

徐翰烈沒好氣地把白尚熙的手打掉。由於他膚色透白，新長出來的紅色嫩肉分外顯眼。儘管這是為了活命而做出的決定，猙獰的痕跡怎麼看都還是會令人發怵。等做完心臟移植手術，到時鐵定會留下更大的疤痕。光是想到這點，徐翰烈就覺得憂鬱了起來。都叫白尚熙別碰了，他還是不斷地觸摸著那手術過後的痕跡。徐翰烈忍不住發飆：

「幹嘛一直……」

「我不想忘記。」

莫名其妙的一句回答讓徐翰烈的臉微妙地皺起。白尚熙的視線筆直地落在他的那道疤痕上。

「之前也說過，即使和你相遇，我也不曾覺得做錯了什麼。要是當時沒有那麼做，沒發生那些事，我們還能夠走到現在嗎？」

「確實是這樣。」

「但是這也讓我後悔莫及。因為你，生平第一次有了這樣的貪戀，也深深受創。如今……」

白尚熙注視著徐翰烈的臉。

「我的希望就在這裡。」

蹙著眉的徐翰烈頓時低下了頭。白尚熙握著他的下巴想要抬起他的臉，徐翰烈不肯，甚至拍掉了白尚熙的手。

「我會比你想像中還要常生病，偶爾會昏倒失去意識，也會像這次一樣心臟突然就停了。」

「嗯，我聽說了。」

「即使做了移植手術，或許也不會有什麼改變，甚至還可能變得更糟。」

「嗯，這個我也聽說了。」

「……有可能再也醒不過來。」

徐翰烈用洩氣的語調小聲嘀咕著。白尚熙再次抬起他下巴，仔細端詳著那張因迷茫和恐懼而愁眉不展的臉。

「那我當然會繼續等你，直到你眼睛睜開為止。」

「……」

徐翰烈輪流注視著白尚熙的雙眼，視線驀地撇去了一旁，臉上掛著極為不滿的表情。

「就算一切都順利進行，也要三個月後才能做愛。」

「這一點確實是滿可惜的……」

徐翰烈不爽的眼神隨即射向尚熙，白尚熙淺淺地笑了起來。

「反正你之前不在的那段日子，我簡直就跟個清心寡慾的神父沒兩樣。」

聽見他的解釋，徐翰烈的眼神滿是懷疑，似乎不相信他的說法。白尚熙只聳了下肩膀回應。

這時候，徐翰烈的肚子突然發出了咕嚕嚕的聲音。決定要動手術之後，他現在連水都不能多喝。明明緊張得連胃口都沒有，空空的肚子裡卻不停地發出訊號。徐翰烈無精打采地嘆了一口氣，湊上前把頭靠在白尚熙身上。

「下次我們再去吃很不起眼的那家血腸湯。」

白尚熙嗯了一聲，吻上徐翰烈耳際。

「還要去看之前沒賞到的櫻花。」

「好。」

白尚熙轉頭將自己的耳朵貼上徐翰烈的耳側磨蹭著。徐翰烈憋住了呼吸，緊緊地將他抱住。兩人淋著沖刷而下的水花，只希望時間能永遠停留在此刻。

✳

「你說什麼？」

聽到他們倆一起在浴室裡待了一個多小時還不出來，徐朱媛就已經被氣到說不出話了，沒想到出來之後兩人的提議更是誇張。

「我說妳回家一趟，明天早上再來。反正這裡也沒有地方睡覺，這麼不方便，妳留在這裡會很辛苦。」

裝出一副很替人著想的樣子，其實是想把人趕走吧。楊秘書也被徐翰烈交待說「請明天再來吧」，然而唯獨沒有要讓白尚熙回去的意思。白尚熙也以他特有的冷漠表情支持贊成徐翰烈這副厚臉皮的姿態。徐朱媛感到十分荒唐地伸了伸著舌頭。徐翰烈似乎不給半點妥協的餘地，連連用他的下巴指著門口。

徐朱媛見他還能表現出這般任性妄為的模樣，似乎不如她想像中的那麼憂鬱……雖然不知道是不是該這樣往好處想。「快點」，徐翰烈甚至還催她快走，看來也沒什麼理由繼續堅持留在這裡。徐朱媛一邊被他推著背起身，同時不忘警告他：

「最好不要給我亂來喔，你是病患，明天還得動手術。」

她明明是說給徐翰烈聽的，目光卻可疑地在徐翰烈和白尚熙之間徘徊來去。

「說什麼啦，就妳一個人在想著奇怪的事。」

徐翰烈裝無辜地調侃她。徐朱媛一副信不過他們的態度，多瞥了白尚熙一眼才終於離去。楊秘書有禮地頷首，「明天見。」打完招呼的他同樣朝著白尚熙投去了叮嚀似的目光，莫名刻意的舉止不禁讓白尚熙失笑。徐翰烈板著臉瞄了他一眼，問他什麼事那麼好笑。

白尚熙搖搖頭，下巴往床的方向抬了一下。徐翰烈乖乖地走到床邊坐下。白尚熙將吹風機連接到附近的插座，開始替他吹頭髮。徐翰烈似是心情不錯，不聲不響地接受了白尚熙的服務。

完成了一連串步驟，白尚熙正要收拾濕毛巾和吹風機的時候，徐翰烈陡然間抓住了他的手臂。白尚熙訝異地看向他，只見他用眼神示意著自己身旁的位置。

「好不容易才剛洗好耶。」

「再洗一次不就得了。」

徐翰烈像是在挑釁似的仰視著他。兩人僵持了一下下，白尚熙隨即不再猶豫地爬上了床。

徐翰烈用手撐著頭，目不轉睛地看著躺在自己身旁的白尚熙，彷彿想將他的眼睛、鼻子、嘴巴，逐一裝進自己的眼睛裡。

白尚熙伸手撫摸徐翰烈的眉毛，然後玩弄起徐翰烈豐厚的下唇瓣。一直沒動作的徐翰烈忽然咬住他的手指。白尚熙都還沒感覺到痛意，軟綿綿的舌頭就來到被咬住的部位濕糊地舔了起來。白尚熙驚訝地注視著他的動作，倏地露出一個促狹的表情。

「我有叫你舔嗎？」

「我嘗一下味道。」

徐翰烈用以前白尚熙說過的答案來回應他，說著揚起了嘴角。白尚熙輕笑一聲，伸手摟住了他後頸。徐翰烈自然地低下頭和他接吻，順勢爬到白尚熙的身體上。

他悄悄地含住白尚熙的人中，舌尖挑起上唇瓣含進嘴裡甜美地吸吮。白尚熙也握住徐翰烈的大腿，一下又一下地含吮他飽滿的下唇。搔癢的觸感使得徐翰烈的睫毛輕微地扇動著。

白尚熙使壞地把徐翰烈的下唇長長地拉扯復又鬆開，兩人隨即稍微掀開了眼皮。徐翰烈可能急著想要了，舔著濕潤的嘴唇一邊俯視著白尚熙。白尚熙輕輕拂過他臉頰，側著臉吻了上去。

濕潤的唇互相纏綿，才剛分開就又重新相互碾壓似的糾結在一起，持續發出嘬嘬的水聲。

徐翰烈的舌宛如小丑魚，一下主動擠過來一下又忽地逃走，稍微過來摩擦一下又撤退，反覆著靈活的挑逗。白尚熙莫可奈何地笑了出來，下一個瞬間，他將手伸至徐翰烈腋下，舉起他的身子讓他躺倒在一旁。白尚熙趁機壓上徐翰烈身體，讓他顧不得反應地堵住了他的嘴。

白尚熙的舌頭熱切地撬開了徐翰烈尚未張開的嘴巴，探進了口腔裡。舌頭被重重壓制的感覺逼得徐翰烈下意識發出「嗯」的酥軟呻吟，雙頰泛起了淺淺紅暈。悶熱的喘息直達喉嚨，徐翰烈咕嚕地嚥下口水。

白尚熙密集地刺激著溫熱的口腔黏膜，徐翰烈習慣性地揉著他耳肉，接納著白尚熙的舌在自己嘴裡粗魯地遊走。白尚熙的舌覆蓋在徐翰烈的舌上使勁摩擦，仔細地蹭著反覆刺激之下變得敏感的味蕾，點燃了後頸的熱度。徐翰烈嘴裡很快就積滿了黏稠的唾液，淫靡的交融聲也變得更為赤裸。

白尚熙用力吸著徐翰烈軟糊糊的舌肉，將它吸至嘴巴外，又忽然放開，自己的舌從徐翰烈的舌頭下方塞了進去。他將伸在外面的舌連著上唇一併含進嘴裡，大大地吮了一下就鬆口。徐翰烈發出依依不捨的喘息來。白尚熙摩挲著他濕潤的唇瓣替他揩去唾液，徐翰烈視線朦朧了起來，瞳孔上不知何時已瀰漫著模糊的水氣。白尚熙好不容易才壓下了想要舔拭那平滑表面的衝動，只在徐翰烈眼皮上落下一個吻。

「我今天不睡覺了。」

徐翰烈揉捏著白尚熙的領子宣布道。

「沒關係嗎？」

「反正從明天開始就可以睡個夠了，有什麼關係。」

徐翰烈垂下了眼咕噥。白尚熙再次想起了明天一早就要把他送進手術室的事實，儘管知道這是最好的選擇，也再無其他的辦法，心緒仍是難以平靜。

白尚熙害怕唯一能救活他的這個方法反而害他因此喪命。怕自己的這股不安感會傳遞到徐翰烈身上。他努力地壓抑，盡量不表露出來，只抓住了徐翰烈擺弄自己衣領的那隻手，緊緊地貼上了唇瓣。

「是說好像還沒有聽你說過。」

「說什麼？」

「為什麼是我？」

這是個賓語不明確的問句，然而徐翰烈並沒有繼續追問他是什麼意思，臉上神情逐漸變得有些倔強。「嗯？」白尚熙用食指點了點徐翰烈的嘴，催促他回答。徐翰烈不滿地凝視著他，然後再次垂下了目光。

「我開始數日子了，自從遇見了你以後。」

這句話乍聽之下一時不太能讓人理解，徐翰烈於是繼續補充道：

「在遇到你之前，我的每一天都一成不變，沒有什麼特別想做的事，就算有也馬上就會達成實現，生活又開始乏味了起來，最後演變成無欲無求的狀態。每天早上一睜開眼，第一個念頭就是我又活下來了……但自從遇見了你之後，就沒有一件順心的事情。你當初應該要更討人厭一點的……」

白尚熙的表情像是突然遭到一記重擊，傻眼後忍不住噴笑。「不要笑。」徐翰烈伸手捏住他臉頰，兩隻眼睛裡滿盈著舊時的埋怨、不滿、惆悵，還有壓過了這一切的深深愛戀之情。

「一想到你那樣對我，我就一肚子火，氣到一整天心情都不好。所以無時無刻都在想著下次再見面的時候要怎麼報復回去。偏偏你這個大忙人又不常來上課，害我開始數著還要過幾天才能再見到你那張臉。那是我唯一能忘卻死亡的念頭，開始期待著明天到來的時期。好像終於有了真正活著的感覺，第一次知道自己也能對人生有所執著，雖然沒想到會就這樣執著了一輩子。」

徐翰烈回過神來，摟住了白尚熙的脖子，大拇指輕輕撫弄著他下顎和脖頸的連接處。

「以前覺得心臟什麼時候停止跳動都無所謂，甚至曾希望乾脆讓我早點解脫，能少受點苦……結果因為你的關係，害我不能這樣好看體面地死去。」

「當然不行啊。」靜靜聽著的白尚熙回道。他在徐翰烈的下巴逗弄了幾下，然後俯下臉，兩人的唇宛如快要銜接在一起似的靠近。

「以後也要繼續對我執著下去，還有你的人生也是。」

斷斷續續的吐息隨著白尚熙的低語擴散開來。徐翰烈沒有搭腔，僅是慢慢地點了下頭，悄無聲息地閉上眼。白尚熙的頭繼續壓低，小心翼翼地含住了他的唇，在內心膨脹的不安感之中苦澀地蹙起了眉頭。

「尚熙，」默默躺著的徐翰烈低聲呼喚他。「你怎麼抖成這樣？」徐翰烈的這句提問一舉擊潰了白尚熙表面上的武裝。他的臉龐染上了一抹痛苦之色。徐翰烈伸出雙臂，欣然將他擁進懷裡。白尚熙也緊緊回抱住他，彷彿再也不願放手一般。緊擁至毫無間隙的兩具軀體死命地摟住了對方，無法得知這股不安的顫抖是源自於誰的身體。直到顫抖平息下來為止，他們就只是一直相擁著，期盼著還能夠擁有明天。

天色如期亮起，徐朱媛和楊秘書一大早就出現在病房裡。手術時間越是逼近越沒有進行什麼特別的對話。病房裡積聚的空氣無比沉重，壓得人喘不過氣。

沒多久，移動式病床就推了進來，徐翰烈挪位躺了上去。徐朱媛、白尚熙還有楊秘書陪同他到了手術室前。徐翰烈看著自己姊姊一副昨晚未曾闔眼的模樣，嗤地笑了笑，「哎，真是的。」他開玩笑數落道：

「不要露出那種表情好不好，搞得我好像真的要去哪裡赴死一樣。」

「你會好好加油的對吧？」

「是醫生們要好好表現吧，我只是像個屍體一樣躺在那裡不動，是他們要負責幫我動手術。」

「都這種時候了，你還在亂講話？」

「誰亂講話了，事實就是如此啊。」

徐翰烈忿忿地頂嘴，然後輕輕搖晃著他姊的手，轉眼臉上已掛著一抹淺笑。徐朱媛緊抿著嘴和他對視了一會，匆忙地背過身去。她擦拭著淚濕的眼角，無聲地調整著呼吸。

「楊秘書，」徐翰烈對著身旁的楊秘書叫了一聲。楊秘書沒有答話，直接低下了頭。

平常就面無表情的他，此刻看起來一樣是一臉的嚴肅。

「要多多拜託你了，萬一我有個什麼不測，你就找我們徐會長幫你弄個位子。你這段時間的辛勞必須要得到回報。」

「徐翰烈。」

徐朱媛立刻斥責他這種不正經的態度。徐翰烈裝作沒聽見似的，把視線轉向了白尚熙。他們講了一整晚的話，現在已經沒什麼話好說了。徐翰烈只和他四目交會，點了下頭，白尚熙也跟著點了點頭。

隨後，手術室的醫護人員說著：「現在要進去了。」暫時停下來的推床輪子也再度轉動。三個人的身影在徐翰烈腳下逐漸遠離，門馬上牢牢地關了起來。徐翰烈於是收回了視線，望著一路漫無邊際的天花板。

沒過多久，巨大的手術燈，還有戴著頭巾口罩，全副武裝的醫療團隊人員闖進了他的視線。

他們彼此聊著簡單的日常對話，空氣因此產生了微妙的波動。

手術準備完畢，徐翰烈的前襟被解開來，赤裸的肌膚暴露在空氣當中，讓他不禁有些顫抖。「徐翰烈患者，」麻醉醫師確認著他的狀態：

「您現在感覺如何？」

「感覺有一點累。」

「沒有什麼不舒服的地方吧？」

徐翰烈用點頭代替了回答，事實上也沒有什麼回答的力氣。

「那麼現在會幫您麻醉，開始進行手術。」

麻醉醫師簡單地說明了呼吸的方式，然後在點滴管注射了藥物。充滿異物感的液體沿著手臂迅速地擴散開來。「現在請深呼吸」的指令聲在徐翰烈耳邊悠悠地響起。視野開始擺盪，徐翰烈馬上失去了意識。

感覺自己好像睡了很久，徐翰烈深吸了一口氣再慢慢呼出去，隨即掀開了眼簾。他看到了熟悉的天花板，周圍似乎散發著似曾相識的氣味。剛想著這裡是不是醫院，馬上就發現他認錯地方了——遠處接連傳來踢球的聲音還有明顯是變聲期的說話聲。他慢慢地起身。

這裡是保健室。雖然周圍除了一張白色床鋪以外什麼都沒有，他還是可以這麼肯定。

他就這樣在床上動也不動地坐了好一會。好像是在等待著什麼，卻想不起來究竟是什麼。背後的門關得緊緊的，無法打開。事實上，徐翰烈甚至不確定那到底是不是一扇門。

好像被什麼東西吸引了一樣，徐翰烈下了床，然後走到那扇像是門的形體前方。他伸出手，馬上就出現了一個原本沒有的門把，拉動了門把之後，直接連結到了戶外，而不是走廊。展現在他眼前的是一條通往校門的長長通道。盡頭處聚集著一群黑色的人影，似乎正在圍觀著什麼人，這個畫面有股濃濃的既視感。

徐翰烈才剛踏出一步，就混進了聚集的群眾之間。他都還來不及困惑，就忍不住追隨眾人集中在某一處的視線看了過去。於是，在視線的那一端，徐翰烈遇見了高中時期的白尚熙。

白尚熙轉頭看著混在人群當中的徐翰烈。他的眼神並不溫柔，但是也沒有露出像以前那種挑釁的神色。

在徐翰烈因這股微妙的違和感而停頓動作的時候，白尚熙突然離開原地走出校門。他的背影恍如慢動作播放一般，一幀一幀地烙印在徐翰烈眼裡。

徐翰烈時常會這麼想，假如那個時候自己有跟上去的話不知道會是怎樣，如果在校門外再攔住他一次的話就好了。縱使明白這已經是過去的事了，他仍是始終耿耿於懷，忍不住想像情況是否會有所不同。

然而就連在無數次的夢境當中，徐翰烈也從來沒有把這個想法付諸實踐過。無論會受到什麼樣的羞辱，這不過是一夜的夢中幻象罷了，大可不必在意。明知如此，他還是提不起勇氣。

「……」

這次又和之前的夢境有什麼不同呢？徐翰烈硬是抬起了彷彿釘在地上的腳，身體卻沒有如他所願地迅速移動。就算徐翰烈想開口叫他：「尚熙。」結果只有嘴巴在開開合合，無法成聲。

周圍的風景在視野當中膨脹得無比巨大，朝他逼近，又像棉花糖融化般倏地消失。他經過了校門，視線緩緩地轉向了側邊，頓時被嚇得一個激靈——他以為已經走遠的白尚熙正站在那裡看著自己。

「啊！」徐翰烈驚叫出聲。

「……」

他手中一個使力抓住了什麼，同時張開了眼。尚未意識到自己的清醒，睜眼是一個接近反射性的動作。突然間開闊的視野裡看見了純白的天花板。他難以分辨此刻是夢境的延續，還是這裡才是現實。

徐翰烈忽然感覺到手背上一陣搔癢，他詫異轉頭，於是看到了一個穿著隔離衣又戴著口罩的人。對方也如同徐翰烈一樣驚訝。

雖然露出來的只有眼睛，徐翰烈還是一看就知道他是白尚熙。他不可能認不出來的。白尚熙再次撫過徐翰烈的手背，似乎想要確認眼前發生的事是真實的，接著一副不可置信地稍微出力握住了他的手。徐翰烈面無血色地笑了，開口問他：「你幹嘛？」

由於戴著呼吸器的關係，他只能勉強掀動嘴唇而已。

白尚熙忽然腿軟似的伏下了上身，終於放下心來地發出幽幽的嘆息。握著徐翰烈的手掌上傳來了微微的顫抖。「我一直在等你。」短短一句話傳達了他這段期間內心所承受的煎熬。

「我說過我會等到你醒來為止的。」

白尚熙重新對上徐翰烈的視線，露出了笑容。雖然嘴巴被口罩遮住了，徐翰烈完全能夠猜想到他的表情。想必就是他在夢裡見到的那張清俊臉龐。徐翰烈嘴唇動了動，似乎是說了句什麼。仔細地看著他的白尚熙眼神放得更為柔軟：

「我也是。」

就連微小的細菌都被隔絕、充滿消毒水味道的這個空間裡，忽然漫溢著一股甜蜜的氛圍。多年的兜兜轉轉，終於有了結局。

——〈Sugar Blues 蜜糖藍調　完〉

番外

Oh, Sugar

SUGAR
BLUES

水龍頭開關只開了一半，白尚熙把臉埋進雙手掬起的水裡。他的動作小心節制，深怕發出聲音。

他已經睡眠不足了好多天，一抬起頭，就看到鏡子裡憔悴的面容，眼眶也深陷了下去。他搖搖頭，甩著濕髮，用乾毛巾壓去滿臉的水分，再用使用過的毛巾將洗手台周圍也都擦拭乾淨。收拾完畢之後，他拿出一個新的口罩掛在兩側耳朵上。

浴室外面暗沉沉的，只有窗邊滲進來的一縷光線朦朧地照射出東西的輪廓。現在已經是凌晨兩點多了，對比漆黑的病房，窗外相對來說顯得更為明亮。

白尚熙走到了窗邊，百葉窗的縫隙之間透出了外面的景色。像白色灰塵的東西飄揚著附著在窗戶上，是雪花。正覺空氣分外沉靜，原來外頭無聲無息地下著雪。在這樣的深夜裡，依然燈火通明的大樓燈光和瞭望塔的照明映襯著簌簌紛飛的雪片，相互的輝映之下營造出一幅寧靜的夜色。

現在應該暫時欣賞一下景色順便喘口氣休息的，白尚熙卻隨即關上了百葉窗。

等到室內恢復了完全的黑暗，他才走進臥室，如同開門時那樣安靜地關上了門。只有一盞低亮度的燈光照在床上。徐翰烈正在那盞燈下無精打采地昏睡著。他的身上插著各種管線，圍著一圈厚厚的護腰帶。白尚熙盡可能不發出動靜地朝徐翰烈靠近，視線片刻未離他的臉龐。

由於徐翰烈整天飽受止痛藥副作用的折磨，蒼白的臉上顯得面色疲憊，兩頰的肌膚也粗糙不已。他入睡後還不到一個小時。

白尚熙想要為他舒展皺起的眉間，才剛伸出手卻又縮了回去，怕會吵醒了好不容易才睡著的人。

「……」

白尚熙就坐在椅子上端詳著徐翰烈。人明明就在他眼前，白尚熙卻沒有什麼真實感，總是想起那段差點就要永遠失去他的記憶。當時感受到的恐懼牢牢地黏在腦海裡，數度化作惡劣的夢魘一再重現，無形之中讓他產生了心理陰影，最近連要小睡一下都不敢。

徐翰烈在心臟移植兩天後仍無法恢復意識。手術本身是成功的，也沒有出現急遽的排斥反應。醫院表示，有些患者在手術後會因不明的原因而無法醒來。這是手術前醫生叮囑過許多次的注意事項，儘管徐翰烈沒有道理成為特例，白尚熙還是樂觀地認為這樣的厄運不會降臨在他身上。

就在徐翰烈進入昏迷不醒的第三天，主治醫師艱難地開口提到了可能要做心理準備的事。直到第四天，醫院才終於允許入內探視。當時眼前的徐翰烈就像個培養在巨大玻璃管內的實驗體。白皙的肉體上到處貼著點滴軟管和針頭，無力的四肢和緊閉的眼皮底下沒有任何的動靜。只剩下螢幕上的數值能證明他還活著。

白尚熙看著就算被觸碰也毫無反應的他，身體因茫然的絕望感而顫抖了起來。彷彿是世界末日。在動手術前，徐翰烈聽到可以移植的消息時也沒有特別高興，而是猶豫和煩惱。白尚熙在他背後推了他一把，認為這樣做才是正確的。難道是自己做錯了嗎？白尚熙再次陷入因自身私慾而把徐翰烈逼至絕境的愧疚感之中。

當突然間醒過來的徐翰烈陡然握住他的手，白尚熙當下分不清自己是在夢境還是在現實之中。深深的安全感令他四肢不由自主鬆懈下來。

『我一直等你，我說過我會等到你醒來為止的。』

白尚熙以為這樣就已經是渡過了最大的難關。總之人醒過來了就好，接下來不管有什麼事他都甘願承受。

然而，徐翰烈的辛苦從這個時候才開始。有好一陣子，手術部位的劇痛讓他痛苦不已，肉體被撕裂和骨頭被切割的痛楚難以輕易緩解。儘管醫院給予了每日最大劑量的止痛藥還是沒用，反而因此出現了呼吸困難或嚴重暈眩的副作用，轉到一般病房之後仍是毫無起色。徐翰烈說他就算只是靜靜躺著也會頭暈想吐，只能持續著這種吃不好也睡不好的日子，每天半夜總要痛醒個好幾次。

在這種情況下，除了安撫痛苦的徐翰烈之外，白尚熙什麼也做不了。只能像現在這樣，在他好不容易睡著的時候把燈光全部熄滅，隔絕一切細微的動靜，然後呆呆地盯著他稍微安穩下來的臉龐。就算有白尚熙陪在身邊，徐翰烈的苦痛還是絲毫沒有減輕。永無止盡的無助感如影隨行。

「嗯……」

徐翰烈突然發出低沉的呻吟，開始輾轉反側。原本平靜的臉龐隨之扭曲，擺著不動的手也開始不停摸索著周遭，像是在尋找什麼東西。

白尚熙托住他的手似的抓住他，徐翰烈於是撐開了眼皮，眼神看起來還有些發直，似乎並沒有完全清醒。白尚熙輕撫他的臉頰，溫熱的頰面上能感覺到一股微弱的靜電。

「繼續睡，我哪裡都不去。」

彷彿是感到安心了，緩緩眨著眼的徐翰烈慢慢閉上了眼，鬆開皺起的眉間，眼皮底下也逐漸平息下來。

白尚熙把徐翰烈的手拉至嘴邊，唇瓣默默貼了上去。他只盼望這漆黑安靜的夜晚不會太長。

✳

「那麼《人鬼：The End》媒體試映會就到此結束，謝謝大家。」

在主持人的結尾詞當中，閃光燈接連不斷地閃爍。以導演為首的主要演員們有禮貌地打完招呼後離開了舞台。從試映會開始前就很熱烈的採訪氛圍在電影播畢之後變得更加熱鬧。問答時間的優質提問也一個接著一個。氣氛始終很融洽，時不時就爆出笑聲，讓人有種電影能佳評如潮票房賣座的美好預感。導演也因此相當地興致高昂。

「我們就直接去聚餐好不好？久違地聊一聊敘敘舊吧。」

「導演要請客是嗎？」

「那是當然，等一下馬上訂好餐廳通知你們地點，大家就在那邊見吧。」

導演在有些混亂複雜的情況之中敲定了聚餐，不忘點名提醒身旁的白尚熙不要缺席：

「建梧這次也該來了吧？」

「啊、我……」

「吼！又怎麼了！」

「很抱歉，我必須趕去一個地方。」

「上次聚餐也是少了你一個，這次又要落跑了嗎？」

「導演就原諒我這一次吧，下次我再另外招待你。」

「我看應該不只這一次吧，你家裡是藏了什麼寶貝嗎？」

白尚熙聽了笑而不答。導演見他如此反應不禁瞪大了眼睛。

「咦？不否認是嗎？看來是真的有什麼啊？」

「是的。」

白尚熙給出了曖昧的承認，臉上的笑容也隨之加深。導演被他堵得說不出話來，「哎、實在是。」最後只好撇了一下頭示意他可以離開，無奈搖著頭的臉上還掛著不懷好意的笑。白尚熙向他鞠完躬之後便毫不遲疑地邁開了腳步。

「辛苦啦。」

等著他的姜室長把礦泉水和個人物品遞給他，白尚熙從中率先拿起了手機。最近的他幾乎是手機不離身的狀態，只有工作時暫時交給姜室長保管，一有空就立刻確認有沒有新的聯絡消息。假如對方無消無息，他也會主動傳訊息或直接打電話過去，聯絡的對象通常都是徐翰烈或者是楊秘書。今天似乎也沒有收到任何聯絡，只見他不管三七二十一地直接撥了電話過去。然而，不管是徐翰烈還是楊秘書都沒接他的電話。

「我剛剛聽他們說好像要辦聚餐是不是？」

「我已經跟導演說我不能去了。」

姜室長一臉失望地點了點頭。最近白尚熙只消化一些不能單獨缺席或無法再推遲的重要行程，參加這些行程甚至並非出自他的意願。他在徐翰烈手術前後那時行程屢屢開天窗，導致拍攝現場出現一些不滿的抱怨聲。雖然徐翰烈現在穩定下來了，是不會再發生那種情況，但像聚餐這類私底下的社交場合白尚熙仍是不願參加。

因此人們也免不了在他背後議論紛紛，說他走紅之後人就變了，或出現一些懷疑他在談戀愛的閒言閒語。然而他本人一門心思全在別的地方，根本毫不在意。

姜室長想到這些事就忍不住嘆氣。白尚熙絲毫未覺地催促著他說：「趕快走吧。」他只好用死了心的嗓音回著：「好，我們走吧。」

兩人穿過了停車場，白尚熙直到上了保母車都還在繼續撥著電話，手機那頭卻接連傳來對方無法接聽的語音通知。看著始終不肯放棄的白尚熙，姜室長終於忍不住出聲說了他一句：

「欸，你也差不多別再打了，那邊到時候看到這麼多未接來電會嚇到的。」

「從兩點之後就聯絡不上他了。」

「應該是有什麼事正在忙吧，也可能是在睡覺啊。」

不顧姜室長的勸阻，白尚熙再次撥打著電話。他這種行為並非僅限於今天。只要一兩個小時聯絡不上徐翰烈，白尚熙就無法掩飾他的焦慮。他特有的那股悠哉從容不知去了哪裡，本來就話不多的他變得更加沉默寡言，神經總是極度敏感。這是徐翰烈那陣子銷聲匿跡之後留下來的後遺症。

「這小子，都要變成跟蹤狂了。」

姜室長一邊大力咂舌一邊轉動著方向盤，不需要跟白尚熙確認目的地也知道要開往何處。

過了不久，令人厭煩的撥號音終於停下，手機那端跟著傳來「你好，我是楊俊錫」的應答聲。

「是我，翰烈呢？」

「正在睡覺。」

白尚熙瞥了一眼中控台上的時間，現在才剛晚上七點鐘而已。雖然就睡覺時間來說是真的過早，他卻不感到驚訝。徐翰烈住院期間的睡眠時間總是不太固定。

「他吃藥了嗎？」

「吃了。」

「晚餐呢？」

「說沒有胃口，就只舀了幾口喝。」

「我現在出發，大概三十分鐘以內會到。」

白尚熙如此期盼的通話就這樣空虛又快速地結束。無論何時，通話的內容總是大同小異。白尚熙並不期待聽聞什麼戲劇性的好消息，反而是比較擔心會發生什麼不好的情況。

就如同姜室長的口頭禪——沒消息就是好消息。徐翰烈要是真出了什麼問題，肯定會率先通知白尚熙的，他卻還是要直接見到人才能放心。要是徐翰烈能夠好好和他視訊的話他還不會那麼擔心，偏偏徐翰烈每次接視訊電話的時候總愛遮住鏡頭隱藏自己的模樣，就算白尚熙要求讓他看一下臉他也充耳不聞，只會自顧自地偷看著白尚熙。

白尚熙正無意識地瀏覽著通話紀錄，姜室長忽然開啟了話題：

「徐代表最近怎麼樣？手術之後已經過了三個禮拜了吧？」

「還是很不舒服。」

「也是，我之前韌帶斷掉時也是開刀，不是像他那種大手術啦，就是切開表皮把斷裂的部分接上再縫合起來這樣的程度？光是這樣我就痛了一個月，完全行動不便。止痛藥也只是打心理安慰，打完還是有夠痛的。就算躺著不動傷口也火辣辣地發疼，誰來跟我講話我都覺得很煩躁，只希望最好都不要有人來煩我。更何況徐代表動了那麼大的手術，他該有多難受啊？」

白尚熙沒有搭腔地點了點頭，臉色已經整個沉了下來。姜室長這時才暗叫不妙，慌慌張張地開始安慰著他：

「哎唷，都過了三週已經好很多了啦，不是說今天早上拆線了？」

白尚熙依舊是點頭回應而已，也不曉得到底有沒有在聽。姜室長觀察著他的反應，尷尬地搔了搔耳背。

「嗯……是說我是不是應該也去探望他一下啊？」

「之後再去吧，他現在還在服用免疫抑制劑，免疫力下降很多，為了避免發生感染，要盡量減少外部人員的探視。」

「是喔，這樣的話就沒辦法了，那他大概什麼時候能出院？」

「醫院是說還要一個禮拜，到時候看情況，如果復原速度比較慢的話，也可能需要待兩個禮拜。先不談這個……」

白尚熙突然轉換了話題：

「之前跟你說的那件事怎樣了？」

「啊、我跟公司提了，公司說會尊重你的意願，正在試著調整行程。幸好應該是不會造成什麼太大的問題。像今天這種正式場合你盡可能配合出席，時間上很難推遲的廣告合約就再抽時間來處理。這樣的話大概在一個月之內就能消化完一些比較重要的工作，讓你有個半年左右的休息時間，這樣可以吧？」

「嗯，也只能這樣了。」

白尚熙的態度相當冷淡。都已經按照他的要求給他暫停工作的休息期間了，卻不見他露出半點高興的神色，反而還因為還剩下一個月的行程要跑而顯得不情不願。

「你這傢伙，要往好處想啊。反正徐代表不是也不讓你在醫院待太久嗎？比起能見到徐代表的時間，你在病房外消磨的時間更多，與其這樣，還不如把積壓的事情處理完畢才好告一個段落。」

姜室長煞費苦心地安慰著白尚熙，忽然想起什麼似的「啊」了一聲：

「徐代表好像有跟公司聯絡過呢！」

白尚熙的視線立刻射向了後照鏡。

「翰烈有跟公司聯絡？」

「嗯，他說什麼來著？好像質疑最近難道都沒人向池建梧提出邀約？說經紀公司該做的不就是要讓藝人的工作能持續不間斷嗎？好像是要公司別讓你游手好閒，趕快把你的工作排滿這樣。」

姜室長疑惑問道：「你們是吵架了嗎？」

「沒有啊，哪有什麼可以吵的。」

「是嘛？那他為何要那樣做？還老是把你趕出病房。他是不是想說你為了照顧他都沒有辦法好好工作，自己覺得過意不去啊？」

姜室長猜測完徐翰烈的用意卻又連連搖頭，彷彿是不相信他的心思會如此細膩。

「……」

白尚熙沉吟了半晌。原以為徐翰烈脫離無菌隔離病房之後就可以整天看著他，不用再依靠別人來轉達他的情況。

然而自從轉到一般病房之後，徐翰烈便開始避不見面。一開始只是單純遮掩著手術的傷口不讓白尚熙看到，現在就連一些瑣碎的照護他都不讓白尚熙做。他雖然沒有阻止白尚熙一天去看他一兩次的這種行為，但是卻討厭白尚熙長時間陪在他身邊。白尚熙這下簡直跟在隔離病房外徘徊那時沒有什麼不同。

「我待在他身邊好像會讓他感到不太自在。」

「你是不是很煩人啊？」

「會嗎？」

「坦白說，身體真的很不舒服的時候，光是有人待在旁邊就會覺得很煩躁嘛。雖然你是想照顧他沒錯，但他身體的病痛也不會因此而減緩，反而徒增心理上的壓力。」

按照這個說法，徐翰烈似乎沒有排斥楊秘書的接近，是因為他對於徐翰烈的病情更為了解，比較懂得迎合徐翰烈的需求嗎？

「嫂嫂生產的時候是怎樣的？她也不喜歡你去病房探望嗎？」

「你說孩子的媽？嗯……是怎樣去了？手術完確實是很累的樣子，但倒是沒叫我不要來。反而是我因為工作的關係沒辦法陪在她身邊，要等深夜下班了才能見到面這一點讓她覺得有些傷心吧。很不好意思的是，一些我該處理的事結果都是丈母娘幫我做的。以前的公司不是都很不通人情的嘛？別說是產假了，就連年假都不能隨便請的。我太太也知道這是沒辦法的事，但是看別人的老公能夠一整天隨侍在側，多少還是會覺得失落吧。」

「一般身體不適的時候不是都會想被人照顧嗎？」

「對啊，那種時候相互依靠扶持，能讓彼此感情變得更為深厚。徐代表是不是因為照顧他的人比較多所以情況不太一樣啊？反而是不想讓你看到自己脆弱的一面之類的？」

「這種事有必要逞強嗎？」

「嗯……還是他只是表面上要你不要來，內心其實不是這樣想的？會不會是建梧你會錯意啦？」

「我一開始也以為是這樣啊，後來才發現不是。」

那是轉到一般病房沒多久的事。徐翰烈當時的狀態還不錯，疼痛似乎有減緩了一點，雖然還是會反胃，但能吞得下一些粥。可以抱怨東抱怨西的也算是間接證明他開始比較有力氣了。

『好難吃。』

『看起來確實不太好吃。』

『我不吃了，感覺快吐了。』

『把它吃完了之後才不會不舒服啊，你空腹的時候不是更容易反胃嗎？』

『那至少也做得好吃一點吧，收了那麼多錢結果給我吃這種東西？』

『對於這點我也滿疑惑的。』

白尚熙不以為意地回應著徐翰烈的不滿，勸他再吃一口。徐翰烈固執地抿著嘴不肯張開，白尚熙不放棄地用湯匙碰了碰他的嘴唇。兩人短暫僵持了一會，白尚熙又「啊——」了一聲，緊皺著眉頭的徐翰烈這才勉為其難地打開了嘴巴。

『我會吃壞肚子的，還不如叫他們拿生菜沙拉或水果那種新鮮的東西的來。』

『忍耐一下，醫生說你這段時間要避免水果蔬菜這些生食。』

在獲得新生命的同時，限制也增加了。儘管白尚熙不想，還是免不了成了一個嘮叨鬼。這些道理徐翰烈當然都懂，只是對於自己忍不住變得自暴自棄的這種心情，他也是莫可奈何。

『這樣有比較好嗎？為了繼續活下去而必須處處受限？根本就無法隨心所欲地生活。』

白尚熙看著徐翰烈發牢騷的樣子，伸手揉了揉他柔軟的耳垂，退開的時候隱約掃過他頓時僵硬住的臉頰。突如其來的肢體接觸讓徐翰烈的臉上泛起小小的雞皮疙瘩。

『幹嘛？』

『覺得好欣慰。』

『說什麼啊，莫名其妙的。』

『為了我，每天再怎麼不耐煩、難受、不舒服，你都忍受下來了不是嗎？』

『……』

徐翰烈佯裝出一臉沒好氣的神情，騙不了人的耳朵卻整個紅了起來。

『我今天沒有工作行程，明天大概也是。』

『所以咧？』

『想說在這裡待個一整天怎麼樣。』

白尚熙在變得較為柔和的氣氛下小心翼翼地提出想法。

『不要。』

徐翰烈卻馬上一口回絕了他。驟然僵硬的臉龐說明著沒有任何妥協的餘地。這種情況已經不是第一次發生。每次白尚熙只要提到想陪在徐翰烈身邊的事，他就會板起臉來嚴正拒絕，就算是心情好的時候也是一樣。白尚熙不由得嘆了口氣。

『為什麼不要？你至少給我一個我能接受的理由。』

『不要就是不要，哪需要什麼理由？』

『你整天這樣難過地躺在這裡，然後要我什麼都不要做？』

『早餐晚餐時有見到面就好了，你還想要做什麼？難道你待在這裡就能減輕我的痛苦？』

『……』

白尚熙緊閉著嘴看向徐翰烈，後者撇開了頭，迴避他那深沉的視線。『總之，』徐翰烈劃清界線的嗓音敏感而尖銳：

『我已經說不要了，你別再提這件事。』

『我只不過是想陪在生病的戀人身邊，這件事有這麼強人所難嗎？』

『不管啦，我就說我不要了嘛！』

『反正等你出院之後我也會負責……』

『靠，要我說幾遍你才聽得懂啊？本來就已經難受得快要瘋了，連白尚熙你也非得這樣摻一腳。』

被激怒的徐翰烈忽然「啊」地摀住了胸口，整張臉似乎因為吃痛而一下子漲紅。『哪裡不舒服？』白尚熙急忙抓住徐翰烈的肩膀，徐翰烈卻激動地揮開他的手然後蜷縮起身子。『該死。』他痛得低聲咒罵著髒話。白尚熙趕緊按下呼叫鈴。

『發生什麼事？』

楊秘書在醫護人員趕到前率先進來。徐翰烈依然持續著氣喘吁吁的狀態，沒有辦法平靜。只見他上半身猛然劇烈地聳動了一下。

『唔嗚！』

徐翰烈連忙摀住了自己的嘴，似乎是胃裡的東西向上翻湧。楊秘書匆匆離去。白尚熙這時拿了一個碗蓋在徐翰烈的下巴要接，徐翰烈連連反胃的同時一邊拚命地推開他的手。『別忍了，直接吐出來。』白尚熙又把蓋子伸了過去，轉眼間碗蓋已被徐翰烈粗魯的動作給掀翻。徐翰烈臉色倏地發青。不知道是不是忍耐到了極限，他慌張逃下床，還連在他身上的點滴管線被扯到緊繃的狀態。白尚熙急忙抓住他的手臂：

『徐翰烈！』

『不要碰我！』

響亮的吼叫聲劃破了空氣。白尚熙戛然停下動作。劇烈喘息的徐翰烈隨即因嘔吐感而轉過身，枯瘦的背部在不停的乾嘔之下上下起伏。張著嘴的唇瓣抵擋不住那股反胃的感覺而哆嗦顫抖著。一旁看著的白尚熙面色黯淡地撐著眼眶。

『翰烈啊，別這樣。』

他深深嘆了口氣。楊秘書在這時進了病房，把毛毯裹在徐翰烈的肩膀上，拿了一個不鏽鋼的圓桶放在他嘴邊。徐翰烈把好不容易吃下去的粥和胃液全都吐了出來。白尚熙正欲靠近，徐翰烈氣惱地哽咽著：

『……靠，就叫你不要過來了。』

『池建梧先生。』

楊秘書伸手制止白尚熙靠近，在看到他慌亂的眼神之後更是堅決地搖了搖頭。接到呼叫的醫護人員們隨後趕到。白尚熙只能茫然地看著眼前人們收拾混亂的情況。早晨剛換的紗布又更換成新的，傷口好像在徐翰烈的大動作之下裂了開來，丟棄的紗布上有著顯眼的血跡。徐翰烈渾身無力地被抬到了床上，執意不肯理會白尚熙。

「……」

光是回想著先前發生的這一段記憶，白尚熙就覺得心情沉重不已。他緩緩地搓了搓自己的臉。

這時姜室長的一句話吸引了他的注意──「難道是因為那個嗎？」，白尚熙的視線再度聚焦在後照鏡上。

「我老婆當初在談戀愛的時候也不是像現在這樣的。」

「談戀愛的時候？」

「嗯，那時候我們剛交往沒多久，她好像是受了風寒還是感冒之類？接電話的聲音沙啞到不行。因為她一個人住，我擔心她病得很嚴重，特地買了藥和粥去探望她。結果她不但不讓我進屋，還把自己包得緊緊的，只露出一雙眼睛來，然後一直要趕我走。我說我只是想看看她的臉，確認她沒事，她卻抵死不從，一直說不可以。我們就這樣爭執了一個多小時我才好不容易摸到她的手你知道嗎？到後來她才跟我說，因為自己那幾天沒好好洗澡，整個人髒兮兮的很狼狽，所以死也不想讓我看到那副模樣。」

回憶起往事的姜室長不禁傻笑了起來。他從後照鏡裡對上了白尚熙的眼，問著「徐代表會不會是因為這樣啊？」白尚熙的臉霎那間怔住，似乎一時無法理解。

「你看看你，跟再多人交往又有什麼用？什麼東西都沒有學到。當初就應該要好好談一場像樣的戀愛才對嘛。」

「那是什麼意思？」

「你不是說徐代表從很久以前就喜歡你了？但是你們直到不久前才終於兩情相悅？」

「所以？」

「哎，你真的是吼。現在正是要開始甜甜蜜蜜的熱戀時期，誰會想讓戀人當自己的看護？那種事就算是成年人了也是會很不情願的呀。」

白尚熙雙眼的焦點在空中漫無目的地徘徊遊蕩，接著他雙手掩面，低下了頭，接連發出了低沉的呻吟。姜室長見狀，忍不住皺起了眉頭：

「你在幹嘛？」

「怎麼辦啊？」

白尚熙沒有回答姜室長的問題，只是看似難受地自言自語嘀咕著，仍是將臉埋在自己的手心裡。

「什麼怎麼辦？」

「……不是啊，他實在太可愛了。」

白尚熙的兩隻耳朵紅得像熟透似的，喃喃自語的興奮嗓音聽起來很不真實。姜室長不滿地蹙起了眉心。

「你是頭殼壞了嗎？」

白尚熙一點都不介意姜室長不客氣的言語攻擊，「我快瘋了。」他終於抬起來的臉龐上五官詭異地扭曲變形。他還是是第一次笑成這樣，就連姜室長都看傻了眼。

「真笨耶，怎麼會沒想到這點……」

唸唸有詞的白尚熙整個人沉浸在自己的世界裡，彷彿忘了身邊還有別人在。

「突然好想見到他喔。」

他低聲喃喃著，覆住了自己發燙的脖頸。感覺去醫院的路途前所未有的漫長。

✳

「辛苦了，有什麼需要的再跟我聯絡啊。」

不等姜室長把這句話說完，「我走了，」白尚熙飛也似的下了車，跑過了一整個寬廣的停車場，步伐比起平時又快又大。

停車場和電梯都是 VIP 專用的，所以幾乎不會有找不到車位或需要等待的情況發生。電梯也以正常的速度在下降，白尚熙卻覺得今天的電梯動速度特別緩慢，使得他忍不住瞪著螢幕面板上那一層一層下降的數字。一進電梯，他便連按了好幾下關門鍵。

等他到了 VIP 樓層，守在走廊上的保鏢們隨即朝他看了過來，在確認來訪者是白尚熙之後才降低了警戒。

白尚熙跨著大步從他們面前走過，打開房門一進去，坐在沙發上的人立刻起身朝他點了個頭。這個人是徐朱媛的隨行秘書。白尚熙沒看到楊秘書的人影，但聽見臥室裡傳出了隱隱約約的交談聲。

與其貿然介入他人的對話或是在外面乾等，還不如趁這時間先去把身體洗乾淨。白尚熙馬上進了浴室開始沖澡，宛如要進手術室開刀的醫生那般仔細地搓洗著一根根的手指頭。他用抗菌肥皂取代了平常使用的沐浴用品，儘管醫生並沒有交待要這麼做，他自己卻覺得這樣才能放心。

白尚熙洗完澡後換上了消毒過的衣物，也好好地吹乾了頭髮上的水分。走出浴室前，他又再洗了一遍手，用消毒劑來收尾。假如在徐翰烈狀態不佳的時候，這麼做可能是有其必要，但是以目前狀況來說，這些都不是必須履行的事項。即使如此，白尚熙還是不厭其煩地每天重複著這些繁瑣的程序。

他從浴室來到客廳時，只見徐朱媛已經結束了談話，正坐在沙發上。「唉，真是特別難搞。」她一邊盯著徐翰烈的臥室一邊咂嘴，忍不住地搖頭，收回視線時正好和白尚熙對到了眼。白尚熙無聲地向她點頭問好。徐朱媛對他一副愛理不理的樣子，掏出了菸叼在嘴裡。正想要點火，就感受到一股強烈的目光，於是她再度將視線投向了白尚熙：

「怎樣？來一根嗎？」

「不用。」

「上次看到你的時候還是個大菸槍，這麼快就戒掉了嗎？意志力還真是堅強啊。」

「畢竟抽菸沒有半點好處。」

「搞笑，難道有人是為了身體健康而抽菸的嗎？」

語氣譏諷的徐朱媛突然停下了手上的動作，總覺得剛才一來一往的對話語氣和預期中的有些出入。

「你該不會……」，她懷疑地注視著白尚熙。白尚熙不發一語地俯視著她，準確來說，應該是在看著她手上夾的那根菸。

「……是在給我臉色看還是怎樣？」

徐朱媛一把丟掉了那根香菸，表情雖然十分不悅，但似乎不排斥這種極度為了徐翰烈著想的作法。

「他在發燒。」

徐朱媛把菸盒重新放回去，改變了話題。對此並不知情的白尚熙隨即看向楊秘書。他們一天不知道通了幾次的電話，而白尚熙出發來這裡之前竟然都沒聽他說過。楊秘書扶了一下眼鏡，向白尚熙說明了原因：

「是徐代表要我不要告訴你的。」

徐朱媛無可奈何似的嘖了一聲：

「看來是才剛拆線他就吵著要洗澡的關係吧，那身體哪受得了啊？骨頭都還沒癒合呢。」

「很嚴重嗎？」

「不會，只是低燒，主治醫師也來確認過了。」

「為什麼不阻止他……」

「楊秘書哪有辦法阻止啊？他連我的話都不聽了。池建梧先生那麼厲害的話自己去試試看啊。」

徐朱媛盡情嘲諷了一番，說完便從位子上起身逕直走出了病房。楊秘書跟在她身後送她離開。獨剩一人的白尚熙即刻往臥室走去。與他毫無顧忌的步伐相反，臥室的門被悄悄地打開再關上。

徐翰烈正在床上靜靜地睡著。神情看起來安穩多了，但似乎因為低燒的緣故，呼吸聲仍顯粗重。白尚熙偷偷覆上他的額頭，確實感覺到了些微熱度。對於他身上隱隱散發出來的沐浴乳香氣，白尚熙已無法單純地感到高興。

他慢慢地在床邊的椅子上坐下，視線同時從徐翰烈的臉蛋緩慢下移至他的腳尖。每當面對著沒有意識的徐翰烈，他都會忍不住逐一端詳徐翰烈的眼、鼻、嘴、胸部，以及全身手腳，就這樣一遍又一遍的，一邊仔細檢視一邊確認著他的生命跡象。這是他不知不覺間養成的奇怪習慣。

他的手輕輕捂住徐翰烈無力鬆開的手掌。

「徐翰烈。」

白尚熙用不會吵醒他的音量叫著他的名字。徐翰烈當然是不可能回答他的，只是臉龐看起來好像更為放鬆了一些。這應該是白尚熙的錯覺。每次當他發現徐翰烈面對自己無法從容、著急又熱切的愛意時，都會覺得這傢伙實在惹人憐愛到不行。心中對他生出一股莫名的歉意。又可愛又揪心，同時亦讓人感到心疼不捨。

「到底該拿你怎麼辦才好？」

白尚熙低下頭，把額頭靠在兩人交握的手上。各種情緒在小到彷彿快消失的嘟囔聲中凝聚流淌。

髮絲飄動，白尚熙在一股搔癢感下睜開了眼睛。眼前是一片的白。透過與臉頰接觸的床單觸感和那股特殊的消毒水味得以判斷出這裡是何處。全身的細胞依次甦醒，意識也逐漸清明。這時髮梢再次輕動，感覺像是有人似有若無地觸碰。白尚熙偷笑了一下，陡然抬起頭，同時溫柔地覆住那隻嚇了一跳正欲縮回的手。

「什麼時候醒的？」

白尚熙和徐翰烈對上了視線後問道，嘴角同時揚起一道深深的弧線。「剛剛。」徐翰烈回答完，不著痕跡地避開他的視線。儘管被逮個正著，他卻一副自己什麼都沒幹的樣子，被白尚熙抓住的手指悄悄地蜷縮了起來。白尚熙沒有追問他剛才是在幹嘛，只是深深地凝睇著他而已。在逐漸長久的注視下，徐翰烈原本坦然自若的神情一點一滴地崩解。

「幹嘛那樣看著我？」

「不行嗎？」

「你不要看。」

「看一下又不會少一塊肉。」

「你那樣會干擾到我，就叫你不要看了。」

「真小氣耶，我才看一下而已，又不是要你讓我盡情看個夠。」

白尚熙懶懶地抗議著，一邊假裝要繼續看得更仔細的樣子。徐翰烈直接伸手遮住他眼睛。白尚熙輕笑，再次抓下了他的手。他問徐翰烈：「要不要喝水？」徐翰烈一臉不滿地點了點頭。白尚熙把床立了起來，讓徐翰烈環住自己的脖子，然後在他背後穩穩地墊好了枕頭。徐翰烈忍不住悶哼了一聲。

「會不舒服嗎？」

「不會。」

眉頭皺得那麼緊，一點說服力也沒有。白尚熙撫上徐翰烈因胸口悶痛而僵硬的面頰，也幫他拉好不小心敞開的病人服衣領。不知是不是在意自己身上的餘熱，徐翰烈的頭微微向後，還平白無故地數落起白尚熙：「不是要給我喝水嗎？」

白尚熙在杯子裡倒了水遞給徐翰烈，他卻只喝了一口。白尚熙把杯裡剩餘的水一口飲盡，然後看了下手機。想說外面天色怎麼還那麼黑，原來現在才凌晨三點鐘而已。

「怎麼現在就醒了？」

「可能是昨天比較早睡，眼睛自動就睜開來了。」

「你現在不睡的話明天一整天都會很累的。」

「一直躺著腰好痛，身體好像也很浮腫。」

白尚熙突然間伸出手，對呆呆看著他的徐翰烈討要什麼似的上下搖晃著手掌。徐翰烈默默地把自己的手放了上去。不同於那一臉不感興趣的表情，他的動作十分順從。白尚熙看了不禁露出笑容來。徐翰烈像是在質疑他笑什麼笑，不爽地聚攏了眉頭。白尚熙假裝沒事地搖搖頭，隨即開始在他手上按摩了起來。

他用兩隻手的大拇指將徐翰烈的整個手掌攤開，每一個指節到指尖都緩慢鎮定地按摩著。一種酥麻的感覺沿著胳膊蔓延至全身，舒暢又放鬆，帶點奇異的這種感受讓徐翰烈耳後的汗毛都顫慄了起來。原本時不時啊地喊著疼的他不知從什麼時候開始安靜了下來，緊繃的臉部肌肉也柔和地軟化。

「這個你在哪裡學的？」

「就……不知不覺就會了。」

「呿。」

輕易猜想到來由的徐翰烈擺出一個不高興的表情。白尚熙繼續裝傻，問他「腿也幫你按一按嗎？」徐翰烈搖搖頭：

「我想洗臉。」

他搓了搓自己因發燒而浮腫的臉龐。白尚熙無法達成他的要求，但走向一旁設置的消毒櫃，從裡面拿了三四條濕毛巾回到床上。高溫殺菌過的毛巾上還冒著滾滾的白煙。

白尚熙攤開熱燙的毛巾讓它稍微降溫，再隨便折了幾折，然後單手托起徐翰烈下巴。徐翰烈的頭向後退縮，拒絕了白尚熙的觸碰。

「給我，我自己來。」

「我幫你擦，你隨便亂動的話傷口不是會痛嘛。」

「我要自己來啦。」

「動不動就趕我出去，好歹也讓我幫你擦個臉吧。」

「……」

徐翰烈還是一臉的不悅，可是當白尚熙說「看我這裡」，重新托住他下巴的時候，他卻不再繼續閃躲。

白尚熙靜靜地看著他小巧精緻的面孔，細心專注地為他擦拭。徐翰烈一開始還大膽地和他對視，後來卻慢慢地低垂了眼簾，不知該何去何從的雙手扭絞著無辜的被子。

白尚熙緩慢而小心地拭過臉上的每一個角落。筆直的雙眉，和下方圓弧隆起的眼皮，連睫毛都一根一根仔細地擦拭。徐翰烈挺立的肩膀由於那股隱約發散的熱氣和舒服清爽的感受而漸漸放鬆，隨後發出的聲音和與語調也變得溫順得多。

「你昨天幾點來的？」

「還不到八點，你那時候在睡覺。」

「都沒有什麼聚餐的嗎？」

「我用急著回家陪寶貝的藉口溜掉了。」

「你在說什麼啊。」

徐翰烈彷彿聽到什麼胡言亂語似的蹙起了眉頭。

「就是字面上的意思。」

白尚熙沒有再繼續多加解釋，冷不防地在徐翰烈的臉頰上親了一口。他假裝沒看見徐翰烈臉上表情變得更加異常，用乾淨的毛巾把自己唇瓣接觸到的那一塊肌膚揩拭乾淨。徐翰烈朝他投來一道懾人的目光。

「我要被你看出一個洞了。」白尚熙一邊說著，毛巾一邊輕輕搓揉徐翰烈難受了一整晚而乾裂的嘴唇。微張的兩片唇瓣無可奈何地被按壓磨蹭，一張一合的唇突然含住毛巾纏著不放。視線集中在嘴唇的白尚熙倏然抬眼，準確無誤地對上了徐翰烈的目光。徐翰烈無聲盯著白尚熙的眼神莫名帶著一抹挑釁。

「……」

「……」

白尚熙凝視了徐翰烈一會，視線重新回到他的嘴唇，拇指輕輕撫弄著那片乾燥的唇瓣。徐翰烈就像先前做過的那樣，輕微地咬住他指尖，溫熱的舌接著莽撞地捲了上來。白尚熙在他臉頰上輕輕拍了拍，對他說了句「不行」，徐翰烈於是氣餒地蠕動著唇瓣。白尚熙拿起乳液在他臉上點了幾點再細細塗抹開來，徐翰烈此刻卻帶著抗拒地瞪著白尚熙的雙眼。

白尚熙一點也不在意，連護唇膏都一併幫他塗好塗滿，接著又抓住徐翰烈的手，耐心仔細地擦遍他每一根手指。徐翰烈一臉氣鼓鼓地看著他動作。

「聽說你昨天一直在發燒。」

「是誰說的？」

「誰說的並不重要，重要的是你人在難受但我卻不知道。」

「……」

「為什麼老是要瞞著我？」

「我只是覺得沒必要為了這種沒什麼大不了的小事勞師動眾的。」

「你的事是沒什麼大不了的小事？」

白尚熙停下手上的動作，抬起頭來便和徐翰烈四目相對。

「和你有關的事怎麼會是沒什麼大不了的小事？」

白尚熙繼續低聲質問道。徐翰烈找不到話可以反駁，只好轉開了頭，側面看起來悶悶不樂的，簡直就像個被訓斥的孩子。或許是因為亂翹的頭髮使得他看起來更顯稚嫩的緣故。白尚熙小小嘆了口氣，抬起手撫順他後腦杓兀自翹起的髮梢，輕緩的手勢觸發了一波微弱的靜電，巧妙地打亂了徐翰烈原本倔強的神情，摸得他後頸上汗毛豎立。

「我那時不是抱著隨隨便便的心態在等你的。在你昏迷不醒的時候，我心裡一直想著，就算躺一輩子也無所謂，只要你能醒過來就好。」

「誰准你擅自幫我決定要當個植物人的。」

「不管怎樣，我只想把你留在我身邊。」

「……」

「可能是那樣的心情太過強烈，讓我變得急躁不安。我想為你做的只是出於自己的私心，不一定是你真正想要的。」

「幹嘛這樣，你是吃錯藥了喔？」

徐翰烈露出困惑不解的表情。白尚熙一邊搖頭一邊牽起了他的手。

「因為是第一次談戀愛，所以還有些不知所措。」

聽到這句話，徐翰烈的神情變得更加複雜難辨，每次白尚熙講到戀人、戀愛這些詞語時，他總是這樣的反應。

「以後別再這樣排擠我一個、把我蒙在鼓裡了。」

「……」

「既然都在一起了，就讓我好好盡到身為你戀人的職責。」

本來還疑惑地看著他的徐翰烈忽然扣住了他的手腕。白尚熙眼神露出一絲詫異，手臂已被徐翰烈拽起：

「那你上來吧。」

「床上太窄了，你會不舒服的。」

「你不是說要盡到戀人的職責？」

他硬要這麼說的話，白尚熙也無法再反駁了。他放下毛巾，上了床，和徐翰烈面對著面，手肘撐著床鋪的前端，一隻腳屈膝。徐翰烈的額頭在他的手臂內側磨蹭著，一面撫摸著手臂的外側。白尚熙的臉在徐翰烈低埋著的那頭蓬鬆的頭髮上搓揉，鼻尖一陣搔癢，馬上就聞到了洗髮精的香味。

「好香喔。」

白尚熙語氣困倦地呢喃道。他們耳鬢廝磨，臉頰親密相貼。揉亂頭髮和揉捏著後頸的動作十足地慵懶。熟悉的體味令人安心。徐翰烈在白尚熙的頸部不停蹭著頭，一點一點地輕吻著。白尚熙也埋首在他脖子內側，用鼻子摩擦那比平時高溫的肌膚。「可是……」白尚熙嘆氣似的，聲音裡帶著一股濃濃的遺憾：

「聞不太到你的味道。」

「……別聞了，好癢。」

「再一下下。」

白尚熙握住徐翰烈推著他肩膀的那隻手，隱約對他撒著嬌。高聳的鼻樑持續不停地蹭著細薄的肌膚表皮，猶如要盡情汲取體味似的，淺促的吸氣聲接二連三地迴盪在耳邊。茫然承受著的徐翰烈扣住了白尚熙來到他耳側的臉，把如雕像般俊美的那張臉捧到自己面前，對著他端詳了好一陣子。黑眼珠隨著眼睛、鼻子、嘴巴緩緩溜轉，帶著在蠢蠢欲動的明顯慾望。

「唉，好想接吻。」

徐翰烈最後仰首嘆息了一聲，也對白尚熙做了一個荒誕無理的要求：

「白尚熙，你去用那個消毒水漱個口再過來吧。」

「要是這樣就能解決問題，要我吞下去我也願意。」

他一邊笑著，一邊撫過徐翰烈變紅的眼眶。徐翰烈也不停摸著白尚熙的嘴唇，極為可惜地咬著自己的下唇，露出垂涎不已的模樣。白尚熙任由他摸了好一陣子，之後才用消毒濕紙巾把他的手指頭給擦拭乾淨。徐翰烈用功虧一簣的表情不滿囁嚅道：

「感覺真不爽，我簡直像個活體細菌一樣。」

「髒的不是你，是我。」

白尚熙在檢查還有哪裡需要擦拭，徐翰烈死盯著他看，然後忽然叫了一聲「白尚熙」。白尚熙原本在徐翰烈額頭附近的視線立刻落在他眼睛上。徐翰烈望著對方盛滿了自己的一雙眼瞳，突然間叮嚀道：

「你不要感冒了。」

徐翰烈拐彎抹角地要他繼續來看自己。「嗯」，白尚熙順從地答應。

「也不要感染到肝炎或病毒那類的。」

「好。」

徐翰烈又開始摸著白尚熙的臉，不知為何用帶著怒意的眼神摸索著他的眼、鼻、嘴唇。

「……媽的，看得到吃不到。」

隨之而來的歎息讓白尚熙不由得發出了笑聲。

✳

「雖然出院了，短期間內在行動上還是要多加小心留意。骨頭的傷還沒有完全癒合，要是受到衝擊或勉強動作的話可能會出現問題。請每十二個小時按時服用一次免疫抑制劑，要是錯過了時間，請在發現的當下立刻服用。假如真的遲了太久，就跳過一次，在下一時間點服用，但要特別密切注意那段期間是否有出現任何異常的徵兆。」

主治醫師一再地強調道。徐翰烈的出院指引不同於一般病患，主治醫師彷彿進行了一場演講。畢竟以徐翰烈的狀況，出院並不代表身體已經痊癒。由於免疫系統的排斥反應或感染問題，接受器官移植的患者比起手術本身，更要注意的是手術預後的情況。手術後的六個月是密切觀察期，當然，就算是過了這段期間，也不代表就可以完全放心了，仍有很多事情需要特別照顧。

「還記得早上要在空腹的狀態確認體重和體溫吧？患者自己如果忘記測量，身旁照護的人們要替他注意提醒。量體重時一定要維持相同的條件。假如一開始是穿著某件衣服測量的話，日後最好也都要穿著相同的衣服測量。先準備好幾件固定的睡衣也是一個不錯的方法。」

「與其那樣，脫光衣服再量不是比較方便嗎？」

徐翰烈忽然間插嘴，正在專心聆聽的徐朱媛朝他使了個眼色。主治醫師不慌不忙地回答說「沒錯」。似乎這段時間也漸漸習慣了徐翰烈這種不按牌理出牌的言行舉止。

「那也是一個辦法，而且光著身子量更能減少誤差。不管如何，體重、體溫、脈搏、血壓都要在固定的時間每天確實地測量紀錄，回診時要記得帶過來。要是體重在一天之內增加了一公斤以上，有可能是體內累積了水分。要是體溫持續高於三十七．五度、四肢發麻、畏寒，有身體不適的症狀時，要懷疑是否有感染的可能，出現上述症狀時，請盡快送到醫院來。」

徐翰烈露出事不關己的神情，所有人都很嚴肅認真地聽著，他本人看起來卻一點也不在意。主治醫生又補充叮嚀說不要隨意服用市面上販售的腸胃藥或止痛藥，最後問道：

「有沒有其他想詢問的事項呢？」

「請問什麼時候才可以做愛？」

徐翰烈像是等待已久，終於找到機會發問，語速快到讓人無法阻止。楊秘書頓時嗆到口水似的咳了起來。徐朱媛不爽地看向徐翰烈，目光充滿了斥責之意。徐翰烈無辜地辯說：「是醫生要我問的啊。」主治醫師在置身事外的同時一邊努力維持鎮定：

「這個嘛，夫妻行房這種事很難給出一個明確的時間點。等骨頭完全癒合之後，患者可以自行判斷自己的體力或身心狀態是否良好，覺得沒問題的時候就可以恢復了，但是還是不能太過勉強。」

「太過勉強的標準是什麼？」

「嗯……這個……」

「這樣規定不會太過主觀嗎？譬如應該要告訴患者說，不能超過三次以上，或是連續一個小時以上的話不好之類的。不然至少也說一下盡量避免哪種體位啊，沒有像這樣比較明確的指示嗎？」

「徐翰烈！」

徐朱媛直接出聲警告。徐翰烈彷彿很委屈地辯解：

「怎麼了，這可是最重要的一個問題耶。要是沒問個清楚，做到一半翹辮子了，徐會長會負責嗎？」

「這種事一定要問了才知道嗎？就是都對你太好了，才會這樣老是像個長不大的孩子。」

夾在兩人之間的主治醫師擦了擦額頭上的汗。徐朱媛向他說著「辛苦您了」，趕緊讓他離開。楊秘書送醫生到外面去，然而徐朱媛並沒有因此收起對自己弟弟感到不滿的目光。徐翰烈一點也不在乎地碎唸著：

「還硬要說什麼夫妻行房，難道沒結婚的人就不能打炮嗎？」

「你現在完全生龍活虎了是吧？還跟醫生亂開這種玩笑。」

「誰說我是在開玩笑？性慾跟吃飯睡覺一樣，是人類最基本的慾望，更何況是正值巔峰期的男人。」

「就憑你那副身子還真敢講啊，等你骨頭都癒合了再說吧。」

徐朱媛不甘示弱地回嘴，然後朝默默待在一旁的白尚熙撇了一眼。白尚熙疑惑地揚起了眉毛。徐翰烈一看到她那眼神就懂了意思，立刻提出抗議：

「妳不要對他施壓。」

「我哪有？」

「妳少在那邊用眼神威脅他。」

「我沒有啊，你做賊心虛嗎？都要三十歲的人了還這麼不懂事，真不知道你腦袋到底都裝了什麼，不過，看來你至少還懂得分辨什麼事是不能做的嘛。」

「我們會長大人只知道用自己的標準和想法套用在這個世界上，把都已經三十歲的成年人當成小朋友對待，還干涉他的私生活，這才是不正常。」

看著姊弟倆互不相讓地鬥嘴，白尚熙忍不住噗哧笑了出來。徐朱媛和徐翰烈於是同時朝他轉過頭來，異口同聲地說著：「笑什麼笑。」血緣果然是欺騙不了人的，這句話是否可以用在這種時候呢？白尚熙朝他們倆搖頭否認，從姊弟間的爭吵中脫身時臉上依舊帶著笑容。這時才回到病房的楊秘書一臉疑問地輪流看著他們三個。

「總之呢，」徐朱媛決定結束這場無謂的爭鬥：

「考慮到你那難搞的脾氣，我特別幫你選了一個可以保有隱私的住處，但是還是會有一些傭人隨時進出，所以你自己控制好你的行為，不要做出太離譜的事。池建梧好歹也是個演員，要是出現什麼奇怪的傳聞對他也沒有好處不是嗎？」

「不一定吧。我不是說不需要其他人了嗎？」

「那是你自己的想法，沒聽到醫生說手術後六個月內都要小心嗎？除非你們兩個打算每天在那房子裡打掃消毒，不然就算再不方便也要忍耐。因為要控制好體重，所以小菜那些吃的東西不要挑嘴，人家準備什麼你就吃什麼。我還請了一個常駐的急救醫生，等到了那裡楊秘書會再說明是怎樣的運作系統。」

就連日常對話也要談及系統。徐翰烈擺了一個臭臉，似乎原本以為出院之後他就能自由了。「聽懂了沒？」徐朱媛抓住他的下巴問道。徐翰烈頭向後一仰，從徐朱媛的手中掙脫出來。

「反正還不是都要聽徐會長的安排，何必問我。」

徐翰烈鼓起了臉頰抱怨著，對著徐朱媛走前的道別也不太想理睬。楊秘書尾隨徐朱媛出去了，於是房內只剩下他們兩人。看到白尚熙仍在竊笑的樣子，徐翰烈忍不住唸他：

「你一直笑是在笑什麼？」

「你說呢？」

白尚熙緩緩呢喃，朝著徐翰烈走近。徐翰烈眼睜睜看著他接近，直到自己臉上出現了陰影。他輕輕地閉上眼睛，然而等了老半天，對方都沒有親上來。察覺到異狀的他掀開了眼皮，只見白尚熙的臉正停在咫尺之處。「什麼啦？」徐翰烈一開口，白尚熙就笑了出來，然後不是在嘴唇，而是在臉頰上溫柔地印下一吻。吻畢，白尚熙下意識要退開，卻被徐翰烈一把揪住了衣領不讓他走。白尚熙依舊只在徐翰烈額頭上親了一下就把徐翰烈揪住衣領的手給輕輕地拉開。「現在還不行。」拒絕的話語十分冷酷無情。

徐翰烈正要出院，白尚熙突然間伸出兩隻手臂，似乎是想要抱他。儘管還有醫護人員們在場看著，他也一點都不忌諱。徐翰烈亦是毫不猶豫地摟住他的脖子，白尚熙便從徐翰烈的屁股和背部將他整個人小心地打橫抱起。住院期間好像瘦了許多，抱起來更輕了。白尚熙把他抱到輪椅上，等在一旁的楊秘書替他蓋上毯子之後打算直接推著他走，白尚熙卻搶先一步握住把手，攔阻了楊秘書的動作。

「我來推。」

「您請吧。」楊秘書欣然退開。

輪椅輪子慢慢地滾動離開了臥室。對於徐翰烈來說，這個空間等於是個沒有鐵欄的監獄。他們接連經過住了一整個月卻幾乎從未使用過的客廳和走廊。假使他運氣稍微不好，要平安地離開這裡幾乎是不可能的事。

一行人來到地下停車場，車子已經提早抵達在等著他們。白尚熙就像把徐翰烈抱上輪椅時那樣將他抱到了後座。一鬆開手臂，兩人頓時對上視線，白尚熙遂在他臉上啾了一口，似乎完全不擔心會被誰看到。楊秘書也沒什麼反應，只是熟練地將輪椅折疊起來放進後車廂。兩人依序上了車，車子駛離了昏暗的停車場，開往陽光明媚的道路。

他們的目的地既不是徐翰烈的老家，也不是白尚熙的豪華公寓。車子開了一個多小時之後到了首爾近郊的一棟別墅。使用環保綠建材的這棟房子剛建成不久，完全符合方便消毒殺菌的所有條件，也是徐朱媛為了徐翰烈的療養生活親自買下的住處。

「就是這個？」

徐翰烈看著有些詭異的建築外觀皺起了眉頭。由於外牆是用一整面的玻璃築成的，乍看之下不像別墅，比較像一間畫廊或溫室，看來至少是不必擔心日照量不足的問題。別說是曬太陽殺菌了，夏天應該會被烤成人乾。一樓有個私人游泳池，視野良好的地方都放置了躺椅和長凳。

傭人們前來迎接徐翰烈一行人的到來，楊秘書簡單地為他們互相介紹了一下，也向徐翰烈解釋說平時幾乎是不會有機會和他們打到照面的。

一進別墅，首先撲面而來的是消毒水特有的味道。

「這裡特別注重預防感染的防護隔離措施，銀離子自動殺菌機和空氣清淨機都是自動啟動的，請不要去觸碰電源。您的寢具和衣物還有使用過的毛巾等每天都會換洗兩次。只要稍微有一點點污染就請您立刻更換新的。上午十點到十二點是散步和日光浴的時間。我們會利用您不在的時間進行清掃和消毒。一天用餐三次，我們會在固定時間準備好餐點，由我親自為您端過來。在您療養的這段期間，我將會全天候待在別館，有需要時隨時都可以找我。您可以環顧一下四周，室內到處都設有呼叫按鈕，只要按下按鈕，常駐的醫師就會立刻趕過來。」

「差不多都了解了，你可以出去了。」

「再提醒您一件事，每天需要服用的藥都已經放在臥室裡的一角了。為了盡量縮短動線，體重計、溫度計還有血壓測量計也都設置在那裡。只要您服用了抑制劑，不管是傳訊息或是打電話的方式，都請您馬上通知我一聲，這是為了防止有任何遺漏。」

「你再講下去天都要黑了。」

徐翰烈語氣酸溜溜地發出嘆息，「楊秘書。」他喚道。

「是。」

「我又不是文盲，你講這麼多是怕我自己看不懂嗎？」

徐翰烈晃了晃一旁的使用手冊。楊秘書至今叨叨絮絮的所有事項上面都有詳盡的說明。「我累了，請你出去吧。」徐翰烈朝門口撇了下頭。

「請好好休息。」

楊秘書恭敬地點了頭後才轉過身，離開之前，他不忘向白尚熙投去一道意味深長的目光。

打量著別墅內部的徐翰烈幽幽吁了口氣。

「你不滿意這裡嗎？」

「感覺好像還待在醫院裡，都要憋出精神疾病了。」

「這裡跟醫院怎麼會一樣。」

「哪裡不一樣？消毒水的味道薰到我都快窒息了。」

白尚熙把一臉不滿的徐翰烈倏地抱起，讓他坐在旁邊的吧台桌上，兩人的眼睛高度因此變得齊平。徐翰烈似乎被他嚇了一大跳，眼睛瞪圓了看著他。白尚熙扣住他的下巴，「最大的不同呢……」他的臉龐逼近，一股輕微的壓力把徐翰烈飽滿厚實的唇瓣壓得陷了下去，再充滿彈性地膨脹了回來。噴發在人中的鼻息也隨之散去。

「……就是這個。」

稍微退開後的白尚熙如此喃喃道。徐翰烈緩慢轉著一雙眼眸看著他。長長的睫毛因為安靜屏住的呼吸而微微眨動著。

就在下個瞬間，徐翰烈一把摟過白尚熙，嘴唇比起剛才更為激烈地相碰。碰撞的痛楚讓白尚熙皺了一下眉，片刻後又笑了起來。

如今唯一要做的，似乎真的只有盡情相愛這件事了。

✳

白尚熙經常作夢，開頭總是夢見自己在走廊上走著，他每跨出一步，地面上的影子便越拉越長，隨之增加的阻力使他的腳步變得窒礙難行。腳下的路似是走到了盡頭卻又一直延續著，零零星星的窗戶在眼前忽明忽滅，最後又亮了起來。四周一片靜悄悄的，感覺不到別的動靜。

『……尚、熙？』

他漫無目的地向前走著，忽然聽見一道熟悉的嗓音。停下腳步回頭一看，徐翰烈正站在那裡，模樣和現在貌似一樣卻又不太一樣。身上穿著制服的他看起來稚嫩了許多。

『你就是白尚熙？』

原先帶著懷疑的面孔隨即綻開一抹狡黠的微笑。

『沒錯吧？你是那個女人的兒子。』

徐翰烈懷著肯定的雙眼閃爍著奇異的光芒。一切都跟過往的記憶相同。徐翰烈繼而用他那副清秀的臉龐說了一堆不入流的話。白尚熙沒有打斷他。他一直注視著徐翰烈，到後來忍不住噗哧偷笑。徐翰烈冷嘲熱諷了半天，卻見他不怒反笑，冷冰冰地沉下了臉：

『你笑什麼？』

白尚熙沒有回答他，而是抬起了手，徐翰烈反射性地縮了一下。白尚熙的手停頓一會後再次伸了出去，撫摸著徐翰烈的一頭濕髮：

『頭髮，要好好吹乾。』

怔愣地看著他的徐翰烈瞬間蹙起了眉心，凶狠地揮開來到後頸的那隻手。不耐煩地瞪著白尚熙的那張臉扭曲得厲害，彷彿碰一下他就會立刻哭出來似的。

唉，現在差不多要醒了。白尚熙依稀之中產生了這個念頭。

噠……噠……

白尚熙循著震動音的方向伸手，在周遭摸索了一陣之後才關掉了鬧鐘。手機上的時間顯示為清晨五點三十分。他深深呼了一口氣，驅散剩餘的睡意。儘管動作不大，在他懷裡的徐翰烈仍是不安穩地蠕動著身軀，看起來還不習慣和別人同睡一張床的樣子。

白尚熙看著他完全放鬆的臉孔，與夢中的殘影模糊地重疊在了一起。他不曉得那個夢境到底是源自於過往的愧疚感，還是一種為時已晚的補償心理。

「……感覺好像做了什麼壞事。」

他長嘆一聲，手臂環上徐翰烈的腰然後親吻他袒露的後頸，用鼻樑在那光滑的皮膚上搓揉著。除了指尖和腳尖以外，徐翰烈的體溫仍是比一般人還要高，不管摸哪裡都暖烘烘的，心情很快就平靜了下來。還有些寒冷的天氣令人忍不住發懶，明明該起床了，白尚熙卻賴著不想起來，一直在徐翰烈的後頸和耳際蹭來蹭去地弄著。

到最後，直到第二個鬧鐘響起，白尚熙終於起身，還非得在徐翰烈頭上輕揉個幾把之後才好不容易走進浴室。他從並排擺放的兩隻牙刷當中拿起黑色的那支刷牙。

照理說，一般人此時應該會查看一下自己倒映在鏡中的模樣，白尚熙卻是先拿起手機翻看，確認今天的菜單。刷牙漱口之後，他帶著計時器進入淋浴間，設定好在五分鐘之內完成洗頭和沖澡的步驟，最後再把頭髮吹乾，用塗抹化妝水和乳液來作為收尾。

沒開燈的客廳還很幽暗。時間確實是早到連太陽都尚未升起。轉眼間已經來到春季，空氣卻依舊帶著寒涼的氣息。白尚熙開始打開周圍電燈確認室內的溫度，包含濕度一併細心檢查完畢之後，他走向了廚房。他從冰箱拿了一瓶礦泉水，站在原地喝光了那瓶水，然後再拿了一瓶沒有被陽光直曬、常溫保存的礦泉水回到了臥室。

徐翰烈正窩在被子裡一動也不動的。怕他會感到刺眼，白尚熙沒有馬上開臥室燈，而是先開了床頭亮度較暗的閱讀燈。光線落在徐翰烈的眼睛上，令他眉頭忽地皺了好幾下。

「早上了。」

「嗯……」

徐翰烈困倦地吐了一口氣，翻了個身，漸漸往被子裡面鑽進去，沒有要睜眼的意思。白尚熙又看了一次時間。已經剩不到十分鐘了。「徐翰烈。」他輕柔地撩開徐翰烈覆蓋著額頭的瀏海，一邊叫著他名字。徐翰烈的眼皮底下開始慢慢轉動，像是在做出反應。

「起來吃藥了。」

聽是聽見了，徐翰烈並沒有馬上醒來。「嗯？」白尚熙湊到他耳邊聲音低沉地催促。眼睛都還張不開來的他終於拖拖拉拉地伸出雙臂環住白尚熙的脖頸。白尚熙在徐翰烈的脖子和臉頰上一連親了好幾下，然後托住他的背部把他身體抱了起來。

徐翰烈的頭倚靠在白尚熙肩膀上，深深嘆了口氣。意識似乎是清醒過來了，但眼睛卻還未張開。白尚熙伸長手拿起桌上的藥，手機在這時再度響起。

是早上六點的鬧鐘。

「啊——」

面對接下來的要求，徐翰烈默默張開了嘴巴。白尚熙把免疫抑制劑放進他口腔深處。手指接觸到的舌頭和黏膜感覺溫度相當高。是發燒了嗎？

「水。」白尚熙把拿來的礦泉水倒在杯子裡遞給他。徐翰烈的手在空中抓了半天都沒拿到杯子，白尚熙乾脆把杯子直接湊到他嘴邊。徐翰烈這下子總算喝到了一口水，和藥丸一起慢慢地吞嚥下去，閉著的眼皮跟著掀了開來。昨天他一直到深夜才睡著，現在似乎難以擺脫沉沉的睡意。

「好睏。」

「把該做的做完就可以回去睡了。」

白尚熙把耳溫槍伸進徐翰烈的耳道裡，半晌後，隨著嗶的一聲，測量結果出來了——三十六·八度。雖然有比平均值高了一點，但和前一天是相同的溫度。

「有上升嗎？」

「沒有。」

徐翰烈點點頭，不一會又閉上了眼睛。「還不能睡。」白尚熙在他臉上戳了兩下。

「抓著我。」

他伸出手臂來打算把徐翰烈扶起，徐翰烈似夢非夢地摸索著他的胳臂，正要抓緊白尚熙的時候，上身一個不穩忽然向前傾倒。還好白尚熙反射性托住了他的肩膀，不然他應該會跌到床底下，差點在站上體重計之前先摔斷鼻樑。

小聲嘆氣的白尚熙一把抱住了徐翰烈，徐翰烈自動環抱住他的脖子，也趁機互相磨蹭耳朵，微微地蹭著腦袋。他還帶著睏意的時候特別地愛撒嬌。

白尚熙在朝體重計走去的同時對著徐翰烈的臉頰、下巴、頸部、耳周一頓亂親，糾纏到徐翰烈受不了地掙脫了他的懷抱。徐翰烈總算清醒到了可以自行站立的程度。幸好體重也沒有產生變化。白尚熙終於鬆了一口氣。

療養中的徐翰烈總是如此開啟他的一天。不管前一天幾點睡，一定要在早上六點鐘起床。這是他必須執行一輩子的任務。

假如身體的免疫系統錯把移植的器官當成是細菌或病毒之類的外來物質，將會對它進行攻擊和破壞。如果沒有即時阻止，器官會因此受損而導致死亡。為了防止此種情況發生，徐翰烈必須服用抑制劑來遏止免疫系統的活化。排斥反應是隨時都有可能會發生的，這也是為什麼就算每天確認身體狀況無異狀仍不能掉以輕心的理由。

白尚熙從徐翰烈身後將他摟進懷裡，下巴直接靠在他的肩膀上。「好重。」徐翰烈抱怨道。他愛睏時的那股撒嬌勁在清醒之後完全消失殆盡。儘管如此，白尚熙還是頑固地抓著他，在他後頸上啾了一下。

「要吃飯嗎？」

「不要，我還要再睡。」

「那再睡三十分。」

「太少了啦。」

徐翰烈轉身面向白尚熙表示他的不滿，「再多一點。」他一邊央求一邊把頭靠在白尚熙的肩膀上。

白尚熙托著徐翰烈的屁股，一口氣將他舉了起來，徐翰烈自動地抱住白尚熙的肩膀和頭部。白尚熙像在啄著他的脖子一樣，佈下淺淺輕吻。徐翰烈被他這番嬉鬧似的舉動逗笑，兩隻手捧住他的臉，嘴唇在他光潔的額頭與臉頰上吻個不停。豐厚的唇瓣貼上肌膚，軟呼呼地被壓扁，那種綿軟的觸感讓白尚熙不禁露出笑容。

他慢慢走向床舖，把徐翰烈給放了下來。徐翰烈仍不願放開他的臉，反而一邊向後躺下一邊不停親著白尚熙的嘴。白尚熙的上半身被他拉到了床上，繼續承受著徐翰烈執拗的親親攻擊。他等了又等，卻不見這波愛情攻勢有要結束的跡象，白尚熙無可奈何地笑了出來。

「你不是要睡覺？」

「嗯。」

「你打算這樣睡？」

徐翰烈點點頭，並細細地咬著白尚熙的上唇。他沒有吸吮也沒有伸舌頭，只在唇部表面揉蹭摩挲著，這樣的碰觸甚至稱不上是在接吻。

乖乖任由他親著的白尚熙突然扭頭，嘴唇變換角度地銜吻，同時托起徐翰烈的腰將他移到床的內側，自己則是整個人伏到他身上去。他對著徐翰烈的上唇中央輕輕吸起放開，反覆調皮地吸了又放。手掌也趁著此時從腰際滑至屁股的地方，一把捏住富有彈性的臀肉。徐翰烈不禁發出「嗯」的聲音，身體主動貼了上去。

白尚熙用舌尖戲弄著徐翰烈的邱比特唇珠，一邊囁咬，大掌也一邊盡情揉著臀瓣。徐翰烈扭動著身子，努力巴住白尚熙的身體，膝蓋像是纏絞般地壓迫著白尚熙的腰桿。白尚熙的手毫不遲疑地伸進徐翰烈的衣服裡，同時對著他嘴巴深舔，舌頭直接分開兩片唇瓣鑽了進去。登時，原先滿是抵抗的那張嘴一下子放鬆開來，扒著白尚熙上衣的手也漸漸失去力氣。

「……？」

白尚熙暫時分開了嘴俯視著徐翰烈。不知何時，他已經闔上眼睛睡著了，被反覆啃咬水光十足的唇縫之間開始逸出了深沉的吐息。

白尚熙無奈一笑，亦發出了可惜的長嘆。他只好把頭埋進徐翰烈的頸窩處來撫慰自己深深的遺憾。

出院之後，每天要做的事情相當單純。要測量紀錄許多數值的忙碌早晨結束之後，他們會在別墅周圍的步道或外面的長椅消磨時間。有時看書，有時也會用平板電腦上上網，但大部分時間只是什麼也不幹地坐在那裡，吹著清新的微風、曬著陽光，享受這份難得的閒暇。這是個不用受到吃藥或進食等規定束縛的時間，也是兩人一天之中交談最多的時光。

白尚熙也是因此得知了徐翰烈在十歲就失去了生母，在那之後，一直到和白尚熙相遇為止前，他都是在美國度過的。徐翰烈所待的地方是在康乃狄克州的一個城市，叫作萊克維爾。他還分享了他的學校裡面有一個大湖，某天還曾在那裡發現了一具溺斃浮屍的怪談故事。徐翰烈提到曲棍球隊的傢伙們三不五時就來找碴，白尚熙於是追問著那些人是怎樣的傢伙、有沒有被欺負得很嚴重或被逼迫做什麼奇怪的事、都是怎麼解決處理的。他態度從容卻鍥而不捨地發動質問攻勢，直到徐翰烈不耐煩地要他不要再害自己想起那些混蛋的面孔時才終於停止。對於徐翰烈發表「沒有人能比你更討人厭」的感想，白尚熙說著「我知道」，然後把徐翰烈吻到暈頭轉向的地步。

白尚熙提到自己是從十四歲左右開始賺錢的，還說自己做過的工作太多，直接列舉沒做過的工作還比較快。對徐翰烈來說，根本難以想像他和妹妹們從小到大在沒有監護人的情況下，究竟是過著怎樣的生活。在彷彿是逃進去避難的軍隊裡，白尚熙意外地過得還不錯。他把他當時完全沒有意願要再重返演藝圈，以及後來是怎麼樣聯絡上徐翰烈的這些前因後果，全都說給徐翰烈聽。他也說明了自己有多不想和白盈嬅扯上關係，唯獨有一次主動找上她，理由不為別的，就只是為了徐翰烈。

「你找白女士幹嘛？」

「想說她可能會知道你在哪裡。」

「她哪會告訴你啊，該從哪裡開始找起明明就很明顯。是說我完全沒想到你會衝去找徐會長，有夠不知死活的，要是發生什麼危險的事你要怎麼辦？」

「說不定就可以更快見到你了？」

「可能會被埋在哪裡或丟到海裡餵魚，就算是我也找不到你。」

徐翰烈滿不在乎地說著恐怖嚇人的話，白尚熙聽了輕笑出聲，配合地回應道「差一點就永遠見不到你了。」說完，他把徐翰烈緊摟進懷裡，煩人地在他耳朵後方一陣猛親。對話的過程中，兩人時不時接吻、做出親暱的舉動，沒有一天不是親到兩片嘴唇發腫。

吃完午餐，他們通常會待在客廳觀看各式各樣的紀錄片，看著看著不小心就睡了個午覺。也曾經一起玩過幾次電動遊戲。徐翰烈不屑地表示這些東西都是小朋友在玩的，結果每次輸了就惱羞成怒，更無法接受白尚熙故意放水讓他，總要一直比到他以自己的實力贏過白尚熙了他才肯罷休。有時甚至玩到三更半夜還不肯起身，然後隔天一整天都在打瞌睡。在贏了白尚熙幾次之後他隨即對遊戲失去了興致，變得興趣缺缺。

最近徐翰烈則是一直在看白尚熙過去出演的作品。他並不是那種專注的追劇模式，而是一直放著讓它播，自己邊看邊打盹。白尚熙會坐在他旁邊，閱讀著雜誌或是電視劇和電影的劇本。

就像這樣，這是個一如往常的下午時光。旁邊突然傳來一陣物品碰撞聲。白尚熙抬起頭，只見遙控器已從徐翰烈的手中滑落，窩在地板上的徐翰烈不小心睡了過去。白尚熙靜悄悄地站起來，正要關掉無人觀看的電視，徐翰烈突然迷迷糊糊地囁嚅道：

「放著，我還要看。」

「你現在眼睛是閉著的。」

「我有在聽。」

徐翰烈回答的聲音已經含糊不清。白尚熙又再觀察了一下，側頭湊到徐翰烈耳邊，「上去睡吧。」輕聲細語的聲音和說話噴吐的氣體搔癢著耳朵且鑽進了耳裡。徐翰烈耳後的汗毛發顫豎起，「懶得動。」他忍不住縮著脖子。白尚熙看了他一會，又附在他耳邊說起悄悄話，「抱你上去？」明明是很普通的一句話，但那低啞的語調溫柔蕩漾，比起任何話語都要來得濃情蜜意。

徐翰烈勾起嘴角，再度回了句「不要」，脖子被白尚熙逗得一下子縮了起來，趕緊伸手摀住了耳朵。白尚熙淺淺地笑著，把嘴唇直接埋進徐翰烈的頭髮裡，還無故搔癢起他的腳掌心。

徐翰烈不停扭著身體，咿咿啊啊的哀叫。覺得他反應很好玩的白尚熙於是接連在他前額和太陽穴附近啾啾啾地親著，也伸手捏他的屁股。伸進T恤的手掌撫摸著後背，在肩胛骨上摸來摸去。

「……」

沒隔多久，徐翰烈便睜開了眼睛。躺著和他面對面的白尚熙充斥著他的視野。他出神地盯著白尚熙，然後伸長了脖子吻上白尚熙的下顎，又在嘴角也吻了一口再退開。白尚熙臉上的笑意散去，抬起手來慢慢描繪著徐翰烈的臉部輪廓，小心翼翼用指腹微微掃過肌膚表皮。徐翰烈抓住了那隻手，把它拉到自己的胯部。

「來做吧。」

他直勾勾注視的眼神大膽又直接。白尚熙笑了一聲，嘴唇覆上徐翰烈的，身體自然地來到他上方，手也探進了衣服裡。徐翰烈默默地仰面躺在地板上，卻猛抓著自己的T恤向下拉。

「這個不行。」

白尚熙默不吭聲地低頭看著徐翰烈固執的表情，微微點了下頭便聽話地抽出手，隔著T恤盡情地搓揉起徐翰烈的胸部。軟嫩的肉團在他手中被捏擠在一起，大拇指在上面摳刮著。敏感的部位受到刺激，徐翰烈忽地伸出舌頭，卻立刻被白尚熙闖進來的舌頭撲倒壓制。白尚熙對著他胸前的兩個小突起或輕或重地繞圈碾壓，然後再次摳弄，舌頭同時由下至上舔著徐翰烈的舌底。徐翰烈發出低吟聲，下腹部不自覺迎了上去。

白尚熙嘖嘖吸吮著徐翰烈的舌，把緊繃的舌肉吸到變得軟糊糊的，對著被撫平的乳頭輕柔地搓撚。徐翰烈把兩人完全接觸的下體抵在了地面，腰身在隱隱持續的快感當中顫抖不已。肉團在反覆的刺激下前端硬挺地豎立，把單薄的T恤撐起了尖尖的兩點。

白尚熙發出滋的一聲，分開了相 的唇瓣，陡然連著T恤一口含住變硬的乳尖。他將周圍一圈肉一併含在嘴裡，用舌尖去擠壓小巧的肉團，薄薄的布料迅速濕了一片。

「嗯、呃啊……」

白尚熙托起徐翰烈聳動不已的背部，頑強地攻佔著他的前胸。用舌尖把乳頭輕輕往上推起，再大力地吸進嘴裡。一起被吸進口中的T恤出現了明顯又細密的皺摺。徐翰烈像是在推拒又像是在緊抓著白尚熙不放，從他手中流露出一種茫然與焦躁。白尚熙對著另一邊的乳頭也耐心地舔拭，手掌一邊向下，一鼓作氣地拉開褲子和內褲往裡面鑽。手指輕輕掃過原本被壓在一側的性器，然後溫柔地握在手裡。徐翰烈的下腹起伏膨脹著，慵懶地發出了呻吟。

白尚熙啃咬著T恤濕濡的區域，緩慢套弄刺激軟綿的性器。徐翰烈的呼吸漸漸開始急促，緊繃的四肢哆嗦了起來。來不及吞下的呻吟從口中不斷流瀉而出，腦袋在地板上難耐地磨蹭著。隨著白尚熙手中的性器越來越硬，徐翰烈的呼吸也愈發不穩了起來。

「啊、呃……嗚呃！」

白尚熙的指關節每一次擦過性器，就有一股顫慄感在體內竄流。明明不是第一次了，徐翰烈的腰肢卻不受控制地抽搐跳動。

白尚熙貼著徐翰烈的頸部，在上面搓揉著自己的鼻樑。體味好像比先前更為濃郁了。白尚熙伸出舌頭舔拭頸部，用嘴唇緊緊拉扯皮膚，手上更加強烈地摩擦著性器。徐翰烈似乎想擺脫這股匯聚得令人難耐的熱意，頭部先是歪向了一邊，又轉往反方向扭動，模樣極為痛苦。白尚熙慢慢舔著他脖子上浮現的青筋，指腹溫柔地旋轉著龜頭。尿道口噙著的前列腺液蔓延開來，把白尚熙的大拇指和整個龜頭都黏膩地浸濕。白尚熙不急不徐地搓揉刺激著因興奮而急促開合的尿道口，徐翰烈似是難以忍受這種酥麻感，屁股使勁往下壓試圖逃開。白尚熙長長的手指夾住了他的性器末端，輕輕拉動又再放手，徐翰烈連腰部都開始扭動，不知該如何是好。

「嗯、啊……白尚熙……」

「喜歡嗎？」

白尚熙的嘴唇壓在徐翰烈耳垂上問著，徐翰烈艱難地點了點頭。白尚熙豎起舌尖，慢慢地向上舔著徐翰烈的耳廓。不由自主增加的緊張感讓徐翰烈整個身體微微地顫抖。舌頭伸進耳道的霎那，手指也無預警地搔刮著會陰部，在耳朵裡變得濕濘的同時，下方也湧現了一道尖銳的快感。

「哈呃！嗯……」

「這裡呢？」

徐翰烈頑強地扭著頭，咬緊了牙關。「嗯？」白尚熙一邊詢問一邊在他會陰部輕輕搔癢著，彷彿在沒聽到答案以前不願好好給予愛撫，刻意要讓徐翰烈焦灼難耐。徐翰烈哆嗦地睇起眼，只好一連點了好幾下頭。白尚熙滿意地揚起了嘴角，在徐翰烈耳邊吻了又吻，轉動著陰囊的同時也伸出食指輕撫著會陰部。他的另一隻手則是從徐翰烈的陰莖根部持續往龜頭的方向套弄。胯部所有能受到刺激的部位都被逼出了不同類型的陣陣快意。徐翰烈的整張臉蛋無一處不是漲紅的。

「啊、啊……」

徐翰烈張開的嘴裡情不自禁地發出了茫然的呻吟。一種奇妙的能量一直凝結在身體中央，無法像先前那樣順利排解，如此不斷的積累下去，下體就快要脹裂似的。那股無邊的焦灼感讓徐翰烈的兩條腿不斷圈緊著白尚熙的腰身。

白尚熙猶如在催促他似的，齒尖囁咬著他的耳肉，撫慰陰莖的手掌也加速動作了起來。徐翰烈於是開始明顯地掙扎。白尚熙用自己厚實的身板壓制住徐翰烈急切挺動的身子，隨後毫不遲疑地捏緊了他的性器。徐翰烈猛烈地搖著頭，口中興奮地變成豔紅的色澤。

「哈嗯嗯、呃、啊啊……！」

徐翰烈身體發軟，忘我地呻吟。白尚熙手握滾燙的性器，像要把它扯下似的用力捋了一把，搖頭咬牙抵抗的徐翰烈「啊」地叫了一聲，彷彿從高空墜落時的驚嘆。完全開展的身體沒辦法輕易地蜷縮，只能不停地打顫。因劇烈的快感而飽受煎熬的性器驚愕地晃動著。儘管白尚熙已經鬆開了束縛，那股熱燙的灼燒感仍未消失，反而因為沒有好好發洩出來，使得整個性器難受不堪。

「噓——」白尚熙一邊安撫著徐翰烈，一邊緩緩朝他就快要爆炸的性器伸出了手。光是縮短了距離一寸寸地靠近，徐翰烈的性器就充滿期待似的發抖了起來。

然而白尚熙的手僅在周身徘徊，沒有馬上撫慰，勾得他心急如焚。要碰不碰的緊張感讓徐翰烈的腰不由自主地扭擺。白尚熙的手又閒晃了一陣子，倏地從上往下扳動似的抓住了徐翰烈的性器。就在下個瞬間，徐翰烈的下半身大幅度地聳動了起來。

「啊啊、啊……！」

他眼前發白，劇烈地射出精液，在膝蓋和胸膛都大張的情況下渾身發著抖。驚人的快感使得他嘴巴也咧了開來，唇瓣好似痙攣地抽動。空氣在頃刻之間火熱升溫。

白尚熙平靜地吻著徐翰烈寒毛直豎的面頰，亦在他聳起的肩膀上一邊烙下親吻，一邊稱讚鼓勵他說「你好棒」。徐翰烈頓時一動不動的胸部開始迅速地上下起伏，掀動不已的唇瓣之間連續發出急促的喘息。

「哈啊、哈啊……」

徐翰烈的眼皮閃爍性的跳動，那股充斥在渾身上下的熱氣一個晃眼盡數蒸散，全身泛起雞皮疙瘩。雙肩也不可控制地抽動著。白尚熙一直持續地安撫著徐翰烈，直到他不再顫抖為止。徐翰烈迅速地恢復了平靜。不對，或許是因為那沉甸無力的虛脫感使他變得如此安靜也說不定。連髮根都站立起來的那股熱潮消退，重重的憊感席捲了徐翰烈的全身。

即便如此，他卻蜷動著感覺變得麻痺的手指頭，往白尚熙的下身中央探去。他的兩隻眼睛都已經朦朧渙散，根本什麼也做不了。白尚熙不禁失笑，抓下了他的那隻手。

「你直接睡沒關係。」

「開什麼玩笑。」徐翰烈蹙著眉頭，說完硬是把手伸進白尚熙的褲子裡，還握住了他的性器。

然而也就僅只於此。在性器上摸了幾把的手漸漸鬆了開來，雙眼也不知不覺地閉上，微啟的唇瓣吐出了勻稱的呼吸。

白尚熙低頭看著昏睡過去的徐翰烈，替他把汗濕的頭髮輕輕向上撥去，然後緊緊摟住他的腰，在他發熱的脖子上多親了好幾下。

徐翰烈的手指頭突然蜷縮了一下，原本閉上的眼皮也徹底地睜開，變得開闊的視野裡看到了熟悉的天花板。這裡是客廳。他的身下不知何時鋪了條柔軟的毯子。

徐翰烈慢慢地直起上身坐了起來。感覺頭腦異常地清晰。外面太陽還沒下山，看來他應該沒睡太久，然而感覺卻像是連一個夢都沒做，熟睡了很長一段時間。他有意識地環顧著周遭，白尚熙不知去哪了，沒有看到他的人影。樓下倒是時不時傳來幾聲動靜。

「……」

他忽然低頭看向自己的身體。難怪身上沒有半點黏膩感，原來包含內褲和外衣全部都被換成了乾淨的衣物，而他對此卻是一無所知。自己現在到底是變得多遲鈍了。

徐翰烈從地上爬起來下到一樓。白尚熙正站在廚房的烹飪台前。他似乎正在準備晚餐，空氣中隱約傳來了食物的味道。徐翰烈朝白尚熙背後走去，白尚熙這時轉頭瞄他。一對上眼，白尚熙說了句「起來啦」，旋即回過頭去。

「我正好想去叫你起來說。」

「我又不小心睡著了嗎？」

徐翰烈撫摸著自己的後頸一邊問道，臉上還掛著相當難堪的表情。他已經不是第一次這樣做到一半直接昏睡過去，證明他體力確實是下降許多。

白尚熙發現他情緒不太對，於是整個人轉過來和他面對著面。似乎完全猜想不到徐翰烈不開心的理由，白尚熙眼神中滿是疑惑。原本直視著他的徐翰烈偷偷往旁邊撇開了眼，鼓起的臉頰正在訴說著他此刻不悅的心情。

「你怎麼不直接做。」

「做什麼？」

徐翰烈的瞳孔馬上轉了回來，瞪著白尚熙的雙眼十分地不爽。

「裝什麼傻啊？你以前明明是個會為了滿足自己的慾念把人做到昏倒的人。」

「喔……」

白尚熙始終一副漫不經心的態度。他微微聳了下肩，彷彿覺得徐翰烈說的根本不是什麼問題。

「那時候和現在的情況不一樣。」

「有什麼不一樣？」

「那時候我以為你也做得很爽啊，爽到要死了。現在回想起來覺得心頭一窒。」

聽見白尚熙的回答，徐翰烈生氣地皺眉：

「說什麼鬼話。」

「那時候是錯的，現在這樣才是對的，所以你沒事不用這麼著急。」

徐翰烈抿住了嘴，飽滿的下唇被上排門牙咬得變了形。「假如，」白尚熙把他咬住的下嘴唇解救了出來：

「……你是因為擔心我才這麼做的，那就更沒有必要了。」

白尚熙輕撫著徐翰烈發紅的下唇，將他下巴稍微抬起，然後歪了頭湊上去啄吻他的嘴。

「你以為我會趁你睡覺的時候對你做什麼？」

白尚熙用溫柔的口吻在他耳畔陰險地低語，簡直像是在取笑一隻不諳世事自投羅網的小動物。一臉不滿的徐翰烈突然拽住白尚熙的衣領，兩人的唇瓣於是再次交疊。

徐翰烈輕輕咬住白尚熙的下唇，鬆開口，語氣不善地反問他：

「你要做什麼？在我睡覺的時候。」

這是一個嚴重的挑釁。白尚熙臉上從容不迫的笑容瞬間消失，凝視著徐翰烈的眼中浮動著顯而易見的情慾。徐翰烈的嘴角微微翹起。

然而就在下一秒，白尚熙忽然伸手揉亂了他的頭髮，一下子打破了原先還算不錯的氛圍。

「我會弄好晚餐，你去沖個澡再過來吧。」

徐翰烈用不可置信的眼神看著白尚熙，對方卻若無其事地背過了身去。徐翰烈看著那彷彿一堵牆般的後背，突然覺得一肚子火。

徐翰烈在他背上揍了一拳才走進浴室。他牢牢地關上門，連門鎖都穩固地鎖了起來，在原地站了好一陣子以消除怨氣。

等到稍微鎮定下來之後，他脫掉上衣，走到鏡子前方。沒有半點污漬的鏡面上反射出一具瑩白的胴體。大大小小的吻痕從脖子一路散落延伸到鎖骨，更別提手臂內側還有著鮮明的牙印。

白尚熙留下的痕跡延續到胸口附近就停止了。或許是理所當然，畢竟是徐翰烈自己打死不肯露出來。雖然在換衣服的時候應該就已經被他看光光了。

「……」

從他的胸部正中央直到腹部，沿著切口留下了一道長長的疤痕。他本來皮膚就白，新長出來的粉紅色嫩肉變得更加明顯。徐翰烈瞪著那道疤看了好半晌，然後撇開了頭，走向浴缸的側臉極度的不開心。

✳

「頭髮該剪了呢。」

白尚熙驀地掀開徐翰烈的瀏海。徐翰烈抬眸看著他，不曉得是不是被瀏海扎到的關係，眼眶有些紅腫。「要找人來嗎？」白尚熙摸了摸那泛紅的地方，徐翰烈的眼睛稍微瞇了起來。

「吃飯的時候不要煩我。」

「不喜歡？」

白尚熙詢問的同時放下的手還順便揉了揉徐翰烈的耳垂。徐翰烈沒有回答，只是夾起一塊煎豆腐朝白尚熙伸了過去。白尚熙毫不猶豫地張嘴吃掉，表面雖然裝飾著紅辣椒和茼蒿，神奇的是竟然吃不出半點味道。

徐翰烈不滿意地掃了一圈準備好的餐點。乳白色的白蘿蔔牛肉湯和五穀飯，幾樣汆燙青菜、香煎豆腐、沒有加醬料的燉魚和白泡菜。

每一樣看起來都很衛生可口。這是考量到營養均衡又最不刺激身體的菜單搭配。一日三餐每天都是如此的配置。雖然每頓飯都會更換小菜的菜色，但本身清淡無味的這一點是永遠都不會變的。縱使食材不同，調理方式和調味幾乎都大同小異，所以感覺好像一直在吃著同樣的食物。

可能是打算能拖多久是多久，徐翰烈只是一直攪弄著碗裡的飯粒，已經過了十分鐘多，他的湯和那些配菜一點都沒有減少。

「有其他想吃的東西嗎？」

「有的話呢？」

「我就去問問看廚房，看他們能不能幫你做啊。」

「還真是個令人開心的消息呢，他們做出來的東西大概全都是這副模樣吧。」

徐翰烈一點都不期待地抱怨著，突然放下筷子，然後把自己面前的食物推到了白尚熙那邊。

「給你吃。」

他一餐剩下了多少沒吃完，這些徐朱媛都會收到報告，她每天都會檢查徐翰烈的菜單和攝取量。要是徐翰烈體重出現變化，這樣才能回溯追蹤原因。她本來就在嘮叨徐翰烈說不准偏食，要他給什麼就吃什麼，要是被她知道徐翰烈跳過一餐不吃肯定不會善罷甘休的。到目前為止，為了避免這種不必要的精神消耗，徐翰烈一直都在忍耐，就這樣忍了一個月。現在實在是吃到膩了，光是聞到味道他就胃口盡失。

但是，白尚熙並非完全站在徐翰烈這一邊。

「不可以不吃飯。」

「那吃了之後吐出來就可以了嗎？」

「怎麼又在鬧彆扭了。」

「我有什麼辦法，就是吃不下去嘛。」

徐翰烈乾脆轉過身去埋怨道。不管怎樣都不能讓他就這樣不吃東西，怎麼辦呢？白尚熙暫時思索了一下，再次跟徐翰烈確認他的意思：

「只要不是這些東西，你就吃得下去了？」

「不用白費功夫了啦，不管要他們再做什麼送來結果都是一樣的。」

白尚熙噗地一笑，從座位上起身。徐翰烈眼神訝異地看著他。只見白尚熙拿起手機，忽然撥了通電話。接通後，他跟對方說明自己是「徐翰烈的家屬」，一來一往的對話似乎是在尋求許可，看可以讓徐翰烈吃些什麼東西。

結束通話之後，白尚熙接著在手機上打起字來。

「你要幹嘛？」

「你說這些東西吃不了，也不想再吃廚房做的，又被交待說你現在還不能吃外食，那好像就只有一個辦法了。」

白尚熙說著讓徐翰烈不明所以的話，「等我一下。」片刻後，傳來了開門聲，楊秘書抱著一個小箱子出現在眼前。他立刻把帶來的東西交給了白尚熙。

「我把現在馬上能找到的東西帶過來了。但是您要這些東西是……」

「這裡的菜我差不多都吃膩了。」

楊秘書了然地「啊」了一聲，同時覷了徐翰烈一眼。很明顯能看出他的眼神是在擔心些什麼。

「這些主要是我要吃的，但是我怕翰烈可能會說他想吃一口看看，所以有先打電話跟主治醫生確認過了。他說只要是沒有受到污染的食物就沒關係。」

聽完白尚熙一連串的解釋，楊秘書還是無法輕易地消除疑慮。他也明白徐翰烈現在已經可以食用一般的餐點了，只不過徐朱媛堅持要讓徐翰烈吃養生餐，他也只好遵從這樣的指令。徐朱媛要楊秘書在徐翰烈療養期間開的菜單都是無刺激性的溫和飲食，絕對不接受他偏食或絕食的任性行徑。楊秘書甚至早已經猜想到徐翰烈不會願意乖乖聽從徐朱媛這種保護過度的指令。

「別像隻急著上廁所的狗一樣待在這裡，你可以走了，有需要會再叫你的。」

見楊秘書一副左右為難的模樣，徐翰烈推著他的背部催促他快走，也不停朝著門口的方向撇著頭。楊秘書長嘆了一口氣，「那我走了，池建梧先生。」他向白尚熙發出了無聲的叮嚀，見到白尚熙朝他點頭允諾了他才終於離開。

徐翰烈不滿地嘖了一聲：

「真不知道他到底是誰的秘書。」

「他要是真的是你姊姊那一邊的，一開始根本就不會答應我的要求了。」

白尚熙一邊袒護著楊秘書，一邊把他帶來的東西給一一掏了出來：清洗乾淨的蔬菜和牛胸肉，還有泡麵。暗自好奇的徐翰烈不禁露出洩氣的神情。

「這什麼啊？」

「算是我唯一會做的料理？」

「還料理咧，不就是泡麵嘛。」

徐翰烈嘀咕的語氣充滿了失望。白尚熙無聲笑了笑，拿了兩個鍋子放到電磁爐上，爐子好不容易發揮了它應有的功能。兩個鍋子裡的水在加熱的時候，白尚熙把準備好的蔬菜切一切。蔥、小白菜、青辣椒都被切成一定的大小。徐翰烈不知何時在一旁袖手旁觀了起來，即使他不想，眼睛還是自動往那邊飄過去。

「你的刀功滿厲害的嘛。」

「我做過廚房助手的工作。」

「哪家餐廳啊，這麼不會管理，竟然敢讓你這樣的人進廚房。」

白尚熙登時停下切菜的動作，轉頭看向徐翰烈。

「幹嘛？」

「你故意的嗎？」

「我怎麼了？」

「每次稱讚人時都非得用這種諷刺的方式。」

「我稱讚什麼了？」

「沒有的話就算了。」

白尚熙輕輕搖頭，繼續切著他的食材。他切菜的手法確實是乾淨俐落，不悅地看著他的徐翰烈用挑釁的口氣問道：

「既然你都當過廚房助手了，為什麼不會做菜？」

「我自己煮了覺得還不錯吃，結果大家都吞不下去直接吐出來，好像是說太鹹了？」

白尚熙很普通地在回答著，忽然轉頭朝背後看了一眼。他想說怎麼都沒聲音，只見徐翰烈正默默盯著鍋子瞧，眼神看起來像是在懷疑說這個能吃嗎、吃了真的沒問題嗎？

「這個的量已經是調好的了。」

白尚熙搖晃著調味包。水在這時滾了。他把泡麵放下去煮到半熟，先去掉油份，在另一個鍋子用香菇、大蒜、蔥這些蔬菜來熬湯。畢竟是使用即食產品，不需要花太多時間烹煮。

白尚熙把最後加上豆芽菜便完成的泡麵端到徐翰烈面前。他加了充足的水，放了大量的蔬菜，盡量煮得健康一點了，但對徐翰烈來說似乎還是相當重口味。

「這個味道聞起來感覺就很傷身呢。」

「代表我煮得很好的意思。」

白尚熙泰然自若地接受了他刻薄的評價。還不忘提醒他鈉含量可能會過高，所以不要喝湯。

徐翰烈握著筷子遲疑了好一會，這副樣子和吃血腸湯那時候重疊在了一起。看著他的反應，白尚熙抬起了眉毛：

「怎麼了，你該不會也是第一次吃泡麵吧？」

「……他們不讓我吃任何對身體不好的東西。」

「說半天，看來你還是很聽姊姊的話嘛。」

白尚熙取笑的口吻讓徐翰烈的眼神中透露著不滿。神情相當愉悅的白尚熙於是越故意地問他：

「你那位姊姊沒跟你說不要吃我嗎？」

「怎麼可能沒說。」

「難怪，她超級討厭我的。」

白尚熙持續開著玩笑，淺淺咧著嘴，然後用眼神示意徐翰烈還沒動手的那碗泡麵。

「你沒吃過所以不曉得，泡麵是剛煮好的時候最好吃，因為沒一下子麵就膨脹了。」

徐翰烈這才被逼得挾起了一口麵，把長長的麵轉了幾圈送進嘴裡。他沒發出響亮的吸麵聲。雖然筷子使用得不太熟練，用餐禮儀卻是出奇的好。

徐翰烈慢慢咀嚼著嘴裡的東西然後嚥下，一直蠕動的嘴唇停止動作。白皙的喉結滾動了一下。滿懷期待望著徐翰烈的白尚熙見到他臉上出現了無法理解的表情。

「……就這幾樣東西怎麼能這麼好吃啊？」

「對身體不好的東西通常都滿好吃的。」

「簡直像是你的自我介紹。」

「是嗎？幸好你覺得好吃啊。」

對於這種程度的調侃，白尚熙輕鬆地接招。不對，他似乎是當成稱讚了。徐翰烈搖搖頭，繼續撈著麵吃，還不顧白尚熙的阻止，舀了一口湯喝。一點也不鹹。蔬菜高湯和牛胸肉的組合反而散發出更具層次又清爽的風味。濾掉油的麵雖然多少有一點偏軟，但是沒有膨脹，吃起來還不錯。

「看來我得學學怎麼做菜了。」

白尚熙注視著徐翰烈吃得津津有味的模樣，一邊自言自語道。徐翰烈聽了困惑地抬起了頭。白尚熙輕笑著湊上前去，兩隻手臂撐著桌子，白皙的臉蛋於是被一道黑影所吞噬。

「是說，我跟楊秘書說了這是我要吃的耶。」

呆呆地看著他的徐翰烈沒做多想地挾起一口麵，期間麵條膨脹了不少，再加上徐翰烈筷子用得不太好，滑掉了一大半，只勉強挾到了幾根。白尚熙沒像剛才那樣伸出脖子，只是一言不發地低頭看著徐翰烈而已。他不是想要吃一口的意思嗎？徐翰烈看了一眼自己挾起來的泡麵暗示白尚熙趕快吃。為了不讓麵掉下去，使力挾緊的筷子尖端抖個不停。白尚熙不禁噗哧一笑，後來才垂下了頭。

徐翰烈緊盯著他的嘴，把筷子再舉高了一些。白尚熙乖乖配合張嘴要去接，突然間卻伸長了脖子含住徐翰烈的嘴唇。兩片唇霎時覆上了徐翰烈的嘴，分開時還伴隨著啾的吮聲。岌岌可危地掛在筷子上的麵條咻嚕嚕地滑進了湯裡。

「誰煮的啊，吃起來還真不錯。」

白尚熙若無其事地轉動自己嘴裡的舌頭回味著，像是什麼事情都沒發生，還催著徐翰烈：「趕快吃吧。」

徐翰烈驟然出手抓住正要後退的他，讓四片唇瓣再度吻合。軟滑的舌頭先是搭在白尚熙的唇上，隨後撬開那隙縫伸了進去。白尚熙絲毫不猶豫地含住那條靈活有力的舌頭，反倒像是等待已久，他溫熱的舌甜蜜地與之交纏。在一片靜謐之中，濕濡的舌肉彼此揉搓吸吮，傳出了滋滋聲響。徐翰烈扯著白尚熙衣服的手逐漸放鬆了力道，原本繃著的臉龐也乏力地軟化下來。

徐翰烈隨即放開了白尚熙的衣領，輕緩地拂弄著他的喉結。白尚熙也在徐翰烈的下顎處摩挲著，用力吸取著在嘴裡猛烈翻攪的舌頭。然後忽然扭著脖子，舌頭一下子壓在徐翰烈的上面，再度往他嘴裡猛伸，奮力鑽至深處，讓徐翰烈的腦袋不由得向後翻仰。徐翰烈發出悶哼的同時把下巴張得更開，如同雙蛇交纏的兩條舌頭佔滿了整個口腔，迅速匯集了黏稠的唾液。

徐翰烈甜甜地吸著白尚熙的舌，吸出「啾、啾」的聲響。吸到他舌根開始發麻了才鬆開嘴裡的東西，最後覆在上唇輕吮了一下。接著徐翰烈的嘴自然地挪動，在白尚熙的下巴、臉頰上接連親吻。白尚熙也頻頻在徐翰烈的唇角、頰側、耳際吻個不停。星星點點的吻一路來到頸部，高挺的鼻樑在薄而敏感的肌膚上恣意蹭壓，徐翰烈悄悄仰起了臉，任由白尚熙盡情地貪戀著自己的脖子。不知何時閉上的眼簾無力地微睜著，兩頰也泛起淡淡的紅潮。

白尚熙大口享受著藏在沐浴產品香氣之中那股清淺的體味，埋頭吻著徐翰烈脖頸上的每一處。徐翰烈低聲地呻吟，握緊了白尚熙的耳朵。漸漸的，白尚熙的身體開始明顯地起伏，從被徐翰烈揉捏的耳朵開始，熱意蔓延到了他的全身。呼出的氣體也變得越來越粗重滾燙。他一再吮舔徐翰烈的頸子，抑制不了竄升的興奮，一時激動對他動了口。皮肉被咬了一口的感覺讓徐翰烈渾身一震，抓住了白尚熙的臂膀。

「尚熙……」猶如呼氣般的嗓音從徐翰烈嘴裡勉強發了出來。

瞬間，白尚熙停下了動作，貼在徐翰烈頸側的體溫也陡然下降。

「……怎麼了？」

徐翰烈用沉醉的眼神抬頭看向白尚熙，他怔怔地和徐翰烈對視，「沒什麼。」他說完便笑了笑，像個剛從催眠當中醒過來的人一樣無措。剎那間被熱意所吞蝕的瞳孔飛快地找回了理智，原本火熱的氣氛頓時虛無地煙消雲散。

「趁麵膨脹前快吃吧。」

「……」

白尚熙神色自若地說完就離開了。從徐翰烈身後傳來他上了二樓的腳步聲。

被獨自留下來的徐翰烈瞪著無辜的空氣發呆。

已經整整過去了一個月。徐翰烈的肋骨在完全癒合之後又過了兩週，白尚熙卻不像先前那樣會觸碰徐翰烈。雖然還是會忍不住對他糾纏不休，做出一對上眼就想接吻的舉動，但也就僅只於此，再無其他。如果徐翰烈先表達了他的性需求，白尚熙頂多幫他打打手槍。問題在於，白尚熙再也不願踰越這道界線。

至今為止，白尚熙總會想方設法靠各種理由來合理化他的行為，彌補徐翰烈的失落感。住院的時候是連接吻都不行，出了院之後的那段時間是因為骨頭還沒長回來，但是現在呢？不管徐翰烈怎麼想都得不到答案。

假如再加上徐翰烈離開白尚熙身邊的那段期間，足足長達了九個月的時間。如果不是生理上出現了什麼難言之隱，有可能禁慾那麼久的時間嗎？何況他又不是別人，他可是白尚熙耶？難道狗真能停止吃屎？太不可思議了。徐翰烈因為一直遭到不像是拒絕的拒絕而顯得心浮氣躁。彷彿對方根本不想要，只有自己單方面地求歡索討而自尊心受損。

默默地壓抑著呼吸的徐翰烈受不了地從位子上跳起，踩著憤怒的步伐上樓去找白尚熙。他不知何時跑到了陽台外頭，手裡拿著一隻沒點火的菸正在揉著眉心。他不知道是在苦惱什麼，面色沉重僵硬。徐翰烈快步走了過去，唰地打開門。白尚熙驚訝地扭過頭來：

「已經吃完了？」

徐翰烈瞪著他迅速裝出一副沒事的臉孔，一把揪起他的衣領，直接把白尚熙給拖進來推到了沙發上，嘴唇粗暴地疊上他的嘴。白尚熙目瞪口呆地看著徐翰烈撲上來壓制著自己肩膀，彷彿要把自己給吃掉的模樣，「等一下。」他最後還是抓住了徐翰烈的手臂把他從自己身上分開。白尚熙的表情像是不知道自己為何會被襲擊，一臉的無辜，簡直到了厚臉皮的程度。

「為什麼突然生氣？」

「你的屌現在是站不起來了嗎？」

「啊？」

「是不是因為我變成這個樣子，讓你沒了打炮的興致？」

張皇失措的白尚熙突然間笑了出來。他一邊搖頭，嘴裡輕輕低喃著：「我還以為是什麼事咧。」分明徐翰烈很正經嚴肅，他卻又當作人家是在開玩笑。

「不是那樣的。」

「不是的話，為什麼要害人心情這麼鬱悶？好像只有我自己因為做不了而變得像個焦躁不安的神經病一樣！」

「誰說只有你這樣了，不要誤會，我只是……不敢下手。」

「不敢下手？親眼看到這種破破爛爛的身體，性慾就消退了？」

「就跟你說不是了，講話幹嘛這麼酸呢，到底……」

白尚熙像是被什麼堵住了嘴，倒吸了一口氣，頓時斂起了臉上的笑意。

他原本還想說點什麼，卻又馬上搖頭放棄了對話。徐翰烈火大地再次撲了上去，恣意妄為地打算拉下白尚熙的褲子。

「是真的不舉了還是怎樣？」

「好了啦。」

「讓我看一下你那根屌現在是有多跩嘛。」

「等下……」

白尚熙抓住徐翰烈的頭要把他推開，但還是遲了一步，褲子連同內褲被一併扯下，某種黏液瞬間噴到了徐翰烈的臉上。雖然反射性地閉上眼睛，但稠狀的黏液還是濕淋淋地滲進了眼睛裡。眼中陌生的異物感讓他忍不住歪頭，眨了眨眼，視線變得一片模糊。一大坨東西纏在他的睫毛上，黏糊糊的。

開。

「……靠、什麼啊？」

徐翰烈不停用手背抹著眼睛，只聽見他的頭頂上傳來一聲幽幽長嘆。

「不舉？對一個好不容易強忍住的人這樣講也太過分了。」

白尚熙無語地抱怨著，同時扣住了徐翰烈的手臂。徐翰烈的眼睛還是張不太開。

「讓我看看。」

白尚熙輕輕扳開他的下眼瞼，眼球被精液沾染得滑亮亮的。他從附近抽屜拿出了食鹽水，充分地把徐翰烈的眼睛沖洗乾淨，用面紙細心擦拭順著臉龐流下來的液體。

徐翰烈的整圈眼眶和鼻尖都在發紅，兩隻眼睛濕漉漉的，好似剛大哭了一場。

白尚熙拉下徐翰烈想要揉眼的手：

「要是都不碰你可能還好一點，但是因為太久沒做了，一旦被觸動，感覺之後會停不下來。」

白尚熙用安撫的語氣向徐翰烈解釋道。徐翰烈的表情看起來無法接受。

「你管那種事做什麼？」

「因為你會生病啊。」

「沒事擔心什麼啊？醫生都說了，適度的話是沒問題的。」

「所謂的適度……」

白尚熙索性放棄說服徐翰烈，把額頭靠在了他的肩膀上，再次發出長長的嘆息。徐翰烈皺著眉頭，蠻橫地掙脫了他的懷抱。

「你以為我想像個老人一樣被你整天服侍嗎？」

「好了，我知道了，過來吧。」白尚熙伸出了手，卻被徐翰烈不爽地揮開。

「我是不是說過，敢把我當病人的話我會宰了你。」

徐翰烈低吼著，吼完不管三七二十一的跪在白尚熙面前，直接把臉埋進白尚熙胯下，一個張嘴便含住了急遽射精後垂下的性器。白尚熙的上身不穩地晃動，禁不住地皺眉。

徐翰烈努力張大了嘴，一寸寸把粗厚的肉柱吃進嘴裡。才吞了一半左右，就感覺兩頰被撐得快要裂開。白尚熙看不下去他那副樣子，抬手掩住了自己眼眶。

儘管眉心極度扭曲，徐翰烈仍是堅定地吞吃著巨大的性器。然而心餘力絀的他舌根壓不下去，喉嚨口也無法放鬆打開。結果，當白尚熙的龜頭頂到了懸雍垂，徐翰烈嘴裡忽然湧上一股想吐的感受。強烈的反胃感使得徐翰烈的背部輕微地發顫。

「不要勉強。」

白尚熙扣住徐翰烈的肩膀攔阻他，徐翰烈卻還推開他的手，接著腦袋開始徐徐動作。白嫩的臉蛋一下埋沒在雙腿之間一下又露出臉來。特別豐厚的下唇被壓迫到了極致，結結實實地裹住了性器，即使沒刻意縮緊也能感覺到窄小口腔裡的壓迫感。嘴唇滑動的時候自然地推開了包皮，露出紅潤的龜頭。敏感的前端直接與滑嫩的黏膜接觸，摩擦出了刺激的快感。白尚熙的嘴角不自覺地抽搐，腹肌也因期待著接下來的動作而連連收縮膨脹。

徐翰烈慢慢吐出了那根撐到他臉頰脹痛的性器，粗大的肉棒被唾液浸濕，閃著晶透光澤。原本舒服地被溫熱的口腔給包覆著，現在強行退出來似乎令它感到不滿，一直抽動著碩大的柱身。徐翰烈直盯著眼前的大傢伙，暫時調整了一下呼吸。

光滑水亮的唇瓣費力地張合著，下巴已經開始痠了。他喘了口氣，朝白尚熙偷瞄了一眼。剛剛明明還想阻止自己，如今隱約放大的瞳孔裡已經染上了一層淫慾。

徐翰烈的手指圈成環，緊緊套住了白尚熙的陰莖末端。極具份量的陰囊被壓擠得鼓脹，分成了兩團，而發硬的陰莖上也浮起了粗長的血管。徐翰烈出神地望著那根動個不停的肉柱，隨後歪過頭吻上了表面。儘管只是唇片貼上去小口小口地蹭著，怒脹的肉柱就甚是激動地在他頰面直彈跳。

「還真能忍，都興奮成這樣了。」

徐翰烈譏諷的同時，用拇指輕輕拂過濕潤的表皮，抬著眼睛仰望白尚熙的模樣可以說是相當色情。白尚熙慵懶地吁氣，一邊撫摸著徐翰烈的臉頰。見他這個樣子，徐翰烈興起了想要破壞他這份從容餘裕，想要把他弄到精神渙散的想法。

徐翰烈的整個手掌握住白尚熙的陰莖之後慢慢套弄，讓充了血紅到不行的龜頭在嘴裡轉動，又嘖嘖吸吮，還用舌頭摳舔著分裂的前端。殷紅的舌頭一伸一縮地在堅硬如石般的龜頭上快速舔拭。滿佈味蕾的軟肉舔著舔著，沒多久便侵犯至尿道口內側。性器前端持續傳來了近似刺痛的快感。白尚熙終於向後昂首，牢牢抿起嘴，可以看到他兩側下巴關節陡然使力。變得更為立體的腹肌不停觸碰到徐翰烈的前額。

徐翰烈一一觀察著白尚熙的反應，把龜頭重新吞進嘴裡。他翹起的唇珠覆蓋著性器鈴口滋滋嘬吸的模樣帶來了強烈的視覺刺激。熱意急速朝向腹股溝匯聚，白尚熙的大腿附近一片酥麻，眉間痛苦地皺起，呼吸也不由自主地變得深沉。只見他的嘴角無法克制地向上斜翹了起來。

「哈啊……吃得真好。」

白尚熙心滿意足地喃喃自語完，性器突然從徐翰烈嘴裡退了出來。徐翰烈慢條斯理地放開了那個傢伙，呼出了屏住的氣息。剛才他憋得辛苦，現在肩膀大幅度地聳動著。

白尚熙將忿忿抽動著的性器貼在他臉上輕輕磨蹭，徐翰烈神情不悅地蹙起眉頭。白尚熙扣住他的下巴讓他重新轉向自己，然後拉下沾滿唾液水亮亮的唇瓣，手指伸進他紅通通的嘴裡摸索著光滑的黏膜。或許是因為摩擦的關係，徐翰烈的口腔內部溫度比平常來得要高。來不及嚥下而凝聚的口水自動纏在手上變得濕滑不已。白尚熙默默地按住了那條勾住他指頭的舌。

「你的嘴裡，黏糊糊的。」

他的語調顯得迷醉。可能是唾液積得太多，徐翰烈咕嚕地滾動喉結，含住了白尚熙的手指。白尚熙感覺他像是在催促著自己。假如這只是自己自作多情的話，那麼他也無話可說。

白尚熙將自己氣勢洶洶彷彿能穿透任何東西的性器抓下來，朝著徐翰烈厚唇的縫隙塞了進去。徐翰烈悶哼了一聲，吃力地把傢伙含進嘴裡。白尚熙伸手觸摸被戳出自己性器形狀的鼓脹臉頰，啞著嗓子在徐翰烈耳邊小聲道：

「再吃進去一點。」

一邊提出請求的當下，白尚熙還偷偷地頂弄著腰身，性器在徐翰烈的臉頰內側深深地撞擊。徐翰烈只能勉強含住那根把他腮幫子撐得鼓鼓的玩意。雖然沒有整根含入，但是張開的下顎和被戳刺的臉頰全都痠痛到不行，已經顧不得再做別的事情。他只有在白尚熙的性器退出時會收縮似的用力吸吮那個末端而已。接下來，濕潤的黏膜和肉柱深深交合，產生輕微的摩擦聲。

嘴裡很快地翻湧著微腥的唾液，性器滿滿插著口腔不留一絲間隙，徐翰烈連口水都不能想吞就吞，其中一部分最後沿著下巴流了下來。他簡直無法喘氣，滿臉赤紅，就連額頭上都冒出了青筋。眼角由於此種艱辛的局面而變得濕濡。看徐翰烈這樣，白尚熙捏住了他的下巴，緩緩地拔出了自己的性器。

「要用鼻子呼吸呀。」

徐翰烈這時才垂下了高聳的肩膀，呼出一口長氣。當高溫的氣體噴灑在白尚熙胯下，他的性器立刻翻挺了起來。徐翰烈瞬間身子一抖，爆出了咳嗽聲。他口水沒吞好，似乎是嗆著了，一咳便停不下來，一直咳到他全身都漲紅為止。

「還好嗎？」

「不好、咳咳……吼、媽的。」

「不用再弄了，過來這裡。」

白尚熙扶起了徐翰烈，讓無法停止咳嗽的他坐在自己的膝蓋上，拍撫著他的背，接著吻了吻徐翰烈泛紅的耳廓。等到徐翰烈平靜下來之後，白尚熙托起他下巴讓他看向自己。張開到極致的嘴角倍受刺激，就算現在沒事，明天一早應該會刺痛到不行。

白尚熙伸出舌頭，輕輕舔了舔發紅的地方，隨後微側過頭，舌頭很自然地鑽進了徐翰烈的嘴裡。啾的一聲，兩人唇舌溫柔交纏，嘴裡蔓延著白尚熙的前列腺液，多少帶點鹹腥的味道，但白尚熙似乎依舊相當滿足地發出輕笑，不停摸著徐翰烈哆嗦的腮幫子。

兩人的舌在彼此口中往返來去，不斷地纏捲在一起。貼合的唇瓣每一次稍微分開再重疊時都發出了濕濡的嘖嘖水聲。徐翰烈縱情地小口啃咬著白尚熙的下唇，身體逐漸發軟，望著白尚熙的眼神越來越深沉而魅惑。

他用牙齒咬住糾纏了半天的下唇瓣拉扯，自然地捲起了白尚熙的T恤，當他一鬆開牙齒緊緊拉扯的唇瓣，白尚熙便俯下頭配合地脫掉上衣。腦袋剛從衣領洞口掙脫出來，兩人馬上又吻在一起。徐翰烈的手從白尚熙的後頸自下而上地撫至後腦杓，緊揪他的頭髮，那猶如觀賞魚般只有尾端在相互撥弄的兩條舌頭伸展了舌繫帶，進行更深入的糾纏。白尚熙撐起徐翰烈被自己舌頭進佔因而微微起伏的背部，把他放倒在沙發上。

白尚熙將他猛烈撲過來的舌和上唇瓣向上捲起，啾、啾的輾轉嘬吸，手則是鑽進了T恤裡，愛撫著徐翰烈的側腰。一種奇異的感覺讓徐翰烈的脊椎緊張地僵直，扭動著腰桿。慢悠悠地伸到胸膛處的手輕輕掃過凸起的小點，溫柔地壓扁它。徐翰烈屈起了膝蓋，緩緩扭動著被白尚熙壓在身下的身體，還悄悄張開腿，盤住白尚熙的下半身往自己的下體勾。徐翰烈已然勃起的性器碰到了自己的肚子。似乎一邊接吻一邊愛撫他的乳頭就足夠讓他興奮，他偷偷挺腰，讓自己的性器和白尚熙的相互磨蹭。

白尚熙在徐翰烈嘴上啾了一口，抬起了頭。徐翰烈用融化在熱潮的眼神望著他。白尚熙在他泛紅的頰側還有脖頸用嘴唇按下親吻，然後沿著胸部中央慢慢地吻到肚臍附近，咬住了T恤下擺慢慢上拉。徐翰烈彷彿從半夢半醒之間驚醒似的嚇了一跳，趕緊扯下他的T恤。兩人的視線交會在半空中。

「還是不行嗎？」

「不行。」

「到底為什麼不行？……讓我看一下。」

徐翰烈仍是頑固地搖著頭。其實他早猜到白尚熙應該已經看過胸前手術的傷疤了，也知道不可能一直繼續遮掩下去。儘管如此，徐翰烈還是一個勁地搖頭。怕給白尚熙看了會破壞他難得火熱的興致。他自己看了都覺得噁心了，白尚熙一定也不例外吧。

即使白尚熙能夠給予自己一般的照料看護，但是性愛方面的感觸算是另一種不同的角度。失去意識的時候也就算了，但要他在清醒的狀態下，眼睜睜看著白尚熙臉上的表情變化，他實在沒有那種自信。

然而，白尚熙這次並沒有乖乖放棄，他接連親吻徐翰烈緊攥著T恤的手背，用牙齒無緣無故囁咬起薄薄的皮膚。期間，白尚熙始終直視著徐翰烈的雙眼。

「你身體的每一個角落，甚至是你自己都不清楚的地方，我都想要瞭解……好不好？」

白尚熙語氣溫柔地提出請求。徐翰烈雖然皺著眉頭僵持著，但當白尚熙悄悄拉開他的手時，他沒有做出反抗地別過了頭。比起剛才固執的對峙，這次白尚熙不費吹灰之力就解開了門閂，只是徐翰烈的指尖仍然躊躇不決地在半空中揮舞。白尚熙張開十指扣住了他的手掌，將方才拉至一半的T恤慢慢向上推到頸部。徐翰烈的軀體於是赤裸裸地暴露在空氣之中。

「……」

「……」

預料之中的靜默讓徐翰烈眉頭扭曲咬緊了牙。白尚熙根本不曉得他內心的糾結，出了神地端詳著他的胸部。一道從胸口延續至腹部的狹長疤痕上新長出了粉色的肉。徐翰烈曾經承受過的那些痛苦總算是露出了真面目。白尚熙小心翼翼地試著觸摸那嬌嫩的新皮膚。徐翰烈恍若在歷經著什麼可怕的苦難一樣緊緊地閉著眼，被白尚熙抓住的手也陡然使力。

「……！」

徐翰烈的身體瞬間畏縮了一下，感覺到一個溫熱濕滑的東西碰觸到了敏感的部位。他睜眼一瞧，只見白尚熙正用舌尖向上舔舐著凹凸不平的疤痕。也許因為是新生的肌膚，不只有舌頭細微的移動和每個瞬間施加的壓力，就連微小的味蕾觸感都敏感地捕捉到了。稚嫩的肌膚遭到發燙的舌頭一番狂舔，心情就像是某個不該觸碰的地方被徹底地挖開來，沒有一絲阻隔地舔弄著。徐翰烈的腳指頭使勁蜷曲。每當白尚熙的舌頭刻意地摳舔著特別大塊的傷疤時，徐翰烈的肚子都會響起一陣陣的抗議聲。頓時集中在下腹部的東西好像零零星星地洩了出來，讓徐翰烈內心感到七上八下的。

「啊、呃呃……」

「你到底是在擔心什麼？」

白尚熙輕啄了一口之後問道。徐翰烈的胸口微微起伏著，沒有出聲地望著他。瞳孔侷促不安地轉動著，像是在確認白尚熙的神色，看了就令人心疼。

「不管是你的體味、身上的痣還是疤痕，對我來說都是一樣的。」

白尚熙再次緩慢描摹著那道長疤，唇瓣來到了鎖骨處。「很快就會好起來的」，白尚熙喁喁細語著，然後吻上先前那塊已經恢復成原本膚色的小疤痕。徐翰烈再次咬緊了臼齒。白尚熙的唇則是不停貼上他那緊繃到令人憐惜的下顎。

「……可以了。」

徐翰烈眼神提心吊膽地催促著。白尚熙的舌鑽舔著他的鎖骨，一邊掏出了潤滑液和保險套。大拇指撬開凝膠的蓋子，來回撫摸著還很乾燥的臀縫。手指頭輕輕拂過細緻的皺摺，那小巧的穴口便一縮一縮的一下子收得更緊。白尚熙像是要把那些哆嗦的皺摺撐開來似的揉按，替他緩解著緊張。細薄的皮膚被無助地撥弄，皺摺也被反覆地攤平又再收縮成緻密的狀態。

「快點。」

聽到徐翰烈的再三催促，白尚熙「嗯」的回應了一聲，一邊擠出潤滑液。徐翰烈的性器被淋上如糖漿般透明的黏液，禁不住地顫抖。一邊被抹在鼠蹊部一邊流淌的凝膠濕糊糊地侵犯到了隱蔽之處，徐翰烈頓時抬起下巴，自動閉上雙眼，牙縫間也發出了咯吱的磨牙音。

一整瓶的潤滑液一下子就消失了大半。白尚熙細心仔細地把滑溜溜的凝膠匯集起來塞進穴口。同樣的動作重複了三四次之後，中指便對著洞口戳了進去。後穴含了足夠的潤滑劑，小洞沒有太大排斥地咬住了手指。白尚熙左右轉動著被腸壁一圈圈裹纏住的手指，擴張著穴口，也稍微彎曲指尖，試著摸了摸他即將進入的內壁。

又軟又滑的，令人耐心飽受煎熬。

等開拓到稍微不那麼緊了，白尚熙把食指也塞了進去。這次穴口張開得較為吃力，內壁的黏膜也緊緊附著在手指的表面。柔韌緊密的手感讓白尚熙的頭腦驟然恍惚。他多想立刻將自己的分身操進去盡情飽食一頓。

白尚熙的喉結清楚地上下滾動。他深吸一口氣，壓抑著自己的興奮，插在後穴的兩指在裡面用力地揉按，大拇指也逗弄似的摩挲著穴口處的細皮嫩肉。徐翰烈受到刺激的肚子很快地蠕動了起來。距離上次做愛實在間隔了太久，感覺每一種感受都變得更加鮮明。

「呃、嗚……」

那股清晰的異物感讓徐翰烈的腹部緊繃了起來，穴口也跟著為之窄縮。內側的腸壁一起扭絞，更牢靠地圈住了手指。白尚熙無視著那道強韌的抵抗感，左右旋轉攪動著裡邊。滑嫩的黏膜在手指頭的翻攪之下甜蜜地交融在一起。

不知是不是忍耐不了了，徐翰烈摳抓似的扣住了白尚熙的手臂。白尚熙吻他發燙的耳根安撫他，舌頭突如其然地鑽進他耳中快速進出。耳道一下子被塞滿、被高溫地浸潤，徐翰烈不禁縮起脖子。白尚熙不願放過他，固執地鑽挖著敏感的耳黏膜。注意力全集中在了一處，下方的戒備也因此有了剎那的鬆懈。白尚熙趁著這時再加了一根手指去抽插後穴。

「嗯、嗯、啊、呃啊！」

徐翰烈的掙扎變得愈發強烈，含咬著手指的穴口也被牽動，重複著用力緊絞復又鬆開的動作。白尚熙在這種情況下仍然冷靜地做著擴張，不想要因心急而隨隨便便地進入他。

直到把內壁鬆弛得夠開了白尚熙才抽出手，只是這種程度的刺激而已，穴口周圍就已經腫了一整圈。

白尚熙怕他會痛，手指在那處輕輕拂觸，沒想到指尖隨即被捲了進去，好像在纏著他趕快放進來，實在是令人難以自持。

白尚熙用嘴撕開了保險套的包裝，急切等待著的徐翰烈搖了搖頭：

「直接放進來，不要戴那種東西了，你的那根直接進來。」

「不可以。」

白尚熙態度雖然溫和卻十分堅決，終於在快要爆發的性器上套上了保險套。橡膠質地特有的吱吱摩擦聲放大了急躁的情緒。手部簡單幾個動作，套子完美地配戴完畢。儘管如此，白尚熙的視線還是固定在徐翰烈完全失了神的臉上。看著那張懷抱著某種期待感而心神不寧的臉蛋，白尚熙無聲地笑了笑。他戳了一下徐翰烈紅得有如熟透水蜜桃的面頰，徐翰烈眼睛微瞇，聳起了肩膀。

白尚熙的性器在亢奮的柱身被緊勒的束縛感之下猛烈地搖頭晃腦。他倒了些凝膠在手上，安撫那個傢伙似的套弄了一把，即將插入的興奮感讓它直挺挺地翹起了腦袋。透明的橡膠套裡可以看到紅潤的鈴口在翕張。

白尚熙按住自己的性器，抵在徐翰烈的會陰部上蹭了蹭。空空的儲精袋被擠壓在中間，發出微妙的摩擦聲響。搔刮著會陰部的龜頭無預警地下滑，接觸到穴口。徐翰烈的身子一僵，不久前的氣勢已不知去向。「放輕鬆。」白尚熙親著他僵掉的臉頰，慢慢轉動著硬石般的龜頭，在洞口周圍擠壓著，然後重重地劈開徐翰烈下體插了進去。

「啊呃……！」

徐翰烈的身體因強烈的貫穿感而瞬間緊縮，四肢變得極度僵硬。徐翰烈被白尚熙抓著的手握緊了拳頭，關節處的肌膚都在發白。白尚熙拱起上身憋住呼吸，上下臼齒不由自主地咬合。被緊緊咬住的下面彷彿快要斷了，平滑的額頭上爆出粗筋來，已經無法正常地呼吸。白尚熙好不容易吐出一口嘆息。

「放鬆一點，快被夾斷了。」

「呃、呃……」

徐翰烈的腰顫個不停，勉強張開了膝蓋。他想盡辦法要緩解身體的緊張，卻是事與願違。胸口淺促地起伏，他艱難地喘息。完全皺起的臉龐讓白尚熙心疼地再三親吻，於此同時，他的手也伸到下面緊緊契合的穴口掰開周圍的皮膚。洞口因此些微地張開了一些。

白尚熙對著還在屏息的徐翰烈說了句「吸氣」，然後等到他一換氣吐息的時候就將剩餘在外的陽具推了進去。緊緊鑽開腸壁的性器填滿了徐翰烈的肚子，急遽充填的飽脹感讓徐翰烈不禁愁眉苦臉了起來。

「呃、嗚……快、快點。」

「再等一下。」

白尚熙溫柔吻著徐翰烈顯得痛苦的臉頰，性器啪地直插至根部。徐翰烈好似被火燙著地畏縮了一下。被他一點不剩完全吞入的性器彷彿試圖找回過往的快感，不停扭動著腦袋往更隱密的地方鑽。已經被手指翻攪到興奮起來的內壁緩緩蹭動著，不慍不火的黏膜毫無間隙地裹住了熱燙的性器，努力地蠕動吞吃。

白尚熙的額頭重重在徐翰烈肩膀上搓揉著，難受地「啊」了一聲。

「快要忍不住了。」

下一個瞬間，白尚熙被揪起頭髮，被迫仰頭，徐翰烈接著粗暴地吻了上來。

「誰要你這樣忍耐的？有必要搞得這麼累人嗎？」

徐翰烈的臉因為下身難忍的痛楚都已經扭曲，卻還在說著大話。不知是不是故意的，他一下子收緊後穴，狠狠擰絞白尚熙的性器。白尚熙於是長嘆了一口氣。

「你實在是……」

白尚熙拿他沒辦法地搖搖頭。徐翰烈將白尚熙的大腿朝自己身上拽緊。白尚熙的臉埋進徐翰烈頸窩深處，然後托著他的後腦杓讓他靠在自己肩膀上。徐翰烈伸長了兩條手臂，摸索著抱住了白尚熙的背。

在這樣緊摟著彼此的狀態下，白尚熙慢慢地抽插起兩人嵌合的下體。碩大的性器摩擦著結實纏絞的腸壁，退出去又再溫柔地鑿入，在徐翰烈的體內廝磨。接在酥麻灼熱感之後的奇異快感讓徐翰烈心急火燎地悶哼著。白尚熙一點也不匆忙，徐徐地打開了徐翰烈的身體。粗厚的性器把甬道撐開成相同的直徑厚度，一下又一下重重撞擊著光滑的黏膜，像是要在徐翰烈的肚子深處弄出一個建築模板似的，不斷用同樣的強度和重量在進行壓實的作業。深深擠壓便無阻礙張開的黏膜緊致黏膩地吸附著隨即又要抽身的性器，白尚熙感覺自己彷彿正被一個越來越深的沼澤吞食進去。看似牢固的理性的高牆竟然就此功虧一簣地瓦解。辛苦壓抑半天的本能抬起了頭，在徐翰烈掙扎著身子連帶扭動到性器前端的時候，白尚熙的腦子裡好似有什麼東西終於斷裂。

「抱歉。」

低聲道歉的白尚熙把徐翰烈的頭更用力地攬進自己懷裡，下一秒，他慢吞吞進出的性器猛烈地開始抽插，發出啪啪的撞擊聲。腸壁被急速地擴張，狠狠戳刺著從未到達過的深處。

「呃啊！哈、呃、哈呃！」

緊咬著牙關也是徒勞，徐翰烈接連發出呻吟。如木樁般釘進體內的性器在腸道收縮之前就已經搜刮內壁抽身而出，穴口好不容易咬住了龜頭的部分，沒有半點喘息的時間，性器就重新插了進來。不停晃盪的陰囊啪啪地敲打著會陰部。深而快速的插入讓裡面的凝膠承受不了壓迫，開始噗滋噗滋地被擠了出來。

「哈呃、啊……！」

徐翰烈的額頭貼在白尚熙肩上搓揉著，他盡力忍耐了許久，最後還是受不了地大叫了出來。身體的中央地帶在軟肉交合摩擦時產生強烈的痛感，就算想逃走，白尚熙也壓制得他動彈不得。身體完全被他貫穿，束手無策地張開，徹底地遭到席捲。大幅度的深插把沙發震到不行，移動時發出嘰——嘰的刺耳聲。

「啊、哈、呃啊、啊、哈呃！」

徐翰烈四肢亂顫，垂軟了下來，白尚熙刻意讓兩人的腹部貼得更緊，徐翰烈被夾在兩人之間的性器也因此受到更強烈的刺激。白尚熙用著彷彿要把他肚子捅破的氣勢衝刺性的抽插，擠壓出一波波顫慄的快感。徐翰烈被他幹得頭昏腦脹。

「啊……不、呃啊、不……！」

「哈啊、不要嗎？」

白尚熙吻著徐翰烈的下巴，緩緩轉動了下身。戴了保險套仍理直氣壯凸起的血管與保險套本身的顆粒喀啦啦地刮劃益發敏感的黏膜。徐翰烈狠咬著牙，搖晃著腦袋。宛如螺絲般完全嵌入的性器快進快出，凶悍地搜刮著腸壁。徐翰烈不禁頭皮發麻髮根站立，渾身哆嗦了起來。

然而這樣的悠哉只是暫時的，白尚熙不給徐翰烈半點適應的時間便快速地貼上了自己的大腿，片刻不停地在徐翰烈的肚子裡磨碾，激發一陣陣的尿意。徐翰烈的頭於是搖得更加厲害，原本透明的凝膠化成了白沫，附著在穴口處的周邊。

「……哈呃！」

失控般對著徐翰烈猛幹的白尚熙在一次挺進後直接停下了動作。徐翰烈忍住了呻吟，四周忽然安靜了一瞬。在即將瀕臨高潮，達到頂點的緊張感之中，兩人急促的喘息聲連綿不絕地響起。徐翰烈扭動著又酸又軟的身體，忐忑不安地仰頭看著白尚熙。興奮的兩頰燒得紅噗噗的，汗濕的頭髮也黏在白皙的肌膚上。他凝視著白尚熙的雙眸中隱含著一絲焦慮。白尚熙全神貫注地俯視著他的眼，緩緩抽出了嵌進他下體的性器。肚子被毫不留情地搔刮，徐翰烈瞇著眼睛一顫一顫的，咬住了嘴唇堅持不讓自己發出聲音。白尚熙的性器勉強只留了一個頂端在穴裡，暗中扭轉一下腰桿之後直接啪地操進了裡面。

「啊啊！」

伴隨一聲不爽的尖叫，徐翰烈的身子猛地後仰。像通了電似的，胸部彈起，肩膀完全打開來，渾身震顫。白尚熙輕柔地握住了他顫抖的胳膊，性器噗嚕嚕地拔了出來。徐翰烈眼神不安地在白尚熙臉上梭巡，性器本能察覺到即將來臨的危機而茫然地抽搐著。

「你是不是喜歡這裡？」

白尚熙壓低了嗓音問道。不對，這也許不是在詢問。徐翰烈連回答都來不及，白尚熙就已經戳上了剛才的敏感點。一股無法言喻的灼燒感讓徐翰烈完全扭著脖子瑟瑟發抖。不知道他牙齒咬得多緊，竟沒發出半點呻吟，只聽到了他快要喘不過氣的聲音。

白尚熙把臉埋到了徐翰烈完全暴露的頸側，下半身遠遠地退開又再猛然插入。敏感點再次被頂弄著，徐翰烈一下子濕了眼眶。白尚熙死死摟住他痙攣般顫抖的身體，身下快速地捅弄著。不停攪動內部的陽具又一遍地貫穿碾壓了敏感點，腦子裡警示燈狂閃，眼前直冒金星。視野一片黃澄，什麼都看不清楚。徐翰烈被操得潰不成軍，大口粗喘著。

「哈呃、嗯、啊啊、啊……！」

「看著我。」

白尚熙深情撫摸著徐翰烈緊皺的眉眼，徐翰烈牢牢閉起的眼艱辛地張開一絲縫隙。睫毛濕答答的。淫靡失神的眼珠子已經對不上焦。

白尚熙下身頂了頂，「好好看著我。」他使了勁地肏幹，幾乎要把徐翰烈的身體折成了一半，被插到鬆軟的敏感點因此瘋狂地潰堤。徐翰烈胡亂地搖著頭。

「哈呃、哈嗯……」

「嗯？徐翰烈，看著我。」

白尚熙扣住他的下巴，讓他固定面向正面。徐翰烈迷濛地抬起眼，總算是對上了他的視線。白尚熙吻上他一直張口喘息而乾癟的嘴唇，也伸舌舔去了他噙在眼眶的淚水。

然而，他的下半身仍片刻不停歇地貫穿著徐翰烈，以至於上方柔情似水的長吻顯得相形失色。敏感的前列腺似乎終於被研磨得軟爛不堪。

「嗯、嗯啊、啊、哈呃！啊……」

徐翰烈推著白尚熙的膝蓋，一手在他背上亂抓一氣。但這樣的反應只是讓白尚熙變得更加興奮而已。他把徐翰烈的兩隻手壓制在徐翰烈臉龐兩側。白尚熙的身子恍如錯覺般地一陣蠢蠢欲動。

他的性器隨即暴風似的進出，搗臼般操弄的性器把嫩肉翻了出來又再擠了進去，根部盡數沒入又整根抽出的壓力差使得穴口凝結了一圈白色泡沫。濕濡肌膚相互摩擦撞擊的泥濘聲，和徐翰烈的呻吟，還有白尚熙粗重的喘息聲，同時在擾亂著聽覺細胞。

「不行、不、呃啊、不……！」

徐翰烈快哭出來似的急切哀號，白尚熙卻沒有放過他，而是更劇烈地肏幹。徐翰烈六神無主地揮舞著四肢，就在下一刻，伴隨著彷彿下墜時的驚叫聲，他的性器噗滋地爆發出來。

「哈呃呃……！」

徐翰烈的雙腿無力滑落，在濃濃的高潮餘韻中喘息。白尚熙用力摟住他起了雞皮疙瘩的身體，渾圓的臀瓣被壓至扁平的形狀，把性器盡可能地吞了進去，貼上臀瓣的陰囊也慘烈地受到了擠壓。頂到了肚臍附近的深插讓徐翰烈「嗚」地發出帶著哭腔的抽泣。「再一下下。」白尚熙輕輕吻了吻徐翰烈的額頭，然而他才剛溫柔地拜託完，腰部重新開始聳動的動作卻是毫不留情。

儘管被白尚熙盡情地捅弄，徐翰烈仍是把白尚熙的腦袋緊緊抱住，將耳朵貼上他耳側相互搓揉。白尚熙克制不了的呼吸和咬牙切齒的聲音不停在他腦中嗡嗡作響。脖子上陡然被咬了一口的刺痛感讓徐翰烈低下了頭，他收緊了抱著白尚熙的手臂，完全地攀在他的身上。沒隔多久，白尚熙的大腿根激動地撞了上來，力氣大到會讓人疼痛的程度。

「哈呃！啊！呃……」

「啊呃、呃！」

「呃嗯……！」

擠壓著徐翰烈的身體頓時劇烈的起伏，到達臨界點的性器噴發了白濁，火熱地翻攪著徐翰烈的肚子。憋住的東西一時間完全爆發出來，眼前一陣暈眩。兩人就這樣交纏著身體，在極度的顫慄之中哆嗦著。白尚熙的腹肌明顯的收放，汲取著不足的氧氣。他的性器被完全軟爛的黏膜所埋沒，間歇性地蠕動著。白尚熙只能大大敞開雙膝，身子還在痙攣般地抽動著。

汗水打濕的身體黏答答地貼在一起，相觸的胸膛能感覺到彼此心臟猛烈的脈動。隨著滾燙的熱氣霎時間蒸發，渾身起了雞皮疙瘩。白尚熙在氣喘吁吁的徐翰烈無力歪斜的腦袋上輕輕拍撫著，嚴重的脫力感讓徐翰烈只能皺著眉闔上了眼皮。

白尚熙親暱地親著徐翰烈臉上的每一處，過了許久才把性器退了出來。摩擦得太厲害，整根陽具都斑駁發紅，不用看也知道徐翰烈被這根傢伙磨礪的內壁會是何種處境。白尚熙摘下保險套，牢牢打了個結，精液多到儲精袋都要裝不下地滿了出來。見了他這個樣子，徐翰烈直接挖苦道：

「還堅持假裝沒有胃口，看看你這狼吞虎嚥的樣子。」

「乾脆一口都不碰還沒有關係，都送到嘴邊了怎麼可能還小口小口慢慢品嚐？」

白尚熙不以為意地回應，然後在徐翰烈臉上落下一吻。他的吻多到氾濫，假如徐翰烈是個用砂糖或白鹽製成的雕像，大概早就被他親到面目全非失去形體。徐翰烈自暴自棄地交出了自己的身體，白尚熙輕舔他胸上的疤，含住了乳頭，直到大掌捏住了他一側臀瓣時，徐翰烈才抓住了白尚熙的手。

「再休息一下，我的肺還在痛。」

「你睡一下，我會叫你。」

「……睡什麼覺？不是還有套子嗎？」

「什麼？」

白尚熙抬起頭來看著徐翰烈，徐翰烈也是蹙著眉低頭看他。兩個人的意見出現了分歧。

「再繼續做啊。」

「不用了，剛才那次就已經夠了。」

「別說笑了，你哪次是只做一次就足夠的？」

徐翰烈一氣之下撿起保險套丟了出去。明明剛才還整個人快要喘不過氣了，如今卻裝作自己沒事的樣子。

「我們慢慢來就好。」

白尚熙努力哄著徐翰烈，在他嘴上啄了一口。極為不滿的徐翰烈這次手臂也悄悄纏上了他的脖子。白尚熙露出輕笑，啾啾啾地親了他好幾下。不同於以往，徐翰烈隱約攬住白尚熙，纏著他要接吻。百依百順又主動的態度讓白尚熙再度勾起了嘴角。

他慢條斯理地撫摸著徐翰烈的耳朵，不疑有他地貼上了唇瓣。這時，環抱著他脖頸的手臂倏地收緊，徐翰烈的舌一下子溜進白尚熙嘴裡。他勾住白尚熙的舌在深處廝磨，忽地握住了白尚熙在無防備狀態下的性器。只不過輕輕套弄了幾下，那不懂事的分身敵不過肉慾的刺激，一下子就立起頭來。徐翰烈此時才放開了白尚熙的舌頭：

「一旦吃了一口，就要一點都不剩地全部吃完才行啊。」

他露出了勝利者的微笑。這番無所畏懼的挑釁讓白尚熙忍不住從內心深處發出嘆息來。

徐翰烈睡睡醒醒，後來又再昏睡了過去，一下張眼是晚上，一下是凌晨，再來則是早上。白尚熙時不時湊過來跟他說話，徐翰烈好像也回答了他幾句，然而對話內容他卻沒有印象。現實與非現實的界線一直朦朧得教人難以辨別。期間，徐翰烈陸陸續續做了些夢。不對，也許那些是現實，或只是無意識當中的一個部分。

每次睜開眼睛，眼前視野都模糊不清，一片灰濛濛的。眼睛下方彷彿有熱氣上湧，所有東西的形體看起來都是歪斜扭曲的。眼睛刺痛得像眼珠子要掉出來一樣。即使閉上了眼，腦海裡還是感覺天旋地轉。

「翰烈。」

白尚熙的嗓音飄飄忽忽地傳來。「幹嘛？」徐翰烈嘗試回答，卻發不出正常的聲音。他想搖搖頭打起精神，身體卻無法自如行動。彷彿有人趁他睡覺時在他手腳上綁了沉重的秤砣。

「張開眼睛。」

他茫然徬徨了好一陣，白尚熙搖了搖他的肩膀。徐翰烈感覺眼皮沉重到他難以撐開，身體無助地癱軟，怎麼樣都無法振作起精神。

「徐翰烈。」

「……怎樣？」

聽到白尚熙又在叫他，徐翰烈不由得冒出一句不耐煩的回答。短短兩個字，聲音聽起來卻嘶啞得不像話。

「該吃藥了。」

「待會吃。」

明明是每天都在做的事情，如今卻感到厭煩。徐翰烈根本沒有要暫時起身的打算，他只想繼續躲在被子裡。平常白尚熙通常會給他三十分鐘左右的緩衝時間，今天卻反常的不讓他繼續賴床。白尚熙抓住他蜷縮的肩膀讓他轉過來平躺之後扣住下巴硬是扳開他的嘴，隨後猛然覆上他的唇瓣。一些水和藥丸流入徐翰烈高溫的口腔裡。

他稀裡糊塗地吞了嘴裡的東西。藥丸緩緩下嚥時碰到了懸雍垂，「咳咳！」徐翰烈忍不住咳嗽，轉過身側躺著。

藥也吃了，希望白尚熙可以不要再來煩人了，接下來耳朵卻被塞進了耳溫槍。嗶、嗶、嗶、嗶。特殊的儀器音尖銳地刺進耳膜。全身的神經都變得敏銳了起來，徐翰烈只覺得那聲音煩到令人受不了。測量結果一出來，他馬上推開白尚熙的手，連像平常追問結果的力氣都沒有。

「再量一次。」

然而沒多久，白尚熙復又抓住他肩膀。「不要。」徐翰烈揮開他的手，卻被他有點粗魯地扣住了上臂內側。

「啊、煩死了！」

徐翰烈氣得睜開眼，搖晃的視野裡模糊映著白尚熙的臉，表情看起來分外嚴肅。

「你在發燒。」

徐翰烈呆呆地望著天花板。他完全沒有印象自己是怎麼來到這裡的。他只知道楊秘書和常駐醫生在白尚熙的通知下趕了過來，重新量了數次體溫，然後他腦子一沉就睡了過去。途中有感覺自己好像被放在什麼東西上面移動著，嗡嗡的耳邊似乎響起了警鈴聲。等他感覺到一陣忙亂的動靜而睜開眼睛時，人已經在醫院了。徐翰烈立即被抬上移動式病床，接受各種的檢查。他反覆睡著又再醒來，便處於如今這種狀態。

灰暗的視野一下子變得明亮了起來，似乎是手背上正在注射的退燒藥的功勞。徐翰烈轉動眼珠子朝自己腳邊看去，白尚熙、楊秘書和徐朱媛正一臉凝重地在聽著主治醫生說話。

「……幸好結果看起來沒有任何異常，來到醫院的時候雖然有三十八度的高燒症狀，現在已經恢復到原先的體溫。他的脈搏、血壓、呼吸這些都很穩定。雖然還要再繼續觀察一段時間，但就目前來說，呼吸系統似乎也沒有什麼問題。應該就只是單純的傷風。」

「一群人大驚小怪。」

徐翰烈突如其然地插了嘴，四個人的視線同時朝他集中看了過來。不知怎的，每個人神態各異。

「何必引起這麼大的騷動咧？」

徐翰烈一副他快被煩死了的語氣責怪著白尚熙。白尚熙沒有特別反駁他什麼，只是用十分嚴肅的表情注視著他。徐翰烈不知為何竟承受不了他那道目光，悄悄挪開了眼。

話說到一半的主治醫生繼續給予建議：

「但是以防萬一，最好還是住院兩天觀察後續情況。很多疾病是會有潛伏期的，現在雖然是退燒了，不確定之後會不會又燒起來。」

「哎，又要給醫院添麻煩了。」

徐翰烈深深嘆了口氣。徐朱媛則是惡狠狠地瞪著他。「那就先這樣了。」主治醫師點了個頭便離開了。門一關上，徐朱媛馬上開始了她的審問。

「傷風？明明叫你安心地好好養病，怎麼搞的會搞到傷風？」

「我沒有做什麼叫我不准做的事，也沒有勉強自己。」

「什麼都沒做，莫名其妙的就發燒了這樣嗎？」

「都心知肚明了還問什麼，徐會長也真是的。」

徐翰烈的表情充滿了不耐煩，還朝白尚熙抬了抬下巴，把責任推卸到他身上。

「是他太勇猛了啦。畢竟隔了太久沒做，身體會有點吃不消。」

徐翰烈在親姊姊面前完全口無遮攔。徐朱媛揉了揉脹痛的太陽穴：

「是我瘋了，竟然把魚託給一隻貓來照顧。」

「不然妳讓他帶回去是放著欣賞用的嗎？鮪魚什麼時候變成觀賞魚了？」

徐翰烈就是不肯少說一句話。徐朱媛不禁嘆氣：

「徐翰烈。」

「都已經說沒事了嘛，醫生不是也說沒有任何異常嗎？只是因為突然的運動造成肌肉僵硬，就只是這樣而已，沒那麼嚴重。」

「……」

「妳回去吧，是不是又把工作通通丟下跑來了。」

徐朱媛的目光相當不悅，對於徐翰烈的猜測卻無法否認。就在這時，有人敲門入內，是徐朱媛的隨行秘書。徐朱媛問他什麼事，他未加說明地直接遞出了手機，從他說著「您必須接一下電話」的語氣裡能感受到一股緊迫感。

「秘書先生反應還真快呢。」

徐翰烈開玩笑般地咧嘴笑著。徐朱媛的秘書趕緊迴避了視線，徐朱媛瞪了不懂事的弟弟一眼，把手機一把抓來。只聽見她講電話時幾次提到了一些合約相關的用語。

「我了解了，請準備好在三十分鐘後報告給我聽。」

徐朱媛用公事公辦的語調結束了通話。她把手機交還給秘書，對著徐翰烈嚴厲地告誡：

「我說過了吧，出院不代表之後就都沒事了，小心一點。」

「有，已經夠小心，小心到沉悶的地步了。」

「我不是讓你去那邊跟他玩扮家家酒的，你在那裡事先做好準備，等你身體休養好就要立刻回到工作崗位。」

徐朱媛臨走前還是不忘說教。徐翰烈往門口撇頭要她趕快走。徐朱媛無言地看了一下白尚熙，這次多注視了他好幾秒才離開了病房。

「動不動就瞪人。」

徐翰烈不高興地碎唸，然而白尚熙本人卻像是不怎麼在意，沒反應地朝病床走來。他從頭到尾一句話都沒說，神情也是冷峻到不行。徐翰烈明明也沒做錯什麼事，卻莫名地不敢對上他的眼，眼睛偷偷往旁邊飄。見白尚熙驀地出手，徐翰烈不自覺身子一僵，然而撫摸著臉頰的手勢是如此溫柔，讓徐翰烈的緊張顯得多餘。平常總是相當溫暖的這隻手，今天卻因為縈繞在身上的熱意而感覺特別冰涼。

儘管徐翰烈不開心地臭著一張臉，還是默默地在白尚熙掌心蹭著臉頰。

「所以說之前幹嘛冷落人呢？就是因為累積了太久，一次全發洩出來才會變成這樣嘛。」

徐翰烈責備白尚熙，說他這樣是自食其果。「好吧。」面對這番荒謬的惡人先告狀行徑，白尚熙卻神色平淡地認了錯：

「就當是我做錯了。」

「我先跟你說清楚哦，再有下次我可是不會忍了。你再畏畏縮縮的，我就只能去別的地方發洩了。」

「那可不行。」

「那你就好好表現，讓我沒機會胡思亂想啊。你覺得禁慾什麼的真的適合你嗎？」

「你都病成這樣了，還總是這麼愛亂來。」

「比起禁慾換來的長壽，『性猝死』不是更好？這對你來說應該是喜喪吧？」

徐翰烈的強詞狡辯簡直達到了厚顏無恥的地步。白尚熙楞楞聽完，抬手遮住了自己的眼睛，「你饒了我吧，拜託。」

白尚熙在這深深的安心和無奈感中，持續地流露出笑容來。渾身緊繃的那股緊張如氣球洩氣般一舉釋放開來，擔心受怕的事如今都煙消雲散了一般，心裡頭一陣柔軟滿足。

✳

徐翰烈傻傻站在如跑道般延伸的走廊上。路的兩端埋藏在黑暗之中，看不太清楚。乾癟的櫻花樹樹枝在一排排的窗外晃動著，有種濃濃的既視感。是什麼時候的事？他在腦中搜尋著記憶，身體卻擅自移動了起來。腳下每挪動一步，就有點點水珠從頭髮上滴落下來。

不知走了多久，遠處一道熟悉的人影徐徐地靠近。徐翰烈的腳步再次違背了自己的意願而停了下來。巨大的黑影慢吞吞地接近，一口氣籠罩在徐翰烈身上。他呆呆地看著，不經意地開口叫住了對方。

『尚、熙？』

嘴唇自己動了起來，朦朧不清的存在這時才具體化成了明確的形體。無論是特有的慢動作，還是無情的眼神，怎麼看這個人都是白尚熙。包括了直呼其名之後仍是不感興趣地打著哈欠的那副模樣都很有白尚熙風格。

『什麼啊。』徐翰烈噗哧地笑了：

『好久不見啦，白尚熙。』

徐翰烈一看到這張漫不經心的臉，便立刻意識到他是在夢裡。也許是因為如此，儘管不是什麼美好的回憶，他還是忍不住因見到對方而感到高興。徐翰烈嘻嘻竊笑著，一邊觀察著二十歲的白尚熙。同時也不禁產生「原來他當時是這種感覺啊」的想法。而白尚熙只是無聲地俯視著他，帶著一個晦澀難懂的表情。

『怎麼，是在斟酌要什麼時候揍我嗎？』

沉默的時間逐漸拉長，徐翰烈不懷好意地再次問道。白尚熙的手瞬間伸了過來。徐翰烈條件反射地躲了一下，然而並沒有發生擔心的情況。白尚熙反而只是摸了摸徐翰烈濕濡的頭髮。

『頭髮，要好好吹乾。』

徐翰烈訝異地抬頭看向白尚熙。幾乎遮住眼眶的髮型和那一臉的面無表情，是二十歲的白尚熙沒錯。在走廊上偶然相遇的情境和發展也和過去的記憶完全相同。

但這是為什麼？

徐翰烈推開白尚熙的手後旋即捂住自己的頭髮。他沒打算要反應這麼激烈的，卻忍不住激動起來。心臟在任意地狂跳。

「……」

眼皮順利地張開來，最先填滿徐翰烈清晰視野的是白尚熙正專注於某樣東西的臉龐。他在看的好像是劇本。白尚熙慢慢轉動乾澀的眼瞳揣摩著文句脈絡，唸唸有詞的唇瓣消了音地複誦著台詞。他的手習慣性似的把玩著徐翰烈的頭髮。見到這幅比作夢更不真實的情景，徐翰烈噗地一笑。聽見笑聲，白尚熙的眼睛向下方瞟。

「連過去的記憶都被美化了。」

徐翰烈搓著額頭，嘲笑著自己卑賤的內心。「你在說什麼？」白尚熙馬上收起了劇本。徐翰烈抬頭凝視著他，視線從他的喉結由下而上地劃至嘴唇下方凹陷的區域。

「難得做了個夢，夢到第一次遇見你的時候。」

「啊哈。我又表現出差勁的態度了嗎？」

「你做了一個奇怪的舉動，很不像你。」

「怎麼會這樣？」

「……誰知道。」

徐翰烈遲了一會才給出回答，淺淺地咧嘴笑了下。白尚熙抓住了徐翰烈在他臉龐上下其手的手，追問他怎麼回事，卻始終聽不到他的答案。白尚熙在隔了半晌之後，試探性地向徐翰烈確認：

「最近也常做那種夢嗎？你不是說是惡夢？」

「沒有啊。」

徐翰烈被抓住的手一個借力使力，翻起了上身。蓋至頸部的毯子掉到了膝蓋處。徐翰烈的嘴唇接著在白尚熙的唇瓣上輕輕碰了一下。

「是因為太久不見的關係嗎？感覺就算見到那狂妄的二十歲毛頭小子也很開心。」

「應該要趁機教訓他一下才是。」

徐翰烈低聲笑著，「早知道就這麼做了？」說完，他捏住白尚熙的下巴再次親了上去。

白尚熙也攬住他肩膀，回應他溫柔的吻。柔軟的唇肉貪戀著彼此，一下又一下地反覆分開再糾纏。徐翰烈把他仍然混混沌沌的腦袋倚靠在白尚熙肩頭，白尚熙默默地吻著他額頭。

「你剛剛睡得很熟，累的話就再多睇一會。」

「懶散會養成習慣的，我總不能一直這樣躺下去。」

徐翰烈抗拒了這個甜蜜的誘惑，拿起他的平板電腦。一開啟螢幕畫面，就出現了未來要引進保險業界的國際財務報導準則的相關文件。此刻的兩人已經結束了上午的例行公事，正在日光充裕的戶外小屋裡度過閒暇時光。

隨著徐翰烈的療養生活進入第三個月，兩人每天的例行公事也發生了變化。本來只須悠閒地放鬆，現在除了開始運動鍛鍊體力以外，也開始找時間進行回到各自崗位的準備。這段期間，徐翰烈從未有過發作或排斥的反應，雖然偶爾會因傷風不適或低血壓而無法下床，但沒有嚴重到需要擔憂的地步。

「竟然讓一個不知還能活多久的傢伙來接管保險公司，不覺得很好笑嗎？」

徐翰烈好整以暇地滑著網頁，嘻皮笑臉地自嘲：

「難道是『象徵著起死回生的夢想與希望』，之類的？」

儘管天天將諷刺的話語掛在嘴邊，但徐翰烈並沒有疏忽重返經營管理職的準備工作。既然先天性心臟病是自己的弱點，在眾所周知的情況下，他絕不想再增加任何會被逮到把柄的藉口。即使是現在，他也在一番怨聲載道之後，還查看著保險公司財務健全評估制度。

當徐翰烈投入到某件事情當中，他臉上的表情會全部消失，面色更為清冷。間或深鎖眉頭，掃視著文字的眼神就像在物色獵物那般令人印象深刻。白尚熙默默在一旁看著他，伸手輕輕擰了一下他無辜的耳垂。徐翰烈疑惑地抬起頭，方才冰冷的神情隨即蕩然無存，朝白尚熙看過來的視線無比專注。而這種突然的變化甚至是僅限於面對白尚熙的時候才會出現。

白尚熙一臉癡迷地不停地揉著徐翰烈的耳垂。徐翰烈安靜地盯著他看，隨後悄悄斂眸，側頭湊了過去。就在兩人吸引般地靠近，正要接吻的那個剎那。有什麼東西悠悠地飄過來落在徐翰烈的臉頰上。原來是一片櫻花花瓣。輕淺的異物感令徐翰烈不禁皺眉。白尚熙攫住他想要取下花瓣的那隻手，用舌頭捲起那飄動的小花瓣，覆上徐翰烈的唇。伴隨滋的一聲，白尚熙的舌鑽進了嘴裡。薄薄的花瓣甜美地混入其中，在兩舌之間混亂地被翻攪著。最後可能被徹底攪爛了，一抹淡淡的櫻花香氣擴散在口腔裡。

白尚熙緊緊地吸扯著徐翰烈的上唇，放開來後在他耳邊低聲呢喃：

「之前沒去成的賞花，要不要今天去看看？」

「……我討厭人多的地方。」

「要人少的話，那我知道一個合適的地方。」

「那好啊。」徐翰烈重新讓唇瓣相互接合。兩人即使訂下了約會，仍是久久沒有起身。

「我隨後跟上。」

楊秘書伸出了車鑰匙，再一次地強調，極為不安的手緊緊抓著鑰匙。白尚熙聳了一下肩膀，似乎要他不用擔心：

「至少比讓翰烈來開要好得多了吧。」

楊秘書雖然非常同意，但這不是一句能讓人感到安心的話。「還是讓我……」不讓楊秘書說完，白尚熙已經飛快地搶走了車鑰匙。他上了駕駛座，首次進行發動，賓利敞篷車雄壯的引擎開始運作。優雅的象牙白車身和帝王藍的車頂為其特色。這台車是電影《人怪》創下票房記錄後製作公司給予的獎勵，同時也是提醒白尚熙要好好完成該系列剩餘集數的一份禮物。

徐翰烈沒多久就出來了。對於楊秘書的勸告，他愛聽不聽地坐進了副駕駛座。頭髮難得做了微捲的造型，格紋圖案的寬鬆夾克，裡面搭配白襯衫和淺黃色的針織衫，完成了既休閒又顯時髦的造型。表面像是毫不在意，卻能從中感受到花了不少心思的裝扮讓白尚熙禁不住翹起了嘴角。

「怎樣？」

徐翰烈因莫名長久的注視給了他一個沒好氣的反應。同時他也偷偷轉動眼珠打量著白尚熙。黑色休閒褲和外套，加上橫條紋T恤，雖然本身十分簡約，但有他出眾的外表加持，就連這樣打扮也很有高級感。難得露出額頭的髮型格外突顯了他修長的眉毛和深邃的眼神。

正默默偷覷著，白尚熙突然間傾身湊近，自動緊張起來的徐翰烈用力盯著他一下子貼近的臉龐。白尚熙伸長了手，替徐翰烈把安全帶繫上。

他沒有馬上退開，而是親了一口徐翰烈微妙僵硬起來的臉頰。

「還是別去了？」

「說什麼啊。」徐翰烈皺眉。他於是不再緊張，擺出一臉的正經樣，似乎是非常期待出門約會的樣子。白尚熙笑笑地再吻住他的嘴，一直吻到徐翰烈不耐煩了，車子才終於從別墅前開了出去。

天氣很好，感覺夏天就快要開始了。花瓣都已經掉落的樹木在暖風中搖曳著新生的枝椏準備長出綠蔭。生命走到盡頭的花瓣們積累在路旁，每當車子經過，便跟著嘩啦啦地打滾飛舞。別墅周邊沒有櫻花樹叢，所以他們不知道賞花期幾乎已經來到尾聲。

車子經過首爾後又再往南部開了一會，路標上漸漸出現了熟悉的地名。先前去吃血腸湯的時候好像也是走過相似的路線。

白尚熙很快地開進了連分向線都沒有的小路裡。剛過了午休時間的平日午後，郊外的小徑沒有車輛也沒有行人經過。可能是因為地勢低窪，日照不足的關係，這裡的櫻花現在才正飄著花瓣雨。茂密的枝條上覆蓋著櫻花形成了隧道，白尚熙把車停在隧道中央，打開了警示燈。

徐翰烈的目光一動不動地看向了窗外。白尚熙幫他打開了敞篷車頂和車窗，他馬上把手臂搭在車窗邊，下巴枕在了手臂上。徐翰烈就這樣看著漫天飄散的花瓣看了老半天，倏然間開口：

「你又是怎麼找到這裡的？」

「不是找的，是偶然間得知的。」

白尚熙俯瞰著道路，沉浸在久違的感慨之中。

「這裡也變了好多呢，路面都鋪好了，以前都是用混凝土大致糊起來，而且還到處坑坑巴巴的，一不小心就會跌倒。」

徐翰烈此時已經轉過頭來看著白尚熙。白尚熙偶爾提到過去的事情時，他總是會全神貫注地傾聽。或許怕打斷了話題，他甚至不會隨便插話。每當白尚熙感受到他對自己的那股強烈興趣時，都感覺心癢難耐到無法形容的境地。

他開心地咧嘴笑著，摸摸徐翰烈的臉頰。

「喜歡嗎？」

「……這又沒什麼了不起的，人們何必要興奮成那樣。」

「我以前也都只是路過這條路，從沒有停下來站在這裡欣賞過。根本就不懂賞花有什麼好的，只覺得這些花瓣、花粉有夠煩人。每年的這個時候大家總說要賞花，我都不懂這花看起來有什麼特別的，為何要感嘆成這樣……但是……」

白尚熙看向徐翰烈，不出意外地對上他專心致志的眼神。

「原來是這麼的漂亮呢。」

他不停摩挲著徐翰烈的臉頰。不知他口中的漂亮是在說櫻花還是其他的對象，感覺含糊而曖昧。徐翰烈耳後的汗毛無法控制地站立起來。

「曾經有人說過，要是能抓到飄落的櫻花花瓣就能夠實現初戀。」

不斷撩動徐翰烈的手意外冷淡地鬆開來。一種遺憾的心情讓徐翰烈嘟起了嘴唇。

「那是什麼幼稚的傳說啊。」

「只是個傳說而已嗎？」

瞬間刮起了一道強風，風聲大到足以掩蓋白尚熙的聲音。一片、兩片，飄落的花瓣成群結隊地闖進車子裡。徐翰烈的膝蓋上無可救藥地被淡粉色的花瓣所覆蓋。他一臉茫然地看著眼前的這幅光景。白尚熙托起他的下巴讓他轉頭看向自己：

「好像，不是傳說吧。」

白尚熙甜蜜地嘀咕著，一邊傾斜了上半身。徐翰烈一直看著白尚熙朝自己挨過來，緩緩地闔上了眼皮。於是，兩個人的嘴唇溫柔中又帶著些許激烈地交合在一起。直到兩人能完全面對彼此為止，長久而緩慢的這段時間和許多複雜的情緒猶如跑馬燈一般掠過。這份無盡的愛戀令人不禁蹙起眉頭。深厚到沒來得及察覺的花香似乎變得越來越濃烈了。

每小時、每分鐘、每秒鐘，都像是在做著一場甜美的夢。現在正是春意盎然的季節。始終，都將會是春天。

——〈Sugar Blues 蜜糖藍調　全書完〉

高寶書版集團
gobooks.com.tw

CRS021
Sugar Blues 蜜糖藍調 4（完）
슈가블루스 4-5

作　　者　少年季節（Boyseason）
封面繪圖　Bindo
譯　　者　鮭魚粉
編　　輯　賴芯葳
美術編輯　彭裕芳
排　　版　彭立瑋
企　　劃　李欣霓

發 行 人　朱凱蕾
出　　版　朧月書版股份有限公司
　　　　　Hazy Moon Publishing Co., Ltd.
地　　址　臺北市內湖區洲子街 88 號 3 樓
網　　址　www.gobooks.com.tw
電　　話　(02) 27992788
電　　郵　readers@gobooks.com.tw（讀者服務部）
傳　　真　出版部　(02) 27990909　行銷部 (02) 27993088
郵政劃撥　19394552
戶　　名　英屬維京群島商高寶國際有限公司臺灣分公司
發　　行　英屬維京群島商高寶國際有限公司臺灣分公司
初版日期　2022 年 11 月

國家圖書館出版品預行編目 (CIP) 資料

Sugar Blues 蜜糖藍調 / 少年季節 (Boyseason) 作；鮭魚粉譯. -- 初版. -- 臺北市：朧月書版股份有限公司出版：英屬維京群島商高寶國際有限公司台灣分公司發行，2022.11
面；　公分. --

譯自：슈가블루스 4-5

ISBN 978-626-96376-5-2(第 4 冊：平裝)

862.57　　111013113

朧月書版

朧月書版